一个人的鲁迅

# 鲁迅：刀边书话

LU XUN: DAO BIAN SHU HUA

林贤治 编注

GUANGXI NORMAL UNIVERSITY PRESS
广西师范大学出版社
·桂林·

**图书在版编目（CIP）数据**

鲁迅：刀边书话 / 林贤治编注. —桂林：广西师范大学出版社，2022.4
（“一个人的鲁迅”系列）
ISBN 978-7-5598-4630-3

Ⅰ. ①鲁… Ⅱ. ①林… Ⅲ. ①鲁迅研究－文集 Ⅳ. ①I210-53

中国版本图书馆 CIP 数据核字（2022）第 010752 号

广西师范大学出版社出版发行
（广西桂林市五里店路 9 号　邮政编码：541004
网址：http://www.bbtpress.com）
出版人：黄轩庄
全国新华书店经销
广西广大印务有限责任公司印刷
（桂林市临桂区秧塘工业园西城大道北侧广西师范大学出版社集团有限公司创意产业园内　邮政编码：541199）
开本：880 mm × 1 240 mm　1/32
印张：10.25　　字数：233 千字
2022 年 4 月第 1 版　　2022 年 4 月第 1 次印刷
定价：69. 00 元

# 编选说明

一、本书从《鲁迅全集》中选出，内容与书刊及著译者相关，涉及书的生成、流通、禁毁、影响，以及具体的阅读，等等。所谓“书话”，说的是书，随意如话。所以，一般的文艺评论，或严肃说理的文章，均不收入。

二、编入文章分四部分：1.出版史、书厄史、阅读史；2.为他人的著译作序；3.为个人的著译作序；4.读书经验谈。《伪自由书》《准风月谈》《且介亭杂文二集》的后记，在揭露当时官方书报审查方面极有分量，因篇幅太长，本书未曾选入，请参阅原书。

三、鲁迅有书云：“怒向刀边觅小诗”（一作“刀丛”）。本书以“刀边”命名，乃为凸显作者“立意在反抗”的本意，而有别坊间唯以知识见长的书话。

四、本书为注本。各篇在注明出处后，均按编者理解对题旨略加说明。不当之处，敬希指正。

# 鲁迅:“带着枷锁的跳舞”(代序)

早在留学日本时起,鲁迅决心去医从文,走“摩罗诗人”的道路,把自己置于反抗者的位置上;这样,他一生遭受权力者和专制政治的压迫,势所必然。

在北京,继女师大风潮之后,鲁迅介入了与现代评论派的斗争。从形式上看,可称“私人论战”。及至上海,国民党的“党国”开始建立,在“一党专政”之下,他所面临的已是意识形态控制日趋严密的局面了。1928 年,国民党当局颁布了《著作权法》,规定有违“党义”及“其他经法律规定禁止发行”的出版物不能注册;1929 年,中央宣传部公布《宣传审查条例》,同年还颁布了《查禁反动刊物令》;1930 年又颁布了《新闻法》和《出版法》,规定书刊必须事先申报登记,获准后才能出版,至于涉及“党义”等敏感问题的还要送审。1933 年由政府教育部颁布查禁密令,附抄作者黑名单,手段更为隐秘。1934 年 4 月,中央宣传委员会图书杂志审查委员会正式挂牌成立,6 月颁布《图书杂志审查办法》,规定所有书刊必须送审,如不送审,即予以惩处。各个层级的审查委员会豢养了大批书报检查官,鲁迅称为“叭儿”;在审查过程中,他们“看文字不用视觉,专靠嗅觉”，随意删改和禁止，于是乎出版界只余一片荒漠。

在书报审查制度下，鲁迅受到的威胁，远远超出北京时期。在他的书信中，可以清楚地看到他的写作困境：“遇见我的文章，就删削一通，使你不成样子，印出去时，读者不知底细，以为我发了昏了”；“官老爷痛恨我的一切，只看名字，不管内容”；“最近我的一切作品，不问新旧全被秘密禁止，在邮局里没收了”；“我有生以来，从未见过近来这样的黑暗”。

鲁迅一直提倡韧战，对反抗斗争的长期性有充分的认识；然而，禁锢与压迫的严酷，仍然超乎他的预想。这对一个“精神战士”的意志、耐性和智慧，都是一场考验。他不得不在斗争的坚持中迅速作出调整，他把这叫作“周旋”“钻网”，叫作“带着枷锁的跳舞”，或“带了锁链的跳舞”，或“带了镣铐的进军”。

题作《夜记》的系列作品之一《怎么写》劈头一句是：“写什么是一个问题，怎么写又是一个问题。”本来，对于自由写作者来说，“写什么”是不应当成其为问题的，此时居然成了问题。鲁迅既然要直面人生，就不能不谈大屠杀，从“三·一八”惨案到“四·一二”清党，他都确实写到了。但是，正如我们所看到的，前者还可以直接抨击“政府”“国务院”，痛斥“中国军人”“杀人者”，到了国民党治下，却是“吓得目瞪口呆”，揭露的文字也不得不变得“曲曲折折”“吞吞吐吐”了。1933 年上半年，鲁迅还可以随时发表时评；及至下半年，形势陡变，则只好借谈风月而谈风云。只要比较一下写于同一年的《伪自由书》和《准风月谈》的目录，就可以看出这种变化。迫不得已时，鲁迅不惮站出来说话，如左联五作家被害，他的反应是激烈的；在通常情况下，大抵仍然是从侧面、从背面、从壕堑里进行他的伏击战。

这样，鲁迅倒过来从“怎么写”过渡到了“写什么”，正如他所说,“想从一个题目限制了作家,其实是不能够的”。他在文中大量使用典故、反语、隐喻,越过为语境所设置的重重障碍而奔赴目标。对付报刊忌讳他的名字,他使用并频繁更换笔名,乃至近百个之多,成为世界上使用笔名最多的作家。这些笔名,完整地被他保留在集子里。对于文中被检查官或编辑删改的地方,编集时他特意从旁加上黑点,或用黑杠标出,或在文末加写“附记”,且不忘在序跋中加以说明。总之,他极其固执,一定要在文字中留下自己所身受的各种明诛暗杀的事实、官方书报审查的劣迹,用他的话说,因为那是“党老爷的蹄痕”。

除了创作,他还十分看重翻译,从留下的文字遗产看,译文的分量甚至更大。翻译对他来说,是“偷运军火”,借用国外的思想文化武器破除官方对言论的钳制。从他的译著看,除了文学作品,还有理论著作。他十分注重介绍苏俄,以及其他弱小国家和民族的状况;对于苏联,也介绍著名的“不同政见者”如托洛茨基的理论和“同路人”的作品。他以译作直接介入中国现实中的政治斗争和文艺斗争。对于翻译,他的选择是十分严格的,目的性十分明确。譬如翻译厨川白村的《出了象牙之塔》,故意撇下其中题为《文学者和政治家》一文不译,据他在后记里介绍,原因是原文说文学和政治都是来源于社会生活,所以文学家和政治家是接近的。他表示:“我以为这诚然也有理,但和中国现在的政客官僚们讲论此事,却是对牛弹琴;至于两方面的接近,在北京却时常有,几多丑态和恶行,都在这新而黑暗的阴影中开演,不过还想不出作者所说似的好招牌,——我们的文士们的思想也特别俭啬……所以全书中独缺那一篇。”这是典型的“拿来主义”,用自己的眼光来拿。在政治与文艺的关系问题上,鲁迅与作者的观点是完全相反的。他在著名的讲演《文艺与政治的歧途》中说过,“政治家最不喜欢人家反抗他的意见,最不喜欢人家要想,要开口”,而“文学家出来,对于社会现状不满意,这样批评,那样批评”,因此他认为,“要维持现状”的政治与“不安于现状”的文艺不免时时处在冲突之中。

鲁迅不但从事著译,而且热心做编辑、办刊物、搞出版。他的目的,归根结底在改造中国这一点上。他要借刊物培养更多的战士,以集团的力量对付强大百倍的反动政府和专制制度。从在日本流产的杂志《新生》,到北京时代的《莽原》《语丝》,到上海的《奔流》《萌芽》《译文》等,可谓从不间断;此外还参与别的报刊的编辑,包括有名的《新青年》。一个刊物封闭了、停办了,接着再办一个。仅为复刊《译文》的努力,即可见他的用意与决心。当他和青年朋友的书稿无法出版时,就搞地下印刷,诸如“奴隶社”“三闲书屋”之类的临时出版社,就这样搞了起来;而一批违禁的书籍,也就这样走出了地面。

出版图书的时候,无论著译,鲁迅都极其看重序跋的写作。他历来重视“边缘”,序跋也是边缘,从边缘进入中心。举例来说,像《伪自由书》《准风月谈》《且介亭杂文二集》的后记,篇幅比正文长得多,其中虽然多是报章剪贴,却保留了文网史的大量故实;加上作者随机的批评,结果确如他所说,有了这样的“尾巴”,形象便见得更完全了。

“王濬楼船下益州,金陵王气黯然收。”曾几何时,一个高踞人民之上的威赫无比的政权,在一个早上黯淡收场;而希望自己“速朽”的鲁迅的作品,却在反抗它的斗争中获得了不朽的意义。历史悖论的力量如此,令人惊叹。

二〇〇六年十月十九日

# 目　录

## 第一辑

## 第二辑

## 第三辑



## 第四辑

# 第一辑

# 青年必读书[1]

应《京报副刊》[2]的征求

<table>
<tr><td>青年<br>必读书</td><td>从来没有留心过，<br>所以现在说不出。</td></tr>
<tr><td>附注</td><td>但我要趁这机会，略说自己的经验，以供若干读者的参考——<br>我看中国书时，总觉得就沉静下去，与实人生离开；读外国书——但除了印度——时，往往就与人生接触，想做点事。<br>中国书虽有劝人入世的话，也多是僵尸的乐观；外国书即使是颓唐和厌世的，但却是活人的颓唐和厌世。<br>我以为要少——或者竟不——看中国书，多看外国书。<br>少看中国书，其结果不过不能作文而已。但现在的青年最要紧的是“行”，不是“言”。只要是活人，不能作文算什么大不了的事。<br>（二月十日。）</td></tr>
</table>

## 注释：

[1]发表于 1925 年 2 月 21 日《京报副刊》。后编入《华盖集》。

1925 年 1 月，《京报副刊》刊出启事，征求“青年必读书”十部书目。本文是作者应约所作的答复。发表后，遭到媒体及不少读者的攻击，作者曾撰文作答，后来还不止一次提及此事。他提醒说，答文并非愤激之辞，而是得自“自己经验”。对于中国书和外国书，作者给出阅读的两个标准：一个是为人生，一个是当下性，强调自由生存高于一切。

[2]《京报副刊》，《京报》的一种影响较大的副刊，为当时著名的四大副刊之一。1924 年 12 月创刊，孙伏园编辑。《京报》，日报，由邵飘萍创办于 1918 年 10 月。该报注重宣传新思潮，抨击北洋军阀政府，支持民众爱国反帝的斗争。曾出版“马克思纪念特刊”等。1925 年 9 月，邀请鲁迅编辑《莽原》周刊。1926 年 4 月，被奉系军阀张作霖查封。

# 十四年的“读经”[1]

自从章士钊主张读经[2]以来，论坛上又很出现了一些论议，如谓经不必尊，读经乃是开倒车之类。我以为这都是多事的，因为民国十四年的“读经”，也如民国前四年，四年，或将来的二十四年一样，主张者的意思，大抵并不如反对者所想像的那么一回事。

尊孔，崇儒，专经，复古，由来已经很久了。皇帝和大臣们，向来总要取其一端，或者“以孝治天下”，或者“以忠诏天下”，而且又“以贞节励天下”。但是，二十四史不现在么？其中有多少孝子，忠臣，节妇和烈女？自然，或者是多到历史上装不下去了；那么，去翻专夸本地人物的府县志书去。我可以说，可惜男的孝子和忠臣也不多的，只有节烈的妇女的名册却大抵有一大卷以至几卷。孔子之徒的经，真不知读到那里去了；倒是不识字的妇女们能实践。还有，欧战时候的参战，我们不是常常自负的么？但可曾用《论语》感化过德国兵，用《易经》咒翻了潜水艇呢？儒者们引为劳绩的，倒是那大抵目不识丁的华工！

所以要中国好，或者倒不如不识字罢，一识字，就有近乎读经的病根了。“瞰亡往拜”“出疆载质”[3]的最巧玩艺儿，经上都有，我读熟过的。只有几个胡涂透顶的笨牛，真会诚心诚意地来主张读经。而且这样的脚色，也不消和他们讨论。他们虽说什么经，什么古，实在不过是空嚷嚷。问他们经可是要读到像颜回，子思，孟轲，朱熹，秦桧(他是状元)，王守仁，徐世昌，曹锟；[4]古可是要复到像清(即所谓“本朝”[5])，元，金，唐，汉，禹汤文武周公，无怀氏，葛天氏？[6]他们其实都没有定见。他们也知不清颜回以至曹锟为人怎样，“本朝”以至葛天氏情形如何；不过像苍蝇们失掉了垃圾堆，自不免嗡嗡地叫。况且既然是诚心诚意主张读经的笨牛，则决无钻营，取巧，献媚的手段可知，一定不会阔气；他的主张，自然也决不会发生什么效力的。

至于现在的能以他的主张，引起若干议论的，则大概是阔人。阔人决不是笨牛，否则，他早已伏处牖下，老死田间了。现在岂不是正值“人心不古”的时候么？则其所以得阔之道，居然可知。他们的主张，其实并非那些笨牛一般的真主张，是所谓别有用意；反对者们以为他真相信读经可以救国[7]，真是“谬以千里”[8]了！

我总相信现在的阔人都是聪明人；反过来说，就是倘使老实，必不能阔是也。至于所挂的招牌是佛学，是孔道，那倒没有什么关系。总而言之，是读经已经读过了，很悟到一点玩意儿，这种玩意儿，是孔二先生的先生老聃的大著作里就有的，此后的书本子里还随时可得。所以他们都比不识字的节妇，烈女，华工聪明；甚而至于比真要读经的笨牛还聪明。何也？曰：“学而优则仕”[9]故也。倘若“学”而不“优”，则以笨牛没世，其读经的主张，也不为世间所知。

孔子岂不是“圣之时者也”么，而况“之徒”呢？现在是主张“读经”的时候了。武则天做皇帝，谁敢说“男尊女卑”？多数主义[10]虽然现称过激派，如果在列宁治下，则共产之合于葛天氏，一定可以考据出来的。但幸而现在英国和日本的力量还不弱，所以，主张亲俄者，是被卢布换去了良心[11]。

我看不见读经之徒的良心怎样，但我觉得他们大抵是聪明人，而这聪明，就是从读经和古文得来的。我们这曾经文明过而后来奉迎过蒙古人满洲人大驾了的国度里，古书实在太多，倘不是笨牛，读一点就可以知道，怎样敷衍，偷生，献媚，弄权，自私，然而能够假借大义，窃取美名。再进一步，并可以悟出中国人是健忘的，无论怎样言行不符，名实不副，前后矛盾，撒诳造谣，蝇营狗苟，都不要紧，经过若干时候，自然被忘得干干净净；只要留下一点卫道模样的文字，将来仍不失为“正人君子”。况且即使将来没有“正人君子”之称，于目下的实利又何损哉？

这一类的主张读经者，是明知道读经不足以救国的，也不希望人们都读成他自己那样的；但是，要些把戏，将人们作笨牛看则有之，“读经”不过是这一回要把戏偶尔用到的工具。抗议的诸公倘若不明乎此，还要正经老实地来评道理，谈利害，那我可不再客气，也要将你们归入诚心诚意主张读经的笨牛类里去了。

以这样文不对题的话来解释“俨乎其然”的主张，我自己也知道有不恭之嫌，然而我又自信我的话，因为我也是从“读经”得来的。我几乎读过十三经[12]。

衰老的国度大概就免不了这类现象。这正如人体一样，年事老了，废料愈积愈多，组织间又沉积下矿质，使组织变硬，易就于灭亡。一面，则原是养卫人体的游走细胞（Wanderzelle）渐次变性，只顾自己，只要组织间有小洞，它便钻，蚕食各组织，使组织耗损，易就于灭亡。俄国有名的医学者梅契尼珂夫（Elias Metschnikov）[13]特地给他别立了一个名目：大嚼细胞（Fresserzelle）。据说，必须扑灭了这些，人体才免于老衰；要扑灭这些，则须每日服用一种酸性剂。他自己就实行着。

古国的灭亡,就因为大部分的组织被太多的古习惯教养得硬化了,不再能够转移,来适应新环境。若干分子又被太多的坏经验教养得聪明了,于是变性,知道在硬化的社会里,不妨妄行。单是妄行的是可与论议的,故意妄行的却无须再与谈理。惟一的疗救,是在另开药方:酸性剂,或者简直是强酸剂。

不提防临末又提到了一个俄国人,怕又有人要疑心我收到卢布了罢。我现在郑重声明:我没有收过一张纸卢布。因为俄国还未赤化之前,他已经死掉了,是生了别的急病,和他那正在实验的药的有效与否这问题无干。

十一月十八日。

## 注释:

[1]发表于 1925 年 11 月《猛进》周刊第三十九期。后编入《华盖集》。十四年指民国十四年,即 1925 年。

关于读经的争论,从新文化运动时起,沸沸扬扬地一直闹到现在。主张者打着保存“国粹”、“弘扬传统文化”的旗子,反对者则以“现代性”为立论的根据。鲁迅别有看法,认为“读经之徒”都是现在的“阔人”,也即“聪明人”。他们主张读经,其实“别有用意”,为了维护“目下的实利”,把读经当成“耍把戏偶尔用到的工具”,如此而已。

[2]章士钊主张读经。1925 年 11 月 2 日,教育总长章士钊主持教育部部务会议,会议通过了从小学初小四年级至高小毕业每周须读经一小时的决定。

[3]“瞰亡往拜”,《论语·阳货》:“阳货欲见孔子,孔子不见,归孔子豚。孔子时其亡也,而往拜之。”说是孔子不愿见阳货,故意趁阳货不在时去拜望他。“出疆载质”,《孟子·滕文公》:“孔子三月无君,则皇皇如也,出疆必载质。”说孔子如果三个月内没有君主起

用他，就会焦躁不安，一定要带了礼物出国见别国的君主。

[4]颜回(公元前521—前490)，孔子的弟子。子思(约公元前483—前402)，孔子的孙子。朱熹(1130—1200)，宋代理学家。王守仁(1472—1528)，明代理学家。徐世昌(1855—1939)，清末大官僚。曹锟(1862—1938)，北洋直系军阀。徐、曹二人都曾任北洋政府总统。

[5]“本朝”。辛亥革命后，遗老仍称清朝为“本朝”。

[6]无怀氏，葛天氏。传说中上古时代的帝王。

[7]读经可以救国，章士钊等人的一种谬论。《甲寅》周刊第一卷第九号(1925年9月12日)曾发表章士钊和孙师郑关于“读经救国”的通信。

[8]“谬以千里”，语见《汉书·司马迁传》。

[9]“学而优则仕”，语见《论语·子张》。

[10]多数主义，这里指布尔什维克主义。布尔什维克，俄语БОЛЬШеВИК的音译，意即多数派。

[11]被卢布换去了良心，报刊当时的一种反苏反共的言论。1925年10月8日《晨报副刊》即刊有文章《苏俄究竟是不是我们的朋友?》说：“帝国主义的国家仅仅吸取我们的资财，桎梏我们的手足，苏俄竟然收买我们的良心，腐蚀我们的灵魂。”

[12]十三经，指十三部儒家经典，即《诗》《书》《易》《周礼》《礼记》《仪礼》《公羊传》《穀梁传》《左传》《孝经》《论语》《尔雅》和《孟子》。

[13]梅契尼珂夫(1845—1916)，今译梅契尼科夫，俄国生物学家，免疫学的创始人之一。和欧利希共获1908年诺贝尔生理学或医学奖。著有《传染病的免疫问题》等。

# 从帮忙到扯淡[1]

“帮闲文学”曾经算是一个恶毒的贬辞,——但其实是误解的。

《诗经》是后来的一部经,但春秋时代,其中的有几篇就用之于侑酒[2];屈原[3]是“楚辞”的开山老祖,而他的《离骚》,却只是不得帮忙的不平。到得宋玉[4],就现有的作品看起来,他已经毫无不平,是一位纯粹的清客了。然而《诗经》是经,也是伟大的文学作品;屈原宋玉,在文学史上还是重要的作家。为什么呢?——就因为他究竟有文采。

中国的开国的雄主,是把“帮忙”和“帮闲”分开来的,前者参与国家大事,作为重臣,后者却不过叫他献诗作赋,“俳优蓄之”[5],只在弄臣[6]之列。不满于后者的待遇的是司马相如[7],他常常称病,不到武帝面前去献殷勤,却暗暗的作了关于封禅的文章,藏在家里,以见他也有计画大典——帮忙的本领,可惜等到大家知道的时候,他已经“寿终正寝”了。然而虽然并未实际上参与封禅的大典,司马相如在文学史上也还是很重要的作家。为什么呢?就因为他究竟有文采。

但到文雅的庸主时,“帮忙”和“帮闲”的可就混起来了,所谓国家的柱石，也常是柔媚的词臣，我们在南朝的几个末代时，可以找出这实例。然而主虽然“庸”，却不“陋”，所以那些帮闲者，文采却究竟还有的，他们的作品，有些也至今不灭。

谁说“帮闲文学”是一个恶毒的贬辞呢？

就是权门的清客，他也得会下几盘棋，写一笔字，画画儿，识古董，懂得些猜拳行令，打趣插科，这才能不失其为清客。也就是说，清客，还要有清客的本领的，虽然是有骨气者所不屑为，却又非搭空架者所能企及。例如李渔的《一家言》[8]，袁枚的《随园诗话》，就不是每个帮闲都做得出来的。必须有帮闲之志，又有帮闲之才，这才是真正的帮闲。如果有其志而无其才，乱点古书，重抄笑话，吹拍名士，拉扯趣闻，而居然不顾脸皮，大摆架子，反自以为得意，——自然也还有人以为有趣，——但按其实，却不过“扯淡”而已。

帮闲的盛世是帮忙，到末代就只剩了这扯淡。

六月六日。

## 注释：

[1]本篇写成后未能刊出，后发表于1935年9月日本东京《杂文》月刊第三号，编入《且介亭杂文二集》。

中国帝制时期太长，所以盛产御用文人。一部文学史，在鲁迅看来简直就是一部“帮闲文学史”。1932年11月22日在北京大学作题为《帮忙文学与帮闲文学》的演讲，把中国文学分为“廊庙文学”与“山林文学”两大类，其中廊庙文学即帮闲文学；但又同时提出，“中国是隐士和官僚最接近的”，所以，他赞同称中国文学为“官僚文学”的说法（见《集外集拾遗》）。

[2]侑酒：劝酒，陪酒。

[3]屈原(约公元前340—约前278),战国后期楚国政治家、诗人。名平,字原,又字灵均,楚怀王时官左徒,主张内施德政,修明法度,外联盟国,共御暴秦。这些主张受到贵族集团的反对,屡遭诽谤,后被顷襄王放逐到沅、湘流域,终至投江而死。他是"骚体"的创始者,作品有《离骚》《九歌》《九章》《天问》等,对后世诗歌影响很大。

[4]宋玉,楚国诗人,生平不详。东汉王逸说他是屈原的学生,曾事楚襄王,为大夫,但不得志。著有《九辩》《风赋》等。

[5]"俳优蓄之",语见《汉书·严助传》。俳优,古代以乐舞谐戏为业的艺人。

[6]弄臣,皇帝狎近戏弄之臣。

[7]司马相如(约公元前179—前117),汉代辞赋家。字长卿,蜀郡成都(今四川成都)人。《史记》说他"称病闲居,不慕官爵"。他在文学上的成就主要是辞赋,《子虚赋》《上林赋》为其代表作。

[8]李渔(1611—约1680),清代著名戏曲理论家、作家,号笠翁,浙江兰溪人。著有《闲情偶寄》《笠翁十种曲》《十二楼》等。《一家言》即《闲情偶寄》,为诗文杂著,共六卷。

# “题未定”草(六至九)[1]

## 六

记得T君曾经对我谈起过:我的《集外集》出版之后,施蛰存先生曾在什么刊物上有过批评[2],以为这本书不值得付印,最好是选一下。我至今没有看到那刊物;但从施先生的推崇《文选》和手定《晚明二十家小品》的功业,以及自标“言行一致”的美德推测起来,这也正像他的话。好在我现在并不要研究他的言行,用不着多管这些事。

《集外集》的不值得付印,无论谁说,都是对的。其实岂只这一本书,将来重开四库馆时,恐怕我的一切译作,全在排除之列;虽是现在,天津图书馆的目录上,在《呐喊》和《彷徨》之下,就注着一个“销”字,“销”者,销毁之谓也;梁实秋教授充当什么图书馆主任时,听说也曾将我的许多译作驱逐出境[3]。但从一般的情形而论,目前的出版界,却实在并不十分谨严,所以印了我的一本《集外集》,似乎也算不得怎么特别糟蹋了纸墨。至于选本,我倒以为是弊多利少的,记得前年就写过一篇《选本》,说明着自己的意见,后来就收在《集外集》中。

自然,如果随便玩玩,那是什么选本都可以的,《文选》[4]好,《古文观止》[5]也可以。不过倘要研究文学或某一作家,所谓“知人论世”,那么,足以应用的选本就很难得。选本所显示的,往往并非作者的特色,倒是选者的眼光。眼光愈锐利,见识愈深广,选本固然愈准确,但可惜的是大抵眼光如豆,抹杀了作者真相的居多,这才是一个“文人浩劫”。例如蔡邕,选家大抵只取他的碑文,使读者仅觉得他是典重文章的作手,必须看见《蔡中郎集》里的《述行赋》(也见于《续古文苑》),那些“穷工巧于台榭兮,民露处而寝湿,委嘉谷于禽兽兮,下糠秕而无粒”(手头无书,也许记错,容后订正)的句子,才明白他并非单单的老学究,也是一个有血性的人,明白那时的情形,明白他确有取死之道。[6]又如被选家录取了《归去来辞》和《桃花源记》,被论客赞赏着“采菊东篱下,悠然见南山”的陶潜先生,在后人的心目中,实在飘逸得太久了,但在全集里,他却有时很摩登,“愿在丝而为履,附素足以周旋,悲行止之有节,空委弃于床前”,竟想摇身一变,化为“阿呀呀,我的爱人呀”的鞋子,虽然后来自说因为“止于礼义”,未能进攻到底,但那些胡思乱想的自白,究竟是大胆的。[7]就是诗,除论客所佩服的“悠然见南山”之外,也还有“精卫衔微木,将以填沧海,形天舞干戚,猛志固常在”[8]之类的“金刚怒目”[9]式,在证明着他并非整天整夜的飘飘然。这“猛志固常在”和“悠然见南山”的是一个人,倘有取舍,即非全人,再加抑扬,更离真实。譬如勇士,也战斗,也休息,也饮食,自然也性交,如果只取他末一点,画起像来,挂在妓院里,尊为性交大师,那当然也不能说是毫无根据的,然而,岂不冤哉!我每见近人的称引陶渊明,往往不禁为古人惋惜。

这也是关于取用文学遗产的问题,潦倒而至于昏瞶的人,凡是好的,他总归得不到。前几天,看见《时事新报》的《青光》上,引过林语堂先生的话,原文抛掉了,大意是说:老庄是上流,泼妇骂街之类是下流,他都要看,只有中流,剽上窃下,最无足观。[10]如果我所记忆的并不错,那么,这真不但宣告了宋人语录,明人小品,下至《论语》,《人间世》,《宇宙风》[11]这些"中流"作品的死刑,也透彻的表白了其人的毫无自信。不过这还是空腹高心之谈,因为虽是"中流",也并不一概,即使同是剽窃,有取了好处的,有取了无用之处的,有取了坏处的,到得"中流"的下流,他就连剽窃也不会,"老庄"不必说了,虽是明清的文章,又何尝真的看得懂。

标点古文,不但使应试的学生为难,也往往害得有名的学者出丑,乱点词曲,拆散骈文的美谈,已经成为陈迹,也不必回顾了;今年出了许多廉价的所谓珍本书,都有名家标点,关心世道者惄然忧之,以为足煽复古之焰。我却没有这么悲观,化国币一元数角,买了几本,既读古之中流的文章,又看今之中流的标点;今之中流,未必能懂古之中流的文章的结论,就从这里得来的。

例如罢,——这种举例,是很危险的,从古到今,文人的送命,往往并非他的什么"意德沃罗基"[12]的悖谬,倒是为了个人的私仇居多。然而这里仍得举,因为写到这里,必须有例,所谓"箭在弦上,不得不发"者是也。但经再三忖度,决定"姑隐其名",或者得免于难软,这是我在利用中国人只顾空面子的缺点。

例如罢,我买的"珍本"之中,有一本是张岱的《琅嬛文集》,"特印本实价四角";据"乙亥十月,卢前冀野父"跋,是"化峭僻之途为康庄"的,但照标点看下去,却并不十分"康庄"。[13]标点,对于五言或七言诗最容易,不必文学家,只要数学家就行,乐府就不大"康庄"了,所以卷三的《景清刺》[14]里,有了难懂的句子:

……佩铅刀。藏膝髁。太史奏。机谋破。不称王向前。坐对御衣含血唾。……

琅琅可诵,韵也押的,不过“不称王向前”这一句总有些费解。看看原序,有云:“清知事不成。跃而**询**上。大怒曰。毋谓我王。即王敢尔耶。清曰。今日之号。尚称王哉。命抉其齿。立且**询**。则含血前。淦御衣。上益怒。剥其肤。……”(标点悉遵原本)那么,诗该是“不称王,向前坐”了,“不称王”者,“尚称王哉”也;“向前坐”者,“则含血前”也。而序文的“跃而**询**上。大怒曰”,恐怕也该是“跃而**询**。上大怒曰”才合式,据作文之初阶,观下文之“上益怒”,可知也矣。

小说集《彷徨》封面

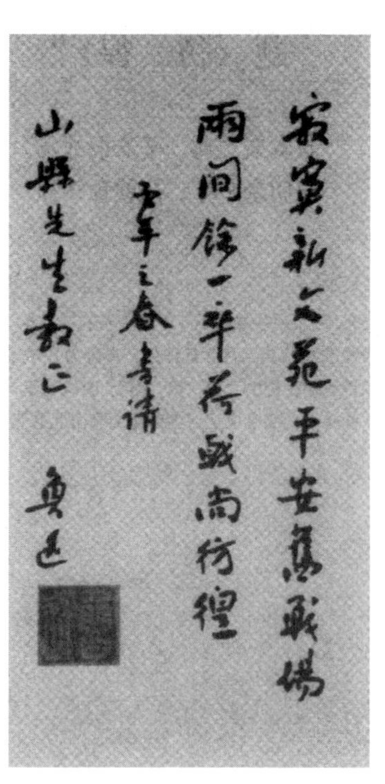

鲁迅诗《题〈彷徨〉》(1933)手迹。诗云:“寂寞新文苑,平安旧战场。两间余一卒,荷戟独彷徨。”

小说集《呐喊》捷克译本封面

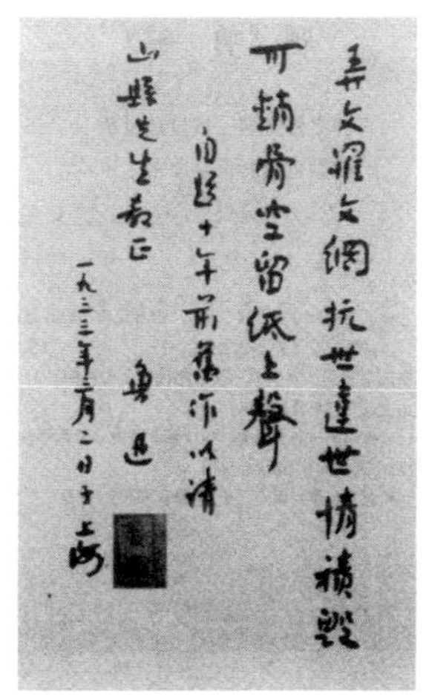

鲁迅诗《题〈呐喊〉》(1933)手迹。诗云:“弄文罹文网,抗世违世情。积毁可销骨,空留纸上声。”

《文选》,世称《昭明文选》,南朝梁昭明太子萧统编选。内选先秦至齐梁间的诗文辞赋,计三十卷,是我国现存最早的诗文选集。

宋浙刻《艺文类聚》,类书名,唐高祖命欧阳询等辑,一百卷。

纵使明人小品如何“本色”[15],如何“性灵”,拿它乱玩究竟还是不行的,自误事小,误人可似乎不大好。例如卷六的《琴操》《脊令操》[16]序里,有这样的句子:

秦府僚属。劝秦王世民。行周公之事。伏兵玄武门。射杀建成元吉魏征。[17]伤亡作。

文章也很通,不过一翻《唐书》,就不免觉得魏征实在射杀得冤枉,他其实是秦王世民做了皇帝十七年之后,这才病死的。所以我们没有法,这里只好点作“射杀建成元吉,魏征伤亡作”。明明是张岱作的《琴操》,怎么会是魏征作呢,索性也将他射杀干净,固然不能说没有道理,不过“中流”文人,是常有拟作的,例如韩愈先生,就替周文王说过“臣罪当诛兮天王圣明”[18],所以在这里,也还是以“魏征伤亡作”为稳当。

我在这里也犯了“文人相轻”罪,其罪状曰“吹毛求疵”。但我想“将功折罪”的,是证明了有些名人,连文章也看不懂,点不断,如果选起文章来,说这篇好,那篇坏,实在不免令人有些毛骨悚然,所以认真读书的人,一不可倚仗选本,二不可凭信标点。

## 七

还有一样最能引读者入于迷途的,是“摘句”。它往往是衣裳上撕下来的一块绣花,经摘取者一吹嘘或附会,说是怎样超然物外,与尘浊无干,读者没有见过全体,便也被他弄得迷离惝恍。最显著的便是上文说过的“悠然见南山”的例子,忘记了陶潜的《述酒》和《读山海经》等诗,捏成他单是一个飘飘然,就是这摘句作怪。

新近在《中学生》[19]的十二月号上,看见了朱光潜先生的《说'曲终人不见,江上数峰青'》的文章[20],推这两句为诗美的极致,我觉得也未免有以割裂为美的小疵。他说的好处是:

> 我爱这两句诗,多少是因为它对于我启示了一种哲学的意蕴。"曲终人不见"所表现的是消逝,"江上数峰青"所表现的是永恒。可爱的乐声和奏乐者虽然消逝了,而青山却巍然如旧,永远可以让我们把心情寄托在它上面。人到底是怕凄凉的,要求伴侣的。曲终了,人去了,我们一霎时以前所游目骋怀的世界猛然间好像从脚底倒塌去了。这是人生最难堪的一件事,但是一转眼间我们看到江上青峰,好像又找到另一个可亲的伴侣,另一个可托足的世界,而且它永远是在那里的。"山穷水尽疑无路,柳暗花明又一村",此种风味似之。不仅如此,人和曲果真消逝了么;这一曲缠绵悱恻的音乐没有惊动山灵?它没有传出江上青峰的妩媚和严肃?它没有深深地印在这妩媚和严肃里面?反正青山和湘灵的瑟声已发生这么一回的因缘,青山永在,瑟声和鼓瑟的人也就永在了。

这确已说明了他的所以激赏的原因。但也没有尽。读者是种种不同的,有的爱读《江赋》和《海赋》,有的欣赏《小园》或《枯树》。[21]后者是徘徊于有无生灭之间的文人,对于人生,既惮扰攘,又怕离去,懒于求生,又不乐死,实有太板,寂绝又太空,疲倦得要休息,而休息又太凄凉,所以又必须有一种抚慰。于是"曲终人不见"之外,如"只在此山中,云深不知处"或"笙歌归院落,灯火下楼台"之类,[22]就往往为人所称道。因为眼前不见,而远处却在,如果不在,便悲哀了,这就是道士之所以说"至心归命礼,玉皇大天尊!"[23]也。

抚慰劳人的圣药,在诗,用朱先生的话来说,是"静穆":

> 艺术的最高境界都不在热烈。就诗人之所以为人而论,他所感到的欢喜和愁苦也许比常人所感到的更加热烈。就诗人之所以为诗人而论,热烈的欢喜或热烈的愁苦经过诗表现出来以后,都好比黄酒经过长久年代的储藏,失去它的辣性,只剩一味醇朴。我在别的文章里曾经说过这一段话:"懂得这个道理,我们可以明白古希腊人何以把和平静穆看作诗的极境,把诗神亚波罗摆在蔚蓝的山巅,俯瞰众生扰攘,而眉宇间却常如作甜蜜梦,不露一丝被扰动的神色?"这里所谓"静穆"(Serenity)自然只是一种最高理想,不是在一般诗里所能找得到的。古希腊——尤其是古希腊的造形艺术——常使我们觉到这种"静穆"的风味。"静穆"是一种豁然大悟,得到归依的心情。它好比低眉默想的观音大士,超一切忧喜,同时你也可说它泯化一切忧喜。这种境界在中国诗里不多见。屈原阮籍李白杜甫都不免有些像金刚怒目,愤愤不平的样子。陶潜浑身是"静穆",所以他伟大。

古希腊人,也许把和平静穆看作诗的极境的罢,这一点我毫无知识。但以现存的希腊诗歌而论,荷马的史诗,是雄大而活泼的,沙孚[24]的恋歌,是明白而热烈的,都不静穆。我想,立"静穆"为诗的极境,而此境不见于诗,也许和立蛋形为人体的最高形式,而此形终不见于人一样。至于亚波罗之在山巅,那可因为他是"神"的缘故,无论古今,凡神像,总是放在较高之处的。这像,我曾见过照相,睁着眼睛,神清气爽,并不像"常如作甜蜜梦"。不过看见实物,是否“使我们觉到这种‘静穆’的风味”,在我可就很难断定了,但是,倘使真的觉得,我以为也许有些因为他“古”的缘故。

我也是常常徘徊于雅俗之间的人,此刻的话,很近于大煞风景,但有时却自以为颇“雅”的:间或喜欢看看古董。记得十多年前,在北京认识了一个土财主,不知怎么一来,他也忽然“雅”起来了,买了一个鼎,据说是周鼎,真是土花斑驳,古色古香。而不料过不几天,他竟叫铜匠把它的土花和铜绿擦得一干二净,这才摆在客厅里,闪闪的发着铜光。这样的擦得精光的古铜器,我一生中还没有见过第二个。一切“雅士”,听到的无不大笑,我在当时,也不禁由吃惊而失笑了,但接着就变成肃然,好像得了一种启示。这启示并非“哲学的意蕴”,是觉得这才看见了近于真相的周鼎。鼎在周朝,恰如碗之在现代,我们的碗,无整年不洗之理,所以鼎在当时,一定是干干净净,金光灿烂的,换了术语来说,就是它并不“静穆”,倒有些“热烈”。这一种俗气至今未脱,变化了我衡量古美术的眼光,例如希腊雕刻罢,我总以为它现在之见得“只剩一味醇朴”者,原因之一,是在曾埋土中,或久经风雨,失去了锋棱和光泽的缘故,雕造的当时,一定是崭新,雪白,而且发闪的,所以我们现在所见的希腊之美,其实并不准是当时希腊人之所谓美,我们应该悬想它是一件新东西。

凡论文艺,虚悬了一个“极境”,是要陷入“绝境”的,在艺术,会迷惘于土花,在文学,则被拘迫而“摘句”。但“摘句”又大足以困人,所以朱先生就只能取钱起[25]的两句,而踢开他的全篇,又用这两句来概括作者的全人,又用这两句来打杀了屈原,阮籍,李白,杜甫等辈,以为“都不免有些像金刚怒目,愤愤不平的样子”。其实是他们四位,都因为垫高朱先生的美学说,做了冤屈的牺牲的。

我们现在先来看一看钱起的全篇罢:

省试湘灵鼓瑟

善鼓云和瑟,常闻帝子灵。冯夷空自舞,楚客不堪听。苦调凄金石,清音入杳冥。苍梧来怨慕,白芷动芳馨。流水传湘浦,悲风过洞庭。曲终人不见,江上数峰青。

要证成"醇朴"或"静穆",这全篇实在是不宜称引的,因为中间的四联,颇近于所谓"衰飒"。但没有上文,末两句便显得含胡,不过这含胡,却也许又是称引者之所谓超妙。现在一看题目,便明白"曲终"者结"鼓瑟","人不见"者点"灵"字,"江上数峰青"者做"湘"字,全篇虽不失为唐人的好试帖,但末两句也并不怎么神奇了。况且题上明说是"省试"[26],当然不会有"愤愤不平的样子",假使屈原不和椒兰[27]吵架,却上京求取功名,我想,他大约也不至于在考卷上大发牢骚的,他首先要防落第。

我们于是应该再来看看这《湘灵鼓瑟》的作者的另外的诗了。但我手头也没有他的诗集,只有一部《大历诗略》[28],也是迂夫子的选本,不过篇数却不少,其中有一首是:

下第题长安客舍

不遂青云望,愁看黄鸟飞。梨花寒食夜,客子未春衣。
世事随时变,交情与我违。空余主人柳,相见却依依。

一落第,在客栈的墙壁上题起诗来,他就不免有些愤愤了,可见那一首《湘灵鼓瑟》,实在是因为题目,又因为省试,所以只好如此圆转活脱。他和屈原,阮籍,李白,杜甫四位,有时都不免是怒目金刚,但就全体而论,他长不到丈六[29]。

世间有所谓"就事论事"的办法,现在就诗论诗,或者也可以说是无碍的罢。不过我总以为倘要论文,最好是顾及全篇,并且顾及作者的全人,以及他所处的社会状态,这才较为确凿。要不然,是很容易近乎说梦的。但我也并非反对说梦,我只主张听者心里明白所听的是说梦,这和我劝那些认真的读者不要专凭选本和标点本为法宝来研究文学的意思,大致并无不同。自己放出眼光看过较多的作品,就知道历来的伟大的作者,是没有一个“浑身是‘静穆’”的。陶潜正因为并非“浑身是‘静穆’,所以他伟大”。现在之所以往往被尊为“静穆”,是因为他被选文家和摘句家所缩小,凌迟了。

## 八

现在还在流传的古人文集,汉人的已经没有略存原状的了,魏的嵇康,所存的集子里还有别人的赠答和论难,晋的阮籍,集里也有伏义[30]的来信,大约都是很古的残本,由后人重编的。《谢宣城集》[31]虽然只剩了前半部,但有他的同僚一同赋咏的诗。我以为这样的集子最好,因为一面看作者的文章,一面又可以见他和别人的关系,他的作品,比之同咏者,高下如何,他为什么要说那些话……现在采取这样的编法的,据我所知道,则《独秀文存》[32],也附有和所存的“文”相关的别人的文字。

那些了不得的作家,谨严入骨,惜墨如金,要把一生的作品,只删存一个或者三四个字,刻之泰山顶上,“传之其人”[33],那当然听他自己的便,还有鬼蜮似的“作家”,明明有天兵天将保佑,姓名大可公开,他却偏要躲躲闪闪,生怕他的“作品”和自己的原形发生关系,随作随删,删到只剩下一张白纸,到底什么也没有,那当然也听他自己的便。如果多少和社会有些关系的文字,我以为是都应该集

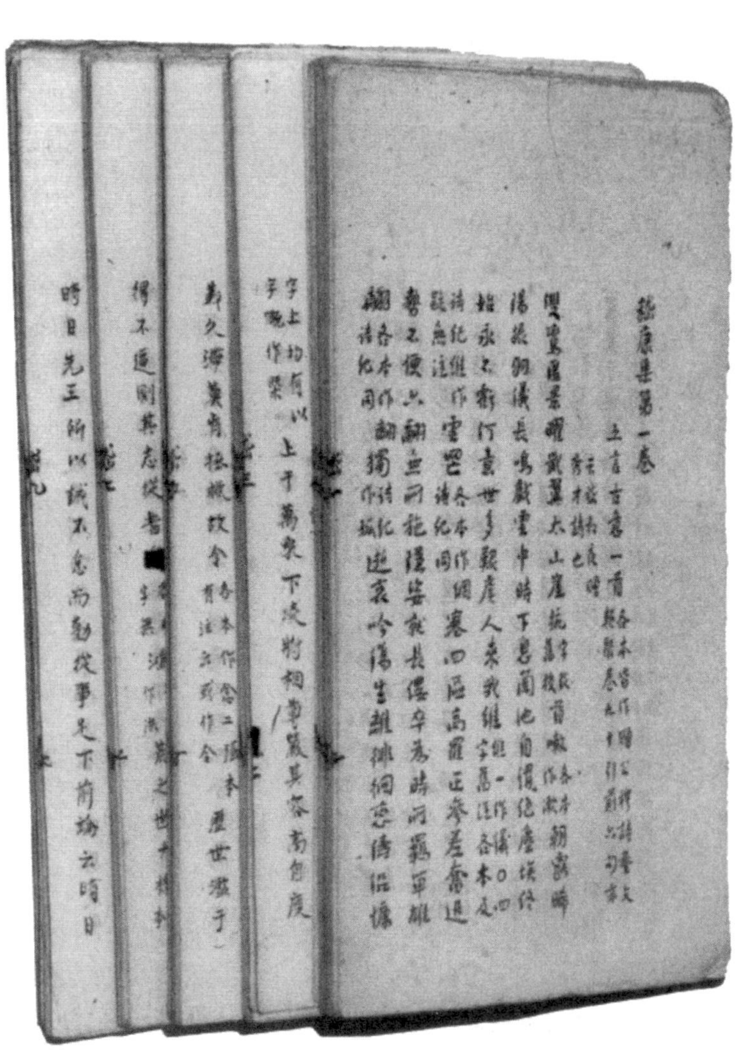


鲁迅校勘《嵇康集》的部分手稿。现存北京鲁迅博物馆。

印的,其中当然夹杂着许多废料,所谓"榛楛弗剪"[34],然而这才是深山大泽。现在已经不像古代,要手抄,要木刻,只要用铅字一排就够。虽说排印,糟蹋纸墨自然也还是糟蹋纸墨的,不过只要一想连杨邨人[35]之流的东西也还在排印,那就无论什么都可以闭着眼睛发出去了。中国人常说"有一利必有一弊",也就是"有一弊必有一利":揭起小无耻之旗,固然要引出无耻群,但使谦让者泼剌起来,却是一利。

收回了谦让的人,在实际上也并不少,但又是所谓"爱惜自己"的居多。"爱惜自己"当然并不是坏事情,至少,他不至于无耻,然而有些人往往误认"装点"和"遮掩"为"爱惜"。集子里面,有兼收"少作"的,然而偏去修改一下,在孩子的脸上,种上一撮白胡须;也有兼收别人之作的,然而又大加拣选,决不取谩骂诬蔑的文章,以为无价值。其实是这些东西,一样的和本文都有价值的,即使那力量还不够引出无耻群,但倘和有价值的本文有关,这就是它在当时的价值。中国的史家是早已明白了这一点的,所以历史里大抵有循吏传,隐逸传,却也有酷吏传和佞幸传,有忠臣传,也有奸臣传。因为不如此,便无从知道全般。

而且一任鬼蜮的技俩随时消灭,也不能洞晓反鬼蜮者的人和文章。山林隐逸之作不必论,倘使这作者是身在人间,带些战斗性的,那么,他在社会上一定有敌对。只是这些敌对决不肯自承,时时撒娇道:"冤乎枉哉,这是他把我当作假想敌了呀!"可是留心一看,他的确在放暗箭,一经指出,这才改为明枪,但又说这是因为被诬为"假想敌"[36]的报复。所用的技俩,也是决不肯任其流传的,不但事后要它消灭,就是临时也在躲闪;而编集子的人又不屑收录。于是到得后来,就只剩了一面的文章了,无可对比,当时的抗战之作,就都好像无的放矢,独个人在向着空中发疯。我尝见人评古人的文章,说谁是“锋棱太露”,谁又是“剑拔弩张”,就因为对面的文章,完全消灭了的缘故,倘在,是也许可以减去评论家几分懵懂的。所以我以为此后该有博采种种所谓无价值的别人的文章,作为附录的集子。以前虽无成例,却是留给后来的宝贝,其功用与铸了魑魅罔两的形状的禹鼎[37]相同。

就是近来的有些期刊,那无聊,无耻与下流,也是世界上不可多得的物事,然而这又确是现代中国的或一群人的“文学”,现在可以知今,将来可以知古,较大的图书馆,都必须保存的。但记得C君曾经告诉我,不但这些,连认真切实的期刊,也保存的很少,大抵只在把外国的杂志,一大本一大本的装起来:还是生着“贵古而贱今,忽近而图远”的老毛病。

## 九

仍是上文说过的所谓《珍本丛书》之一的张岱《琅嬛文集》,那卷三的书牍类里,有《又与毅儒八弟》的信,开首说:

> 前见吾弟选《明诗存》,有一字不似钟谭[38]者,必弃置不取;今几社诸君子盛称王李,[39]痛骂钟谭,而吾弟选法又与前一变,有一字似钟谭者,必弃置不取。钟谭之诗集,仍此诗集,吾弟手眼,仍此手眼,而乃转若飞蓬,捷如影响,何胸无定识,目无定见,口无定评,乃至斯极耶?盖吾弟喜钟谭时,有钟谭之好处,尽有钟谭之不好处,彼盖玉常带璞,原不该尽视为连城;吾弟恨钟谭时,有钟谭之不好处,仍有钟谭之好处,彼盖瑕不掩瑜,更不可尽弃为瓦砾。吾弟勿以几社君子之言,横据胸中,虚心平气,细细论之,则其妍丑自见,奈何以他人好尚为好

尚哉!……

这是分明的画出随风转舵的选家的面目,也指证了选本的难以凭信的。张岱自己,则以为选文造史,须无自己的意见,他在《与李砚翁》的信里说:"弟《石匮》一书,泚笔四十余载,心如止水秦铜,并不自立意见,故下笔描绘,妍媸自见,敢言刻划,亦就物肖形而已。……"然而心究非镜,也不能虚,所以立"虚心平气"为选诗的极境,"并不自立意见"为作史的极境者,也像立"静穆"为诗的极境一样,在事实上不可得。数年前的文坛上所谓"第三种人"杜衡辈,标榜超然,实为群丑,不久即本相毕露,知耻者皆羞称之,无待这里多说了;就令自觉不怀他意,屹然中立如张岱者,其实也还是偏倚的。他在同一信中,论东林[40]云:

> ……夫东林自顾泾阳讲学以来,以此名目,祸我国家者八九十年,以其党升沉,用占世数兴败,其党盛则为终南之捷径,其党败则为元祐之党碑[41]。……盖东林首事者实多君子,窜入者不无小人,拥戴者皆为小人,招徕者亦有君子,此其间线索甚清,门户甚迥。……东林之中,其庸庸碌碌者不必置论,如贪婪强横之王图,奸险凶暴之李三才,闯贼首辅之项煜,上笺劝进之周钟,[42]以致窜入东林,乃欲俱奉之以君子,则吾臂可断,决不敢徇情也。东林之尤可丑者,时敏[43]之降闯贼曰,"吾东林时敏也",以冀大用。鲁王监国,蕞尔小朝廷,科道任孔当[44]辈犹曰,"非东林不可进用"。则是东林二字,直与蕞尔鲁国及汝偕亡者。手刃此辈,置之汤镬,出薪真不可不猛也。……

这真可谓"词严义正"。所举的群小,也都确实的,尤其是时敏,虽在三百年后,也何尝无此等人,真令人惊心动魄。然而他的严责东林,是因为东林党中也有小人,古今来无纯一不杂的君子群,于是凡有党社,必为自谓中立者所不满,就大体而言,是好人多还是坏人多,他就置之不论了。或者还更加一转云:东林虽多君子,然亦有小人,反东林者虽多小人,然亦有正士,于是好像两面都有好有坏,并无不同,但因东林世称君子,故有小人即可丑,反东林者本为小人,故有正士则可嘉,苛求君子,宽纵小人,自以为明察秋毫,而实则反助小人张目。倘说:东林中虽亦有小人,然多数为君子,反东林者虽亦有正士,而大抵是小人。那么,斤量就大不相同了。

谢国桢[45]先生作《明清之际党社运动考》,钩索文籍,用力甚勤,叙魏忠贤两次虐杀东林党人毕,说道:"那时候,亲戚朋友,全远远的躲避,无耻的士大夫,早投降到魏党的旗帜底下了。说一两句公道话,想替诸君子帮忙的,只有几个书呆子,还有几个老百姓。"

这说的是魏忠贤使缇骑捕周顺昌[46],被苏州人民击散的事。诚然,老百姓虽然不读诗书,不明史法,不解在瑜中求瑕,屎里觅道,但能从大概上看,明黑白,辨是非,往往有决非清高通达的士大夫所可几及之处的。刚刚接到本日的《大美晚报》[47],有"北平特约通讯",记学生游行,被警察水龙喷射,棍击刀砍,一部分则被闭于城外,使受冻馁,"此时燕冀中学师大附中及附近居民纷纷组织慰劳队,送水烧饼馒头等食物,学生略解饥肠……"谁说中国的老百姓是庸愚的呢,被愚弄诓骗压迫到现在,还明白如此。张岱又说:"忠臣义士多见于国破家亡之际,如敲石出火,一闪即灭,人主不急起收之,则火种绝矣。"(《越绝诗小序》)他所指的"人主"是明太祖,和现在的情景不相符。

石在，火种是不会绝的。但我要重申九年前的主张[48]：不要再请愿！

十二月十八——十九夜。

## 注释：

[1]本文第六、七两节发表于1936年1月上海《海燕》月刊第一期。第八、九两节发表于同年2月《海燕》第二期。后编入《且介亭杂文二集》。

这是一篇结构较为散漫的文化随笔，其中涉及不少古籍、现代书刊及鲁迅本人著作，提供了不少有关专制政治下如何知人、论世、评文、审美的新观点和方法。

[2]施蛰存的批评。1935年6月，施蛰存在《文饭小品》第五期发表《杂文的文艺价值》一文，其中说："他(鲁迅)是不主张'悔其少作'的，连《集外集》这种零碎文章都肯印出来卖七角大洋；而我是希望作家们在编辑自己的作品集的时候，能稍稍定一下去取。因为在现今出版物蜂拥的情形之下，每个作家多少总有一些随意应酬的文字，倘能在编集子的时候，严格地删定一下，多少也是对于自己作品的一种郑重态度。"

[3]梁实秋，1930年前后曾任青岛大学教授兼图书馆主任。像文中所说的对于将鲁迅的许多译作驱逐出境一事，梁实秋在《关于鲁迅》一文中予以否认。

[4]《文选》，即《昭明文选》。

[5]《古文观止》，清代康熙年间吴楚材、吴调侯编选的古文读本，收入先秦至明代的文章二百二十二篇，按时间顺序排目，分十二卷。旧时作启蒙读本，流传颇广。

[6]蔡邕(132—192)，东汉文学家，字伯喈，陈留圉(今河南开

封杞县)人。汉献帝时董卓任为左中郎将,后王允诛董卓,蔡邕受累下狱,死于狱中。著有《蔡中郎文集》。文中说的《述行赋》为蔡邕抨击宦官擅权的作品,所引四句与原作文字有出入,“工巧”本“变巧”,“委”本“消”。《续古文苑》,清代孙星衍编,二十卷。

[7]“愿在丝而为履”四句,为陶潜《闲情赋》中的句子。“止于礼义”源自《诗经·关雎》序:“发乎情,止乎礼义。发乎情,民之性也;止乎礼义,先王之泽也。”这里说是陶潜“自说”,大约指《闲情赋》序中坦陈的“始则荡以思虑,而终归闲正,将以抑流宕之邪心”。

[8]精卫,传说中的鸟名。见《山海经·北山经》:“发鸠之山……有鸟焉……名曰精卫,其名自詨,是炎帝之少女……游于东海,溺而不返,故为精卫;常衔西山之木石,以堙于东海。”“精卫衔微木”四句,见陶潜所作的《读山海经》之十。

[9]金刚怒目,亦作“金刚努目”,形容面目威猛可畏。《太平广记》卷一七四引《谈薮》:“隋吏部侍郎薛道衡,尝游钟山开善寺,谓小僧曰:‘金刚何为努目,菩萨何为低眉?’小僧答曰:‘金刚努目,所以降伏四魔;菩萨低眉,所以慈悲六道。’”

[10]《青光》,上海《时事新报》的副刊。这里说的“林语堂先生的话”,原见发表于1935年12月《宇宙风》第六期的《烟屑》一文。

[11]《论语》《人间世》《宇宙风》均系林语堂主编或参与合作编辑的,以提倡幽默、闲适的文字为宗旨的刊物。

[12]“意德沃罗基”,德语Ideologie的音译,即“意识形态”。

[13]张岱(1597—1679),明末清初文学家。字宗子、石公,号陶庵,浙江山阴(今绍兴)人。著有《石匮书》《琅嬛文集》《陶庵梦忆》等。《琅嬛文集》是张岱的诗文杂集,六卷。这里说的“特印本”是“中国文学珍本丛书”之一,由刘大杰校点,后面有乙亥(1935)十月卢前的跋文,其中说:“世方好公安竟陵之文,得宗子翩跹其间,

化峭僻之途为康庄,知文章升降,故有其自也。"卢前(1905—1951),字冀野,江苏南京人,戏曲研究者,曾任光华大学、中央大学等校教授,著有《明清戏曲史》《词曲研究》等。

[14]《景清刺》,一首关于景清谋刺永乐帝(朱棣)的乐府诗。

[15]"本色"。林语堂有《说本色之美》一文,其中说:"盖做作之美,最高不过工品,妙品,而本色之美,佳者便是神品,化品,与天地争衡,绝无斧凿痕迹。"

[16]《琴操》,古琴曲。张岱撰有《琴操》十章,《脊令操》是其中之一。脊令,一作鹡鸰,鸟名,《诗经·小雅·常棣》:"脊令在原,兄弟急难。"后因以"脊令"比喻兄弟友爱,急难相顾。

[17]关于唐太宗射杀建成元吉事,可参看《新唐书·太宗皇帝本纪》;关于魏征,可详同书《魏征传》。

[18]"臣罪当诛兮天王圣明"是韩愈诗《拘幽操——文王羑里作》中的句子。

[19]《中学生》,综合性月刊。夏丏尊、叶圣陶等编辑,1930年上海创刊,1949年迁北京,改名《进步青年》,未久停刊。其后出版的《中学生》,系另一刊物。

[20]朱光潜(1897—1986),美学家。字孟实,安徽桐城人。1925年起留学英法,1933年回国,历任北京大学、四川大学、武汉大学教授。1949年后任北京大学教授、中华全国美学学会会长、全国政协委员、民盟中央委员等职。主要著作有《文艺心理学》《谈美》《西方美学史》等。此处所引的文章,原载1935年12月《中学生》第六十号。

[21]《江赋》,晋代郭璞作。《海赋》,晋代木华作。《小园》《枯树》二赋为北周庾信作。

[22]"只在此山中"二句,见唐代诗人贾岛诗《寻隐者不遇》。

"笙歌归院落"二句,见唐代诗人白居易诗《宴散》。

[23]"至心归命礼"二句,意思是诚心皈依道教,礼拜玉皇大帝。常见于道教经典。

[24]沙孚(Sappho,约公元前七至前六世纪),通译萨福,古希腊女诗人。一生写有九卷诗,至今流传下来的只有两三首完整的短诗和一些断片。爱情和友谊是她歌颂的主题。

[25]钱起(722—约780),唐代诗人,为"大历十才子"之一。字仲文,吴兴(今属浙江)人。天宝十年(751)中进士,官至尚书考功郎中;大历时为翰林学士。擅长应酬诗,近体诗中颇多佳句。

[26]"省试",唐代各州县贡士到京城会考,由尚书省的礼部主试,故称省试或礼部试。

[27]椒兰,指楚大夫子椒和楚怀王少子子兰。

[28]《大历诗略》,唐诗选本,清代乔亿评选,共六卷。

[29]丈六,佛家语,佛身长一丈六尺。

[30]伏义,生平不详。

[31]《谢宣城集》,南朝齐诗人谢朓的诗文集。谢朓(464—499),字玄晖,陈郡阳夏(今河南周口太康)人,曾任宣城太守、尚书吏部郎。后因萧遥光诬陷,下狱死。诗多描写自然,风格俊逸,后世与谢灵运对举,亦称小谢。

[32]《独秀文存》,陈独秀的文集。内分论文、随感录、通信三类。1922年11月出版。

[33]"传之其人",语见司马迁《报任少卿书》:"藏之名山,传之其人。"

[34]"榛楛弗剪",语出晋代陆机《文赋》:"彼榛楛之勿剪,亦蒙荣于集翠。"榛楛,丛生的荆棘。

[35]杨邨人(1901—1955),广东潮安人。1925年加入中国共

产党,1928年参加创造社,后声明脱党,三十年代经常化名攻击鲁迅及左翼文学。

[36]“假想敌”。杜衡在1935年11月《星火》第二卷第二期发表《谈文坛的骂风》一文,其中说:“杂文是战斗的,……但有时没有战斗的对象,而这‘战斗的’杂文依然为人所需要,于是乎不得(不)去找‘假想敌’。……至于写这些文章的动机,……三分是为了除了杂文无文可写,除了骂人无杂文可写,除了胡乱找‘假想敌’无人可骂之故。”

[37]禹鼎,相传夏禹收九州之金铸成,从此成为传国之重器。鼎,古代的一种烹饪器,多以青铜铸成。魑魅罔两:魑,山神,兽形;魅,怪物;罔两,水神,现多写作“魍魉”。

[38]钟谭,指明代文学家钟惺(1574—1624)和谭元春(1586—1637)。同为湖广竟陵(今湖北天门)人。他们反对拟古,主张抒写性灵,但不满于袁中郎等公安派的浮浅,追求幽深孤峭,以致流于冷涩,被称为竟陵派。

[39]几社,明末陈子龙、夏允彝等在江苏松江组织的文学社团。王李指明代文学家王世贞(1526—1590)和李攀龙(1514—1570),两人是提倡拟古的“后七子”的代表人物。

[40]东林,即东林党,晚明以江南士大夫为主的政治集团。万历二十二年(1594),无锡人顾宪成革职还乡,与高攀龙、钱一本等在东林书院讲学,讽议朝政,评论人物;并与在朝的李三方、赵南星等人深相交结,反对矿监、税监的掠夺,主张开放言路,实行改革,为权贵所仇视。明天启五年(1625),宦官魏忠贤制造系列冤案,称他们为“东林党”,予以残酷镇压,被杀害的达数百人。

[41]元祐之党碑。宋徽宗时,蔡京奏请将宋哲宗(年号元祐)朝反对王安石新法的司马光、苏轼等三〇九人镌名立碑于太学端

礼门前，指为奸党，称为党人碑，也称元祐党碑。

[42]王图，陕西耀州人，明万历时任吏部侍郎。李三才，陕西临潼人，明万历时任凤阳巡抚。项煜，吴县（今属江苏）人，明崇祯时官至詹事，后归降李自成。周钟，南直（今属江苏）金坛人，明崇祯癸未庶吉士，后归降李自成。

[43]时敏，常熟（今属江苏）人。明崇祯时官兵科给事中、江西督漕。李自成克北京时归降。

[44]科道，明清官制，都察院所属礼、户、吏、兵、刑、工六科给事中，及十五道监察御史的统称。任孔当，在南明鲁王小朝廷任浙江道监察御史。

[45]谢国桢（1901—1982），史学家。号刚主，河南安阳人。先后任教于南京中央大学、河南大学、长沙西南联大、北平临时大学，1949年后在南开大学讲授明清史及目录学，任中国史教研室主任。著有《晚明史籍考》《明清之际党社运动考》《清开国史科考》等。

[46]周顺昌（1584—1626），字景文，吴县（今属江苏）人。明天启中任吏部文选司员外郎，后遭魏忠贤陷害，死于狱中。

[47]《大美晚报》，美国人撒克里（T. O. Thackrey）于1929年4月在上海创办的英文报纸。下面“北平特约通讯”所报道的学生游行，系指“一二·九”学生运动。

[48]九年前的主张。鲁迅在“三一八惨案”后所写系列文章都曾表示不要再请愿的主张，认为应当有“别种方法的战斗”。

# 病后杂谈[1]

## 一

生一点病，的确也是一种福气。不过这里有两个必要条件：一要病是小病，并非什么霍乱吐泻，黑死病，或脑膜炎之类；二要至少手头有一点现款，不至于躺一天，就饿一天。这二者缺一，便是俗人，不足与言生病之雅趣的。

我曾经爱管闲事，知道过许多人，这些人物，都怀着一个大愿。大愿，原是每个人都有的，不过有些人却模模胡胡，自己抓不住，说不出。他们中最特别的有两位：一位是愿天下的人都死掉，只剩下他自己和一个好看的姑娘，还有一个卖大饼的；另一位是愿秋天薄暮，吐半口血，两个侍儿扶着，恹恹的到阶前去看秋海棠。这种志向，一看好像离奇，其实却照顾得很周到。第一位姑且不谈他罢，第二位的"吐半口血"，就有很大的道理。才子本来多病，但要"多"，就不能重，假使一吐就是一碗或几升，一个人的血，能有几回好吐呢？过不几天，就雅不下去了。

我一向很少生病，上月却生了一点点。开初是每晚发热，没有力，不想吃东西，一礼拜不肯好，只得看医生。医生说是流行性感冒。好罢，就是流行性感冒。但过了流行性感冒一定退热的时期，我的热却还不退。医生从他那大皮包里取出玻璃管来，要取我的血液，我知道他在疑心我生伤寒病了，自己也有些发愁。然而他第二天对我说，血里没有一粒伤寒菌；于是注意的听肺，平常；听心，上等。这似乎很使他为难。我说，也许是疲劳罢；他也不甚反对，只是沉吟着说，但是疲劳的发热，还应该低一点。……

好几回检查了全体，没有死症，不至于呜呼哀哉是明明白白的，不过是每晚发热，没有力，不想吃东西而已，这真无异于"吐半口血"，大可享生病之福了。因为既不必写遗嘱，又没有大痛苦，然而可以不看正经书，不管柴米账，玩他几天，名称又好听，叫作"养病"。从这一天起，我就自己觉得好像有点儿"雅"了；那一位愿吐半口血的才子，也就是那时躺着无事，忽然记了起来的。

光是胡思乱想也不是事，不如看点不劳精神的书，要不然，也不成其为"养病"。像这样的时候，我赞成中国纸的线装书，这也就是有点儿"雅"起来了的证据。洋装书便于插架，便于保存，现在不但有洋装二十五六史，连《四部备要》[2]也硬领而皮靴了，——原是不为无见的。但看洋装书要年富力强，正襟危坐，有严肃的态度。假使你躺着看，那就好像两只手捧着一块大砖头，不多工夫，就两臂酸麻，只好叹一口气，将它放下。所以，我在叹气之后，就去寻线装书。

一寻，寻到了久不见面的《世说新语》之类一大堆，躺着来看，轻飘飘的毫不费力了，魏晋人的豪放潇洒的风姿，也仿佛在眼前浮动。由此想起阮嗣宗的听到步兵厨善于酿酒，就求为步兵校尉；陶渊明的做了彭泽令，就教官田都种秫，以便做酒，因了太太的抗议，这才种了一点秔。这真是天趣盎然，决非现在的"站在云端里呐喊”[3]者们所能望其项背。但是,“雅”要想到适可而止,再想便不行。例如阮嗣宗可以求做步兵校尉,陶渊明补了彭泽令,他们的地位,就不是一个平常人,要“雅”,也还是要地位。“采菊东篱下,悠然见南山”是渊明的好句,但我们在上海学起来可就难了。没有南山,我们还可以改作“悠然见洋房”或“悠然见烟囱”的,然而要租一所院子里有点竹篱,可以种菊的房子,租钱就每月总得一百两,水电在外;巡捕捐按房租百分之十四,每月十四两。单是这两项,每月就是一百十四两,每两作一元四角算,等于一百五十九元六。近来的文稿又不值钱,每千字最低的只有四五角,因为是学陶渊明的雅人的稿子,现在算他每千字三大元罢,但标点,洋文,空白除外。那么,单单为了采菊,他就得每月译作净五万三千二百字。吃饭呢?要另外想法子生发,否则,他只好“饥来驱我去,不知竟何之”了。

“雅”要地位,也要钱,古今并不两样的,但古代的买雅,自然比现在便宜;办法也并不两样,书要摆在书架上,或者抛几本在地板上,酒杯要摆在桌子上,但算盘却要收在抽屉里,或者最好是在肚子里。

此之谓“空灵”。

## 二

为了“雅”,本来不想说这些话的。后来一想,这于“雅”并无伤,不过是在证明我自己的“俗”。王夷甫口不言钱,[4]还是一个不干不净人物,雅人打算盘,当然也无损其为雅人。不过他应该有时收起算盘,或者最妙是暂时忘却算盘,那么,那时的一言一笑,就都是灵机天成的一言一笑,如果念念不忘世间的利害,那可就成为

“杭育杭育派”[5]了。这关键,只在一者能够忽而放开,一者却是永远执着,因此也就大有了雅俗和高下之分。我想,这和时而“敦伦”[6]者不失为圣贤,连白天也在想女人的就要被称为“登徒子”[7]的道理,大概是一样的。

所以我恐怕只好自己承认“俗”,因为随手翻了一通《世说新语》,看过“娵隅跃清池”[8]的时候,千不该万不该的竟从“养病”想到“养病费”上去了,于是一骨碌爬起来,写信讨版税,催稿费。写完之后,觉得和魏晋人有点隔膜,自己想,假使此刻有阮嗣宗或陶渊明在面前出现,我们也一定谈不来的。于是另换了几本书,大抵是明末清初的野史,时代较近,看起来也许较有趣味。第一本拿在手里的是《蜀碧》。

这是蜀宾[9]从成都带来送我的,还有一部《蜀龟鉴》,都是讲张献忠祸蜀的书,其实是不但四川人,而是凡有中国人都该翻一下的著作,可惜刻的太坏,错字颇不少。翻了一遍,在卷三里看见了这样的一条——

> 又,剥皮者,从头至尻,一缕裂之,张于前,如鸟展翅,率逾日始绝。有即毙者,行刑之人坐死。

也还是为了自己生病的缘故罢,这时就想到了人体解剖。医术和虐刑,是都要生理学和解剖学智识的。中国却怪得很,固有的医书上的人身五脏图,真是草率错误到见不得人,但虐刑的方法,则往往好像古人早懂得了现代的科学。例如罢,谁都知道从周到汉,有一种施于男子的“宫刑”,也叫“腐刑”,次于“大辟”一等。对于女性就叫“幽闭”,向来不大有人提起那方法,但总之,是决非将她关起来,或者将它缝起来。近时好像被我查出一点大概来了,那办法的凶恶,妥当,而又合乎解剖学,真使我不得不吃惊。但妇科的医书呢?几乎都不明白女性下半身的解剖学的构造,他们只将肚子看作一个大口袋,里面装着莫名其妙的东西。

单说剥皮法,中国就有种种。上面所抄的是张献忠式;还有孙可望[10]式,见于屈大均的《安龙逸史》[11],也是这回在病中翻到的。其时是永历六年,即清顺治九年,永历帝已经躲在安隆(那时改为安龙),秦王孙可望杀了陈邦传父子,御史李如月就弹劾他"擅杀勋将,无人臣礼",皇帝反打了如月四十板。可是事情还不能完,又给孙党张应科知道了,就去报告了孙可望。

> 可望得应科报,即令应科杀如月,剥皮示众。俄缚如月至朝门,有负石灰一筐,稻草一捆,置于其前。如月问,"如何用此?"其人曰,"是揎你的草!"如月叱曰,"瞎奴!此株株是文章,节节是忠肠也!"既而应科立右角门阶,捧可望令旨,喝如月跪。如月叱曰,"我是朝廷命官,岂跪贼令!?"乃步至中门,向阙再拜。……应科促令仆地,剖脊,及臀,如月大呼曰:"死得快活,浑身清凉!"又呼可望名,大骂不绝。及断至手足,转前胸,犹微声恨骂;至颈绝而死。随以灰渍之,纫以线,后乃入草,移北城门通衢阁上,悬之。……

张献忠的自然是"流贼"式;孙可望虽然也是流贼出身,但这时已是保明拒清的柱石,封为秦王,后来降了满洲,还是封为义王,所以他所用的其实是官式。明初,永乐皇帝剥那忠于建文帝的景清的皮,[12]也就是用这方法的。大明一朝,以剥皮始,以剥皮终,可谓始终不变;至今在绍兴戏文里和乡下人的嘴上,还偶然可以听到"剥皮揎草"的话,那皇泽之长也就可想而知了。

真也无怪有些慈悲心肠人不愿意看野史,听故事;有些事情,真也不像人世,要令人毛骨悚然,心里受伤,永不全愈的。残酷的事实尽有,最好莫如不闻,这才可以保全性灵,也是"是以君子远庖厨也"[13]的意思。比灭亡略早的晚明名家的潇洒小品在现在的盛行,实在也不能说是无缘无故。不过这一种心地晶莹的雅致,又必须有一种好境遇,李如月仆地"剖脊",脸孔向下,原是一个看书的好姿势[14],但如果这时给他看袁中郎的《广庄》,我想他是一定不要看的。这时他的性灵有些儿不对,不懂得真文艺了。

然而,中国的士大夫是到底有点雅气的,例如李如月说的"株株是文章,节节是忠肠",就很富于诗趣。临死做诗的,古今来也不知道有多少。直到近代,谭嗣同在临刑之前就做一绝"闭门投辖思张俭",[15]秋瑾女士也有一句"秋雨秋风愁杀人",[16]然而还雅得不够格,所以各种诗选里都不载,也不能卖钱。

## 三

清朝有灭族,有凌迟,却没有剥皮之刑,这是汉人应该惭愧的,但后来脍炙人口的虐政是文字狱。虽说文字狱,其实还含着许多复杂的原因,在这里不能细说;我们现在还直接受到流毒的,是他删改了许多古人的著作的字句,禁了许多明清人的书。

《安龙逸史》大约也是一种禁书,我所得的是吴兴刘氏嘉业堂[17]的新刻本。他刻的前清禁书还不止这一种,屈大均的又有《翁山文外》;还有蔡显的《闲渔闲闲录》[18],是作者因此"斩立决",还累及门生的,但我细看了一遍,却又寻不出什么忌讳。对于这种刻书家,我是很感激的,因为他传授给我许多知识——虽然从雅人看来,只是些庸俗不堪的知识。但是到嘉业堂去买书,可真难。我还记得，今年春天的一个下午，好容易在爱文义路找着了，两扇大铁门，叩了几下，门上开了一个小方洞，里面有中国门房，中国巡捕，白俄镖师各一位。巡捕问我来干什么的。我说买书。他说账房出去了，没有人管，明天再来罢。我告诉他我住得远，可能给我等一会呢？他说，不成！同时也堵住了那个小方洞。过了两天，我又去了，改作上午，以为此时账房也许不至于出去。但这回所得回答却更其绝望，巡捕曰："书都没有了！卖完了！不卖了！"

我就没有第三次再去买，因为实在回复的斩钉截铁。现在所有的几种，是托朋友去辗转买来的，好像必须是熟人或走熟的书店，这才买得到。

每种书的末尾，都有嘉业堂主人刘承干先生的跋文，他对于明季的遗老很有同情，对于清初的文祸也颇不满。但奇怪的是他自己的文章却满是前清遗老的口风；书是民国刻的，"儀"字还缺着末笔[19]。我想，试看明朝遗老的著作，反抗清朝的主旨，是在异族的入主中夏的，改换朝代，倒还在其次。所以要顶礼明末的遗民，必须接受他的民族思想，这才可以心心相印。现在以明遗老之仇的满清的遗老自居，却又引明遗老为同调，只着重在"遗老"两个字，而毫不问遗于何族，遗在何时，这真可以说是"为遗老而遗老"，和现在文坛上的"为艺术而艺术"，成为一副绝好的对子了。

倘以为这是因为"食古不化"的缘故，那可也并不然。中国的士大夫，该化的时候，就未必决不化。就如上面说过的《蜀龟鉴》，原是一部笔法都仿《春秋》的书，但写到"圣祖仁皇帝康熙元年春正月"，就有"赞"道："……明季之乱甚矣！风终《豳》，雅终《召旻》，[20]托乱极思治之隐忧而无其实事，孰若于臣祖亲见之，臣身亲被之乎？是终以元年正月。终者，非徒谓体元表正[21]，蔑以加兹；生逢盛世，荡荡难名，一以寄没世不忘之恩，一以见太平之业所由始耳!”

《春秋》上是没有这种笔法的。满洲的肃王的一箭,不但射死了张献忠,也感化了许多读书人,而且改变了“春秋笔法”了。

## 四

病中来看这些书,归根结蒂,也还是令人气闷。但又开始知道了有些聪明的士大夫,依然会从血泊里寻出闲适来。例如《蜀碧》,总可以说是够惨的书了,然而序文后面却刻着一位乐斋先生的批语道:“古穆有魏晋间人笔意。”

这真是天大的本领!那死似的镇静,又将我的气闷打破了。

我放下书,合了眼睛,躺着想想学这本领的方法,以为这和“君子远庖厨也”的法子是大两样的,因为这时是君子自己也亲到了庖厨里。瞑想的结果,拟定了两手太极拳。一,是对于世事要“浮光掠影”,随时忘却,不甚了然,仿佛有些关心,却又并不恳切;二,是对于现实要“蔽聪塞明”,麻木冷静,不受感触,先由努力,后成自然。第一种的名称不大好听,第二种却也是却病延年的要诀,连古之儒者也并不讳言的。这都是大道。还有一种轻捷的小道,是:彼此说谎,自欺欺人。

有些事情,换一句话说就不大合式,所以君子憎恶俗人的“道破”。其实,“君子远庖厨也”就是自欺欺人的办法:君子非吃牛肉不可,然而他慈悲,不忍见牛的临死的觳觫,于是走开,等到烧成牛排,然后慢慢的来咀嚼。牛排是决不会“觳觫”的了,也就和慈悲不再有冲突,于是他心安理得,天趣盎然,剔剔牙齿,摸摸肚子,“万物皆备于我矣”[22]了。彼此说谎也决不是伤雅的事情,东坡先生在黄州,有客来,就要客谈鬼,客说没有,东坡道:“姑妄言之!”[23]至今还算是一件韵事。

撒一点小谎，可以解无聊，也可以消闷气；到后来，忘却了真，相信了谎。也就心安理得，天趣盎然了起来。永乐的硬做皇帝，一部分士大夫是颇以为不大好的。尤其是对于他的惨杀建文的忠臣。和景清一同被杀的还有铁铉[24]，景清剥皮，铁铉油炸，他的两个女儿则发付了教坊，[25]叫她们做婊子。这更使士大夫不舒服，但有人说，后来二女献诗于原问官，被永乐所知，赦出，嫁给士人了。

这真是“曲终奏雅”[26]，令人如释重负，觉得天皇毕竟圣明，好人也终于得救。她虽然做过官妓，然而究竟是一位能诗的才女，她父亲又是大忠臣，为夫的士人，当然也不算辱没。但是，必须“浮光掠影”到这里为止，想不得下去。一想，就要想到永乐的上谕[27]，有些是凶残猥亵，将张献忠祭梓潼神的“咱老子姓张，你也姓张，咱老子和你联了宗罢。尚飨!”的名文[28]，和他的比起来，真是高华典雅，配登西洋的上等杂志，那就会觉得永乐皇帝决不像一位爱才怜弱的明君。况且那时的教坊是怎样的处所？罪人的妻女在那里是并非静候嫖客的，据永乐定法，还要她们“转营”，这就是每座兵营里都去几天，目的是在使她们为多数男性所凌辱，生出“小龟子”和“淫贱材儿”来！所以，现在成了问题的“守节”，在那时，其实是只准“良民”专利的特典。在这样的治下，这样的地狱里，做一首诗就能超生的么？

我这回从杭世骏的《订讹类编》[29]（续补卷上）里，这才确切的知道了这佳话的欺骗。他说：

……考铁长女诗，乃吴人范昌期《题老妓卷》作也。诗云：“教坊落籍洗铅华，一片春心对落花。旧曲听来空有恨，故园归去却无家。云鬟半軃临青镜，雨泪频弹湿绛纱。安得江州司马在，尊前重为赋琵琶。”昌期，字鸣凤；诗见张士瀹《国朝文纂》[30]。同时杜琼用嘉亦有次韵诗，题曰《无题》，则其非铁氏作明矣。次女诗所谓“春来雨露深如海，嫁得刘郎胜阮郎”，其论尤为不伦。宗正睦㮮论革除事，谓建文流落西南诸诗，皆好事伪作，则铁女之诗可知。……

《国朝文纂》我没有见过，铁氏次女的诗，杭世骏也并未寻出根底，但我以为他的话是可信的，——虽然他败坏了口口相传的韵事。况且一则他也是一个认真的考证学者，二则我觉得凡是得到大杀风景的结果的考证，往往比表面说得好听，玩得有趣的东西近真。

首先将范昌期的诗嫁给铁氏长女，聊以自欺欺人的是谁呢？我也不知道。但“浮光掠影”的一看，倒也罢了，一经杭世骏道破，再去看时，就很明白的知道了确是咏老妓之作，那第一句就不像现任官妓的口吻。不过中国的有一些士大夫，总爱无中生有，移花接木的造出故事来，他们不但歌颂升平，还粉饰黑暗。关于铁氏二女的撒谎，尚其小焉者耳，大至胡元杀掠，满清焚屠之际，也还会有人单单捧出什么烈女绝命，难妇题壁的诗词来，这个艳传，那个步韵，比对于华屋丘墟，生民涂炭之惨的大事情还起劲。到底是刻了一本集，连自己们都附进去，而韵事也就完结了。

我在写着这些的时候，病是要算已经好了的了，用不着写遗书。但我想在这里趁便拜托我的相识的朋友，将来我死掉之后，即使在中国还有追悼的可能，也千万不要给我开追悼会或者出什么记念册。因为这不过是活人的讲演或挽联的斗法场，为了造语惊人，对仗工稳起见，有些文豪们是简直不恤于胡说八道的。结果至多也不过印成一本书，即使有谁看了，于我死人，于读者活人，都无益处，就是对于作者，其实也并无益处，挽联做得好，也不过挽联做得好而已。

现在的意见，我以为倘有购买那些纸墨白布的闲钱，还不如选几部明人，清人或今人的野史或笔记来印印，倒是于大家很有益处的。但是要认真，用点工夫，标点不要错。

十二月十一日。

## 注释：

[1]本文第一节最初发表于1935年2月《文学》月刊第四卷第二号，其余三节均被检查官删去。后编入《且介亭杂文》。

鲁迅多次提到本文发表的情况，在《且介亭杂文·附记》里这样写道："……登了出来时，只剩下第一段了。后有一位作家，根据了这一段评论我道：鲁迅是赞成生病的。他竟毫不想到检查官的删削。可见文艺上的暗杀政策，有时也还有一些效力的。"

文章所"谈"确乎"杂"，从《世说新语》说到"雅"；从《蜀碧》《蜀龟鉴》说到酷刑，说到小品；从《安龙逸史》等禁书说到文字狱，说到中国传统知识分子喜欢"歌颂升平""粉饰黑暗"的特性。鲁迅说过"刨祖坟"，其实正是所有这些，针对当时中国文化知识界的现状而发的。

[2]《四部备要》，丛书名。1936年中华书局辑印。共三百三十六种。所选均为研究古籍常备的著作，也有采用清代学者整理过的本子。

[3]"站在云端里呐喊"。1934年10月5日，林语堂在《人间世》第十三期发表《怎样洗炼白话入文》一文，说："今日既无人能用一二十字说明大众语是何物，又无人能写一二百字模范大众语，给我们见识见识，只管在云端呐喊，宜乎其为大众之谜也。"

[4]王夷甫(256—311),名衍,晋代琅琊临沂(今属山东)人。晋时历任中书令、尚书令、司徒、司空,后为石勒所杀。说他“口不言钱”,见《晋书·王戎传》:“衍疾郭(按,即王衍妻郭氏)之贪鄙,故口未尝言钱。郭欲试之,令婢以钱绕床,使不得行。衍晨起见钱,谓婢曰:‘举阿堵物却!’”

[5]“杭育杭育派”,原指大众文学,这里当泛指鄙俗的大众。含反讽之意。林语堂于1934年4月28日、30日及5月3日《申报·自由谈》发表《方巾气研究》一文,说:“在批评方面,近来新旧卫道派颇一致,方巾气越来越重。凡非哼哼唧唧文学,或杭唷杭唷文学,皆在鄙视之列。”又说:“人间世出版,动起杭育杭育派的方巾气,七手八脚,乱吹乱擂,却丝毫没有打动了人间世。”

[6]“敦伦”,指夫妻间的性生活。

[7]“登徒子”,宋玉曾作《登徒子好色赋》,后来称好色的人为登徒子。

[8]“娵隅跃清池”。《世说新语·排调》载:“郝隆为桓公(按,即桓温)南蛮参军。三月三日会,作诗,不能者罚酒三升。隆初以不能受罚,既饮,揽笔便作一句云:‘娵隅跃清池。’桓问:‘娵隅是何物?’答曰:‘蛮名鱼为娵隅。’桓公曰:‘作诗何以作蛮语?’隆曰:‘千里投公,始得蛮府参军,那得不作蛮语也?’”

[9]蜀宾,作家许钦文的笔名。

[10]孙可望(? —1660),本名可旺,陕西米脂人。张献忠养子及部将。张败死后,他率部入云南、贵州,被推为首领,联明抗清。永历五年(1651)向南明永历帝求封为秦王。后遣兵送永历帝到贵州安隆所(更名安龙府),自己在贵阳称王,定朝仪,设官制,后势窘降清,被清封为“义王”。1660年被清军射死。

[11]《安龙逸史》,屈大均著。清朝禁毁书籍之一。署名沧州

渔隐，被列入“军机处奉准全毁书”中。

[12]景清(？—1402)，本姓耿，真宁(今甘肃庆阳正宁)人。洪武中进士，授编修。建文帝(朱允炆)时官御史大夫。据《明史·景清传》，成祖(朱棣)登位，他佯作归顺，后行谋刺，磔死。他被剥皮事，谷应泰《明史纪事本末·壬午殉难》载云：“八月望日早朝，清绯衣入。……朝毕，出御门，清奋跃而前，将犯驾。文皇急命左右收之，得所佩剑。清知志不得遂，乃起植立嫚骂。抉其齿，且抉且骂，含血直噀御袍。乃命剥其皮，草椟之，械系长安门。”

[13]“是以君子远庖厨也”，语见《孟子·梁惠王》：“君子之于禽兽也，见其生，不忍见其死；闻其声，不忍食其肉。是以君子远庖厨也。”庖厨，厨房。

[14]看书的好姿势。1933年11月1日《论语》第二十八期载有黄嘉音作的组画，共六图，题作《介绍几个读论语的好姿势》。

[15]谭嗣同(1865—1898)，思想家。字复生，号壮飞，湖南浏阳人，戊戌政变中的“六君子”之一。著有《仁学》一书，自叙说：“冲决君主之网罗，冲决伦常之网罗。”著有《谭嗣同全集》。“闭门投辖思张俭”，原作“望门投止思张俭”，是他被害前所作七绝《绝中题壁》的首句。张俭，汉灵帝时官东部督邮，严劾宦官侯览及其家庭的罪恶，为太学生所敬仰。后来仇家上书告发他与同郡二十四人为党，于是张贴告示进行讨捕。他只得亡命出走，所经之处，人们都愿意藏匿他，即使破家灭族亦在所不顾。

[16]秋瑾(1879—1907)，革命家，诗人。字璇卿，号竞雄，又称鉴湖女侠。浙江绍兴人。留学日本，为光复会主要人物之一。后结识孙中山，加入同盟会，被推为评议部评论员和同盟会浙江省主盟人。回国后，创办《中国女报》，宣传妇女解放。1907年7月，与徐锡麟等密谋起义，因叛徒告密，被清政府逮捕，15日被害于绍兴

城内轩亭口。就义前,于刑庭书“秋雨秋风愁煞人”句。

[17]吴兴刘氏嘉业堂,著名私人藏书楼。在浙江湖州吴兴南浔镇,藏书达六十万卷,并自行雕版印书。创办人刘承干(1882—1951),字贞一,号翰怡,浙江吴兴人。

[18]蔡显(约1697—1767),字笠夫,江苏华亭(今上海松江)人。所著《闲渔闲闲录》,九卷,是一部杂录朝典、时事、诗句的杂著。《清代文字狱档》第二辑收入“蔡显《闲渔闲闲录》案”。此案发生在乾隆三十二年(1767),据奏折称:所著《闲闲录》一书,“语含诽谤,意多悖逆”,因被判“斩决”;儿子“斩监候秋后处决”;门人等分别“杖流”及“发伊犁等处充当苦差”。

[19]缺着末笔,从唐代开始的一种避讳方法,即在书写本朝皇帝或尊长名字时省略最末一笔。

[20]风终《豳》,雅终《召旻》。《诗经》分“国风”“雅”“颂”三大类。《豳》是“国风”的最后一篇,《召旻》则是“大雅”的最后一篇。

[21]体元表正,歌颂帝王的话。“体元”,《春秋》隐公元年:“元年,春,王正月。”晋代杜预注:“凡人君即位,欲其体元以居正,故不言一年一月也。”据唐代孔颖达疏:“元正实是始长之义,但因名以广之。元者:气之本也,善之长也;人君执大本,长庶物,欲其与元同体,故年称元年。”“表正”,见《书经·仲虺之诰》:“表正万邦。”汉代孔安国注:“仪表天下,法正万国。”

[22]“万物皆备于我矣”,语见《孟子·尽心》。

[23]东坡。苏轼(1037—1101),文学家。字子瞻,号东坡居士,眉山(今属四川)人。唐宋八大家之一。与其父苏洵、弟苏辙,合称“三苏”。宋神宗时,极力反对王安石变法;后因得罪皇帝,被捕入狱,后被贬黄州。宋哲宗时,旧党上台,被召回京,做了翰林学士等官。新党再度上台,又被贬至岭南的惠州和海南的儋州,到宋

徽宗即位(1100),才遇赦北归。次年死于常州,终年六十四岁。要客谈鬼事,可参见宋代叶梦得《石林避暑录话》。

[24]铁铉(1366—1402),字鼎石,河南邓州人。明建文帝时任山东参政,燕王朱棣(永乐帝)起兵夺位,他屡破燕王兵。至燕王登位,被处死。关于油炸至死事,见谷应泰《明史纪事本末·壬午殉难》:"铁铉被执至京,陛见,背立廷中,正言不屈,令一顾不可得。割其耳鼻,竟不肯顾……遂寸磔之,至死,犹喃喃骂不绝。文皇(永乐)乃令舁大镬至,纳油数斛,熬之,投铉尸,顷刻成煤炭。"

[25]关于铁铉两个女儿入教坊的事,明代王鏊的《震泽纪闻》载云:"铉有二女,入教坊数月,终不受辱。有铉同官至,二女为诗以献。文皇曰:'彼终不屈乎?'乃赦出之,皆适士人。"教坊,唐代开始设立的掌管教练女乐的机构,罪犯的妻女被罚入教坊,事实上是做官妓。

[26]"曲终奏雅",语见《汉书·司马相如传》:"扬雄以为靡丽之赋,劝百而风一,犹骋郑、卫之声,曲终而奏雅,不已戏乎!"

[27]永乐的上谕,详见本书《病后杂谈之余》第一节。

[28]张献忠祭梓潼神文,见于《蜀碧》或《蜀龟鉴》,引文与原文在文字上略有出入。梓潼神,又称梓潼帝君,道教所奉主宰功名、禄位之神。传说姓张,名亚子,居蜀七曲山。仕晋战死,后人立庙纪念。

[29]杭世骏(1696—1773),清代考据家。字大宗,浙江仁和(今余杭)人。乾隆时官御史。著有《订讹类编》《道古堂诗集》等。《订讹类编》是一部考订古籍真伪异同的书,共六卷,续补二卷。

[30]《国朝文纂》,明代诗文汇编,王稌编,四十卷。

# 病后杂谈之余[1]

## 关于“舒愤懑”

### 一

我常说明朝永乐皇帝的凶残，远在张献忠之上，是受了宋端仪的《立斋闲录》[2]的影响的。那时我还是满洲治下的一个拖着辫子的十四五岁的少年，但已经看过记载张献忠怎样屠杀蜀人的《蜀碧》，痛恨着这“流贼”的凶残。后来又偶然在破书堆里发见了一本不全的《立斋闲录》，还是明抄本，我就在那书上看见了永乐的上谕，于是我的憎恨就移到永乐身上去了。

那时我毫无什么历史知识，这憎恨转移的原因是极简单的，只以为流贼尚可，皇帝却不该，还是“礼不下庶人”[3]的传统思想。至于《立斋闲录》，好像是一部少见的书，作者是明人，而明朝已有抄本，那刻本之少就可想。记得《汇刻书目》[4]说是在明代的一部什么丛书中，但这丛书我至今没有见；清《四库全书总目提要》将它放在“存目”里，那么，《四库全书》里也是没有的，我家并不是藏书家，我真不解怎么会有这明抄本。这书我一直保存着，直到十多年前，因为肚子饿得慌了，才和别的两本明抄和一部明刻的《宫闺秘典》[5]去卖给以藏书家和学者出名的傅某[6]，他使我跑了三四趟之后，才说一总给我八块钱，我赌气不卖，抱回来了，又藏在北平的寓里；但久已没有人照管，不知道现在究竟怎样了。

那一本书，还是四十年前看的，对于永乐的憎恨虽然还在，书的内容却早已模模胡胡，所以在前几天写《病后杂谈》时，举不出一句永乐上谕的实例。我也很想看一看《永乐实录》[7]，但在上海又如何能够；来青阁有残本在寄售，十本，实价却是一百六十元，也决不是我辈书架上的书。又是一个偶然：昨天在《安徽丛书》[8]第三集中看见了清俞正燮(1775—1840)《癸巳类稿》[9]的改定本，那《除乐户丐户籍及女乐考附古事》里，却引有永乐皇帝的上谕，是根据王世贞《弇州史料》[10]中的《南京法司所记》的，虽然不多，又未必是精粹，但也足够“略见一斑”，和献忠流贼的作品相比较了。摘录于下——

> 永乐十一年正月十一日，教坊司于右顺门口奏：齐泰[11]姊及外甥媳妇，又黄子澄妹四个妇人，每一日一夜，二十余条汉子看守着，年少的都有身孕，除生子令做小龟子，又有三岁女子，奏请圣旨。奉钦依：由他。不的到长大便是个淫贱材儿？
>
> 铁铉妻杨氏年三十五，送教坊司；茅大芳妻张氏年五十六，送教坊司。张氏病故，教坊司安政于奉天门奏。奉圣旨：分付上元县抬出门去，着狗吃了！钦此！

君臣之间的问答，竟是这等口吻，不见旧记，恐怕是万想不到的罢。但其实，这也仅仅是一时的一例。自有历史以来，中国人是一向被同族和异族屠戮，奴隶，敲掠，刑辱，压迫下来的，非人类所能忍受的楚毒，也都身受过，每一考查，真教人觉得不像活在人间。俞正燮看过野史，正是一个因此觉得义愤填膺的人，所以他在记载清朝的解放惰民丐户，罢教坊，停女乐[12]的故事之后，作一结语道——

> 自三代至明，惟宇文周武帝，唐高祖，后晋高祖，金，元，及明景帝，于法宽假之，而尚存其旧。余皆视为固然。本朝尽去其籍，而天地为之廓清矣。汉儒歌颂朝廷功德，自云"舒愤懑"，[13]除乐户之事，诚可云舒愤懑者：故列古语琐事之实，有关因革者如此。

这一段结语，有两事使我吃惊。第一事，是宽假奴隶的皇帝中，汉人居很少数。但我疑心俞正燮还是考之未详，例如金元，是并非厚待奴隶的，只因那时连中国的蓄奴的主人也成了奴隶，从征服者看来，并无高下，即所谓"一视同仁"，于是就好像对于先前的奴隶加以宽假了。第二事，就是这自有历史以来的虐政，竟必待满洲的清才来廓清，使考史的儒生，为之拍案称快，自比于汉儒的"舒愤懑"——就是明末清初的才子们之所谓"不亦快哉！"[14]然而解放乐户却是真的，但又并未"廓清"，例如绍兴的惰民，直到民国革命之初，他们还是不与良民通婚，去给大户服役，不过已有报酬，这一点，恐怕是和解放之前大不相同的了。革命之后，我久不回到绍兴去了，不知道他们怎样，推想起来，大约和三十年前是不会有什么两样的。

## 二

但俞正燮的歌颂清朝功德，却不能不说是当然的事。他生于乾隆四十年，到他壮年以至晚年的时候，文字狱的血迹已经消失，满洲人的凶焰已经缓和，愚民政策早已集了大成，剩下的就只有“功德”了。那时的禁书，我想他都未必看见。现在不说别的，单看雍正乾隆两朝的对于中国人著作的手段，就足够令人惊心动魄。全毁，抽毁，剜去之类也且不说，最阴险的是删改了古书的内容。乾隆朝的纂修《四库全书》，是许多人颂为一代之盛业的，但他们却不但捣乱了古书的格式，还修改了古人的文章；不但藏之内廷，还颁之文风较盛之处，使天下士子阅读，永不会觉得我们中国的作者里面，也曾经有过很有些骨气的人。（这两句，奉官命改为“永远看不出底细来。”）

嘉庆道光以来，珍重宋元版本的风气逐渐旺盛，也没有悟出乾隆皇帝的“圣虑”，影宋元本或校宋元本的书籍很有些出版了，这就使那时的阴谋露了马脚。最初启示了我的是《琳琅秘室丛书》里的两部《茅亭客话》[15]，一是校宋本，一是四库本，同是一种书，而两本的文章却常有不同，而且一定是关于“华夷”的处所。这一定是四库本删改了的；现在连影宋本的《茅亭客话》也已出版，更足据为铁证，不过倘不和四库本对读，也无从知道那时的阴谋。《琳琅秘室丛书》我是在图书馆里看的，自己没有，现在去买起来又嫌太贵，因此也举不出实例来。但还有比较容易的法子在。

新近陆续出版的《四部丛刊续编》自然应该说是一部新的古董书，但其中却保存着满清暗杀中国著作的案卷。例如宋洪迈的《容斋随笔》至《五笔》[16]是影宋刊本和明活字本，据张元济[17]跋，其中

雍正皇帝朝服像。雍正(1678—1735),即爱新觉罗·胤禛,清世宗,年号雍正。在位时,大兴文字狱。

乾隆皇帝朝服像。乾隆(1711—1799),即爱新觉罗·弘历,清高宗,年号乾隆。即位后,开博学鸿词科,多次下令编纂书籍,并借机销毁、篡改大量历史文献。为强化思想统治,大兴文字狱,株连甚广。

有三条就为清代刻本中所没有。所删的是怎样内容的文章呢？为惜纸墨计，现在只摘录一条《容斋三笔》卷三里的《北狄俘虏之苦》在这里——

> 元魏破江陵，尽以所俘士民为奴，无问贵贱，盖北方夷俗皆然也。自靖康之后，陷于金虏者，帝子王孙，宦门仕族之家，尽没为奴婢，使供作务。每人一月支稗子五斗，令自舂为米，得一斗八升，用为餱粮；岁支麻五把，令缉为裘。此外更无一钱一帛之入。男子不能缉者，则终岁裸体。虏或哀之，则使执爨，虽时负火得暖气，然才出外取柴归，再坐火边，皮肉即脱落，不日辄死。惟喜有手艺，如医人绣工之类，寻常只团坐地上，以败席或芦藉衬之，遇客至开筵，引能乐者使奏技，酒阑客散，各复其初，依旧环坐刺绣：任其生死，视如草芥。……

清朝不惟自掩其凶残，还要替金人来掩饰他们的凶残。据此一条，可见俞正燮入金朝于仁君之列，是不确的了，他们不过是一扫宋朝的主奴之分，一律都作为奴隶，而自已则是主子。但是，这校勘，是用清朝的书坊刻本的，不知道四库本是否也如此。要更确凿，还有一部也是《四部丛刊续编》里的影旧抄本宋晁说之《嵩山文集》[18]在这里，卷末就有单将《负薪对》一篇和四库本相对比，以见一斑的实证，现在摘录几条在下面，大抵非删则改，语意全非，仿佛宋臣晁说之，已在对金人战栗，嗫嚅不吐，深怕得罪似的了——

| 旧抄本 | 四库本 |
| --- | --- |
| 金贼以我疆埸之臣无状,斥堠不明,遂豕突河北,蛇结河东。 | 金人扰我疆埸之地,边城斥堠不明,遂长驱河北,盘结河东。 |
| 犯孔子春秋之大禁, | 为上下臣民之大耻, |
| 以百骑却虏枭将, | 以百骑却辽枭将, |
| 彼金贼虽非人类,而犬豕亦有掉瓦怖恐之号,顾弗之惧哉! | 彼金人虽甚强盛,而赫然示之以威令之森严,顾弗之惧哉! |
| 我取而歼焉可也。 | 我因而取之可也。 |
| 太宗时,女真困于契丹之三栅,控告乞援,亦卑恭甚矣。不谓敢眦睨中国之地于今日也。 | 太宗时,女真困于契丹之三栅,控告乞援,亦和好甚矣。不谓竟酿患滋祸一至于今日也。 |
| 忍弃上皇之子于胡虏乎? | 忍弃上皇之子于异地乎? |
| 何则:夷狄喜相吞并斗争,是其犬羊狺吠咋啮之性也。唯其富者最先亡。古今夷狄族帐,大小见于史册者百十,今其存者一二,皆以其财富而自底灭亡者也。今此小丑不指日而灭亡,是无天道也。 | (无) |
| 褫中国之衣冠,复夷狄之态度。 | 遂其报复之心,肆其凌侮之意。 |
| 取故相家孙女姊妹,缚马上而去,执侍帐中,远近胆落,不暇寒心。 | 故相家皆携老襁幼,弃其籍而去,焚掠之余,远近胆落,不暇寒心。 |

即此数条,已可见“贼”“虏”“犬羊”是讳的;说金人的淫掠是讳的;“夷狄”当然要讳,但也不许看见“中国”两个字,因为这是和“夷狄”对立的字眼,很容易引起种族思想来的。但是,这《嵩山文集》的抄者不自改,读者不自改,尚存旧文,使我们至今能够看见晁氏的真面目,在现在说起来,也可以算是令人大“舒愤懑”的了。

清朝的考据家有人说过，“明人好刻古书而古书亡”[19]，因为他们妄行校改。我以为这之后，则清人纂修《四库全书》而古书亡，因为他们变乱旧式，删改原文；今人标点古书而古书亡，因为他们乱点一通，佛头着粪：这是古书的水火兵虫以外的三大厄。

## 三

对于清朝的愤懑的从新发作，大约始于光绪中，但在文学界上，我没有查过以谁为“祸首”。太炎先生是以文章排满的骁将著名的，然而在他那《訄书》[20]的未改订本中，还承认满人可以主中国，称为“客帝”，比于嬴秦的“客卿”。但是，总之，到光绪末年，翻印的不利于清朝的古书，可是陆续出现了；太炎先生也自己改正了“客帝”说，在再版的《訄书》里，“删而存此篇”；后来这书又改名为《检论》，我却不知道是否还是这办法。留学日本的学生们中的有些人，也在图书馆里搜寻可以鼓吹革命的明末清初的文献。那时印成一大本的有《汉声》，是《湖北学生界》[21]的增刊，面子上题着四句集《文选》句：“抒怀旧之积念，发思古之幽情”，第三句想不起来了，第四句是“振大汉之天声”。无古无今，这种文献，倒是总要在外国的图书馆里抄得的。

我生长在偏僻之区，毫不知道什么是满汉，只在饭店的招牌上看见过“满汉酒席”字样，也从不引起什么疑问来。听人讲“本朝”的故事是常有的，文字狱的事情却一向没有听到过，乾隆皇帝南巡[22]的盛事也很少有人讲述了，最多的是“打长毛”。我家里有一个年老的女工，她说长毛时候，她已经十多岁，长毛故事要算她对我讲得最多，但她并无邪正之分，只说最可怕的东西有三种，一种自然是“长毛”，一种是“短毛”，还有一种是“花绿头”。[23]到得后来，我才明白后两种其实是官兵,但在愚民的经验上,是和长毛并无区别的。给我指明长毛之可恶的倒是几位读书人;我家里有几部县志,偶然翻开来看,那时殉难的烈士烈女的名册就有一两卷,同族里的人也有几个被杀掉的,后来封了"世袭云骑尉"[24],我于是确切的认定了长毛之可恶。然而,真所谓"心事如波涛"[25]罢,久而久之,由于自己的阅历,证以女工的讲述,我竟决不定那些烈士烈女的凶手,究竟是长毛呢,还是"短毛"和"花绿头"了。我真很羡慕"四十而不惑"[26]的圣人的幸福。

对我最初提醒了满汉的界限的不是书,是辫子。这辫子,是砍了我们古人的许多头,这才种定了的,[27]到得我有知识的时候,大家早忘却了血史,反以为全留乃是长毛,全剃好像和尚,必须剃一点,留一点,才可以算是一个正经人了。而且还要从辫子上玩出花样来:小丑挽一个结,插上一朵纸花打诨;开口跳[28]将小辫子挂在铁杆上,慢慢的吸烟献本领;变把戏的不必动手,只消将头一摇,辟拍一声,辫子便自会跳起来盘在头顶上,他于是要起关王刀来了。而且还切于实用:打架的时候可以拔住,挣脱极难;捉人的时候可以拉着,省得绳索,要是被捉的人多呢,只要捏住辫梢头,一个人就可以牵一大串。吴友如[29]画的《申江胜景图》里,有一幅会审公堂,就有一个巡捕拉着犯人的辫子的形象,但是,这是已经算作"胜景"了。

住在偏僻之区还好,一到上海,可就不免有时会听到一句洋话:Pig-tail——猪尾巴。这一句话,现在是早不听见了,那意思,似乎也不过说人头上生着猪尾巴,和今日之上海,中国人自己一斗嘴,便彼此互骂为"猪猡"的,还要客气得远。不过那时的青年,好像涵养工夫没有现在的深,也还未懂得"幽默",所以听起来实在觉得刺耳。而且对于拥有二百余年历史的辫子的模样,也渐渐的觉得并不雅观，既不全留，又不全剃，剃去一圈，留下一撮，又打起来拖在背后，真好像做着好给别人来拔着牵着的柄子。对于它终于怀了恶感，我看也正是人情之常，不必指为拿了什么地方的东西，迷了什么斯基的理论的[30]。（这两句，奉官谕改为“不足怪的”。）

我的辫子留在日本，一半送给客店里的一位使女做了假发，一半给了理发匠，人是在宣统初年回到故乡来了。一到上海，首先得装假辫子。这时上海有一个专装假辫子的专家，定价每条大洋四元，不折不扣，他的大名，大约那时的留学生都知道。做也真做得巧妙，只要别人不留心，是很可以不出岔子的，但如果人知道你原是留学生，留心研究起来，那就漏洞百出。夏天不能戴帽，也不大行；人堆里要防挤掉或挤歪，也不行。装了一个多月，我想，如果在路上掉了下来或者被人拉下来，不是比原没有辫子更不好看么？索性不装了，贤人说过的：一个人做人要真实。

但这真实的代价真也不便宜，走出去时，在路上所受的待遇完全和先前两样了。我从前是只以为访友作客，才有待遇的，这时才明白路上也一样的一路有待遇。最好的是呆看，但大抵是冷笑，恶骂。小则说是偷了人家的女人，因为那时捉住奸夫，总是首先剪去他辫子的，我至今还不明白为什么；大则指为“里通外国”，就是现在之所谓“汉奸”。我想，如果一个没有鼻子的人在街上走，他还未必至于这么受苦，假使没有了影子，那么，他恐怕也要这样的受社会的责罚了。

我回中国的第一年在杭州做教员，还可以穿了洋服算是洋鬼子；第二年回到故乡绍兴中学去做学监，却连洋服也不行了，因为有许多人是认识我的，所以不管如何装束，总不失为“里通外国”的人，于是我所受的无辫之灾，以在故乡为第一。尤其应该小心的是满洲人的绍兴知府的眼睛，他每到学校来，总喜欢注视我的短头发，和我多说话。

学生们里面，忽然起了剪辫风潮了，很有许多人要剪掉。我连忙禁止。他们就举出代表来诘问道：究竟有辫子好呢，还是没有辫子好呢？我的不假思索的答复是：没有辫子好，然而我劝你们不要剪。学生是向来没有一个说我"里通外国"的，但从这时起，却给了我一个"言行不一致"的结语，看不起了。"言行一致"，当然是很有价值的，现在之所谓文学家里，也还有人以这一点自豪，[31]但他们却不知道他们一剪辫子，价值就会集中在脑袋上。轩亭口离绍兴中学并不远，就是秋瑾小姐就义之处，他们常走，然而忘却了。

"不亦快哉！"——到了一千九百十一年的双十，后来绍兴也挂起白旗来，算是革命了，我觉得革命给我的好处，最大，最不能忘的是我从此可以昂头露顶，慢慢的在街上走，再不听到什么嘲骂。几个也是没有辫子的老朋友从乡下来，一见面就摩着自己的光头，从心底里笑了出来道：哈哈，终于也有了这一天了。

假如有人要我颂革命功德，以"舒愤懑"，那么，我首先要说的就是剪辫子。

## 四

然而辫子还有一场小风波，那就是张勋的"复辟"，一不小心，辫子是又可以种起来的，我曾见他的辫子兵在北京城外布防，对于没辫子的人们真是气焰万丈。幸而不几天就失败了，使我们至今还可以剪短，分开，披落，烫卷……

张勋的姓名已经暗淡，"复辟"的事件也逐渐遗忘，我曾在《风波》里提到它，别的作品上却似乎没有见，可见早就不受人注意。现在是，连辫子也日见稀少，将与周鼎商彝同列，渐有卖给外国人的资格了。

我也爱看绘画，尤其是人物。国画呢，方巾长袍，或短褐椎结，从没有见过一条我所记得的辫子；洋画呢，歪脸汉子，肥腿女人，也从没见过一条我所记得的辫子。这回见了几幅钢笔画和木刻的阿Q像，这才算遇到了在艺术上的辫子，然而是没有一条生得合式的。想起来也难怪，现在的二十岁上下的青年，他生下来已是民国，就是三十岁的，在辫子时代也不过四五岁，当然不会深知道辫子的底细的了。

那么，我的“舒愤懑”，恐怕也很难传给别人，令人一样的愤激，感慨，欢喜，忧愁的罢。

十二月十七日。

一星期前，我在《病后杂谈》里说到铁氏二女的诗。据杭世骏说，钱谦益编的《列朝诗集》[32]里是有的，但我没有这书，所以只引了《订讹类编》完事。今天《四部丛刊续编》的明遗民彭孙贻《茗斋集》[33]出版了，后附《明诗钞》，却有铁氏长女诗在里面。现在就照抄在这里，并将范昌期原作，与所谓铁女诗不同之处，用括弧附注在下面，以便比较。照此看来，作伪者实不过改了一句，并每句各改易一二字而已——

教坊献诗

教坊脂粉（落籍）洗铅华，一片闲（春）心对落花。

旧曲听来犹（空）有恨，故园归去已（却）无家。

云鬟半挽（鬌）临妆（青）镜，雨泪空流（频弹）湿绛纱。

今日相逢白司马（安得江州司马在），尊前重与诉（为赋）琵琶。

但俞正燮《癸巳类稿》又据茅大芳《希董集》,言“铁公妻女以死殉”;并记或一说云,“铁二子,无女”。那么,连铁铉有无女儿,也都成为疑案了。两个近视眼论扁额上字,辩论一通,其实连扁额也没有挂,原也是能有的事实。不过铁妻死殉之说,我以为是粉饰的。《弇州史料》所记,奏文与上谕具存,王世贞明人,决不敢捏造。

倘使铁铉真的并无女儿,或有而实已自杀,则由这虚构的故事,也可以窥见社会心理之一斑。就是:在受难者家族中,无女不如其有之有趣,自杀又不如其落教坊之有趣;但铁铉究竟是忠臣,使其女永沦教坊,终觉于心不安,所以还是和寻常女子不同,因献诗而配了士子。这和小生落难,下狱挨打,到底中了状元的公式,完全是一致的。

二十三日之夜,附记。

## 注释:

[1]发表于1935年3月《文学》月刊第四卷第三号,发表时题目改作《病后余谈》,副题亦被删去。后编入《且介亭杂文》。

文章比较正史和野史,官批本和坊刻本,还有作者的前后抄本,在版本比较学中,揭示专制时代文字狱那种“非删即改”的劣迹,从中寻绎奴隶性-奴才性的生成。

[2]宋端仪,字孔时,福建莆田人,明朝进士,官礼部主事。著有《考亭渊源录》《立斋闲录》等。《立斋闲录》是杂录明人的碑志和说部的笔记,起自太祖洪武元年(1368),至英宗天顺(1457—1464)止。

[3]“礼不下庶人”,语见《礼记·曲礼》。

[4]《汇刻书目》是各种丛书的书目汇编,清代王懿荣编,共收丛书五百六十余种,后又有续补数种。

[5]《宫闺秘典》，即《皇明宫闱秘典》，又名《酌中志》。明代刘若愚著，共二十四卷。写明末魏忠贤专权时的宫廷内幕。

[6]傅某指傅增湘(1872—1949)，四川江安人，藏书家、目录学家、版本学家。时任北洋政府教育总长。著有《藏园群书题记》《双鉴楼善本书目》等。

[7]《永乐实录》，明代杨士奇等编纂，共一百三十卷。

[8]《安徽丛书》，内容为安徽人的著作汇编，共九集，一说六集。

[9]俞正燮，清代学者，字理初，安徽黟县人。道光举人，晚年主讲江宁惜阴书院。通经史，擅考据。著有《癸巳类稿》《癸巳存稿》等。《癸巳类稿》是考订经、史以及小说、医学等的杂记，共十五卷。

[10]王世贞(1526—1590)，明代文学家。字元美，号凤洲，又号弇州山人，太仓(今属江苏)人。嘉靖进士，官至南京刑部尚书。与李攀龙同为“后七子”首领，是文学的复古派。著有《弇州山人四部稿》等。《弇州史料》，明代董复表编，选录王世贞有关朝野的史料，前集三十卷，后集七十卷。

[11]齐泰，江苏溧水人，官兵部尚书。下文的黄子澄，江西分宜人，官太常卿；茅大芳，江苏泰兴人，官副都御史。他们原是忠于建文帝的大臣，均在永乐登位时被杀。

[12]惰民，即堕民。明清时散居于浙江绍兴府各县的一种贱民。数百年间深受歧视，不许与一般平民通婚，亦不许应科举，多任婚丧喜庆杂役等事。清雍正元年始废除其贱籍。罢教坊，清雍正七年(1729)废教坊。停女乐，清顺治十六年(1659)废女乐。

[13]汉儒，指班固。他有《典引》一文，小引中说：“窃作《典引》一篇，虽不足雍容明盛万分之一，犹启发愤满，觉悟童蒙，光扬大汉，轶声前代；然后退入沟壑，死而不朽。”“舒愤懑”，即文中的“启

发愤满”。

[14]“不亦快哉!”金圣叹批评《西厢记》的批语。

[15]《琳琅秘室丛书》,丛书名。清代胡珽辑。所收偏重掌故、说部、释道方面的书。共五集,三十六种。其中《茅亭客话》,宋代黄休复著,记录从五代到宋真宗时的蜀中杂事,共十卷。

[16]洪迈(1123—1202),南宋文学家。字景庐,号容斋,鄱阳(今属江西)人。孝宗时官至端明殿学士。学识渊博,自经史百家以至医卜星算,皆有论述,尤熟悉宋代掌故。著《容斋随笔》,分《容斋随笔》《容斋续笔》《容斋三笔》《容斋四笔》各十六卷,《容斋五笔》十卷,是一部有关经史、文艺、掌故等的笔记。

[17]张元济(1867—1959),出版家。号菊生,浙江海盐人,上海商务印书馆编译所所长。著有《校史随笔》《涵芬楼烬余书录》《涉园序跋集录》等。

[18]晁说之(1059—1129),宋代文学家,字以道,号景迂,清丰(今属河北)人。著有《嵩山文集》《晁氏客语》等。

[19]“明人好刻古书而古书亡”。清代藏书家陆心源(1834—1894)在《六经雅言图辨跋》中说:“明人书帕本,大抵如是,所谓刻书而书亡者也。”

[20]《訄书》,章太炎早期的学术著作,1899年刊行。1902年修订出版时,作者删去《客帝》等篇,增加宣传反清革命的论文。1914年作者重新增删,又删去若干,并改名为《检论》。

[21]《湖北学生界》,清末留学日本的湖北学生主办的一种月刊,1903年创刊于东京,后改名为《汉声》。

[22]乾隆皇帝南巡。清代乾隆皇帝在位六十年(1736—1795),巡游江南先后共六次。

[23]“长毛”指太平天国起义的军队。“短毛”指清朝官兵。

“花绿头”指英法帝国主义军队。法国军队用花布裹头，英国军队则用绿布，故称“花头”“绿头”等。

[24]“世袭云骑尉”。云骑尉，官名。唐、宋、元、明历朝都有这官职，至清为世袭，是世职的末级。

[25]“心事如波涛”，唐代诗人李贺《申胡子觱篥歌》中的句子。

[26]“四十而不惑”，语见《论语·为政》。

[27]1644 年，清兵入关后，即令剃发垂辫。次年五月攻入南京后，再下剃发令，限十日内剃发，如：“已定地方人民，仍存明制，不随本朝制度者，杀无赦！”为此，许多人被杀。

[28]开口跳，传统戏曲中武丑的俗称。

[29]吴友如（？—1893），清末画家。名嘉猷，字友如，江苏元和（今属苏州）人。曾以卖画为生，后为宫廷作画。1884 年起，在上海主绘《点石斋画报》，后自办《飞影阁画报》，影响颇大。

[30]拿了什么地方的东西，迷了什么斯基的理论的。指攻击进步人士拿卢布，或说青年追随俄国人的学说。“斯基”是俄国姓氏常见的词尾。

[31]“言行一致”。1934 年 9 月，施蛰存在《现代》月刊发表《我与文言文》一文，说：“我自有生以来三十年，除幼稚无知的时代以外，自信思想及言行都是一贯的。”

[32]钱谦益（1582—1664），字受之，号牧斋，晚号蒙叟，常熟（今属江苏）人。明万历进士，初官礼部侍郎，后为礼部尚书。清兵南下，率先投降，以礼部侍郎管秘书院事。其后，又参与反清活动。诗文均负盛名，著有《初学集》《有学集》《投笔集》等。《列朝诗集》是他选编的明诗的总集。

[33]彭孙贻（1615—1673），字仲谋，号茗斋，浙江海盐人。明代选贡生，明亡后闭门不出。著有《茗斋集》《茗香堂史论》等。

# 谈金圣叹[1]

讲起清朝的文字狱来，也有人拉上金圣叹[2]，其实是很不合适的。他的“哭庙”，用近事来比例，和前年《新月》上的引据三民主义以自辩，并无不同，但不特捞不到教授而且至于杀头，则是因为他早被官绅们认为坏货了的缘故。就事论事，倒是冤枉的。

清中叶以后的他的名声，也有些冤枉。他抬起小说传奇来，和《左传》《杜诗》并列，实不过拾了袁宏道[3]辈的唾余；而且经他一批，原作的诚实之处，往往化为笑谈，布局行文，也都被硬拖到八股的作法上。这余荫，就使有一批人，堕入了对于《红楼梦》之类，总在寻求伏线，挑剔破绽的泥塘。

自称得到古本，乱改《西厢》[4]字句的案子且不说罢，单是截去《水浒》的后小半，[5]梦想有一个“嵇叔夜”来杀尽宋江们，也就昏庸得可以。虽说因为痛恨流寇的缘故，但他是究竟近于官绅的，他到底想不到小百姓的对于流寇，只痛恨着一半：不在于“寇”，而在于“流”。

百姓固然怕流寇，也很怕“流官”。记得民元革命以后，我在故乡，不知怎地县知事常常掉换了。每一掉换，农民们便愁苦着相告道:“怎么好呢？又换了一只空肚鸭来了!”他们虽然至今不知道“欲壑难填”的古训,却很明白“成则为王,败则为贼”的成语,贼者,流着之王,王者,不流之贼也,要说得简单一点,那就是“坐寇”。中国百姓一向自称“蚁民”,现在为便于譬喻起见,姑升为牛罢,铁骑一过,茹毛饮血,蹄骨狼藉,倘可避免,他们自然是总想避免的,但如果肯放任他们自啮野草,苟延残喘,挤出乳来将这些“坐寇”喂得饱饱的,后来能够比较的不复狼吞虎咽,则他们就以为如天之福。所区别的只在“流”与“坐”,却并不在“寇”与“王”。试翻明末的野史,就知道北京民心的不安,在李自成入京的时候,是不及他出京之际的利害的。

宋江据有山寨,虽打家劫舍,而劫富济贫,金圣叹却道应该在童贯高俅辈的爪牙之前,一个个俯首受缚,他们想不懂。所以《水浒传》纵然成了断尾巴蜻蜓,乡下人却还要看《武松独手擒方腊》[6]这些戏。

不过这还是先前的事,现在似乎又有了新的经验了。听说四川有一只民谣,大略是“贼来如梳,兵来如篦,官来如剃”的意思。汽车飞艇[7],价值既远过于大轿马车,租界和外国银行,也是海通以来新添的物事,不但剃尽毛发,就是刮尽筋肉,也永远填不满的。正无怪小百姓将“坐寇”之可怕,放在“流寇”之上了。

事实既然教给了这些,仅存的路,就当然使他们想到了自己的力量。

五月三十一日。

## 注释：

[1]发表于1933年7月上海《文学》第一卷第一号。后编入《南腔北调集》。

金圣叹在普及古典小说戏曲方面，在社会上颇有些影响。本篇虽然借金圣叹说事，但也因此描画了一幅“究竟近于官绅”的中国文人的肖像。

[2]金圣叹（1608—1661），明末清初批评家。名采，字若采，明亡后改名人瑞，字圣叹。一说本姓张，吴县（今属江苏）人。曾将《离骚》、《庄子》、《史记》、杜诗、《水浒传》与《西厢记》合称“六才子书”，并对后两种进行批改。清顺治十八年（1661），以哭庙案被杀，详见清代王应奎《柳南随笔》。

[3]袁宏道（1568—1610），明代文学家。字中郎，号石公，湖广公安（今属湖北）人。万历进士，曾任吴县知县、吏部郎中。与兄宗道、弟中道，并称“三袁”。反对复古，反对摹拟，主张“性灵”，为公安派的创始者，著有《袁中郎全集》。

[4]《西厢》，杂剧剧本。全名《崔莺莺待月西厢记》，元代王实甫作。写书生张珙在蒲东普救寺偶遇崔相国的女儿莺莺，两人发生爱情，通过侍女红娘的协助，终于冲破封建礼教的束缚而结合。

[5]截去《水浒》的后小半。《水浒传》原有一百回和一百二十回本流行，金圣叹把其中七十一回以后的章节全部删去，另行编造一个“惊噩梦”的结局，又把第一回改为楔子，成为七十回本。

[6]《武松独手擒方腊》，民间戏剧。方腊（？—1121），北宋末年浙江农民起义军首领。

[7]飞艇，产生于十八世纪的一种有动力装置的飞行器。当时，也有人称它为飞机。

# 隔膜[1]

清朝初年的文字之狱,到清朝末年才被从新提起。最起劲的是“南社”[2]里的有几个人,为被害者辑印遗集;还有些留学生,也争从日本搬回文证来[3]。待到孟森的《心史丛刊》[4]出,我们这才明白了较详细的状况,大家向来的意见,总以为文字之祸,是起于笑骂了清朝。然而,其实是不尽然的。

这一两年来,故宫博物院的故事[5]似乎不大能够令人敬服,但它却印给了我们一种好书,曰《清代文字狱档》[6],去年已经出到八辑。其中的案件,真是五花八门,而最有趣的,则莫如乾隆四十八年二月“冯起炎注解易诗二经欲行投呈案”。

冯起炎是山西临汾县的生员,闻乾隆将谒泰陵[7],便身怀著作,在路上徘徊,意图呈进,不料先以“形迹可疑”被捕了。那著作,是以《易》解《诗》,实则信口开河,在这里犯不上抄录,惟结尾有“自传”似的文章一大段,却是十分特别的——

又,臣之来也,不愿如何如何,亦别无愿求之事,惟有一事未决,请对陛下一叙其缘由。臣……名曰冯起炎,字是南州,尝到臣张三姨母家,见一女,可娶,而恨不足以办此。此女名曰小女,年十七岁,方当待字之年,而正在未字之时,乃原籍东关春牛厂长兴号张守忭之次女也。又到臣杜五姨母家,见一女,可娶,而恨力不足以办此。此女名小凤,年十三岁,虽非必字之年,而已在可字之时,乃本京东城闹市口瑞生号杜月之次女也。若以陛下之力,差干员一人,选快马一匹,克日长驱到临邑,问彼临邑之地方官:"其东关春牛厂长兴号中果有张守忭一人否?"诚如是也,则此事谐矣。再问:"东城闹市口瑞生号中果有杜月一人否?"诚如是也,则此事谐矣。二事谐,则臣之愿毕矣。然臣之来也,方不知陛下纳臣之言耶否耶,而必以此等事相强乎?特进言之际,一叙及之。

这何尝有丝毫恶意?不过着了当时通行的才子佳人小说的迷,想一举成名,天子做媒,表妹入抱而已。不料事实的结局却不大好,署直隶总督袁守侗拟奏的罪名是"阅其呈首,胆敢于圣主之前,混讲经书,而呈尾措词,尤属狂妄。核其情罪,较冲突仪仗为更重。冯起炎一犯,应从重发往黑龙江等处,给披甲人为奴。俟部复到日,照例解部刺字发遣。"这位才子,后来大约终于单身出关做西崽去了。

此外的案情,虽然没有这么风雅,但并非反动的还不少。有的是卤莽;有的是发疯;有的是乡曲迂儒,真的不识讳忌;有的则是草野愚民,实在关心皇家。而运命大概很悲惨,不是凌迟,灭族,便是立刻杀头,或者"斩监候"[8],也仍然活不出。

凡这等事,粗略的一看,先使我们觉得清朝的凶虐,其次,是死者的可怜。但再来一想,事情是并不这么简单的。这些惨案的来由,都只为了"隔膜"。

满洲人自己，就严分着主奴，大臣奏事，必称“奴才”，而汉人却称“臣”就好。这并非因为是“炎黄之胄”[9]，特地优待，锡以嘉名的，其实是所以别于满人的“奴才”，其地位还下于“奴才”数等。奴隶只能奉行，不许言议；评论固然不可，妄自颂扬也不可，这就是“思不出其位”[10]。譬如说：主子，您这袍角有些儿破了，拖下去怕更要破烂，还是补一补好。进言者方自以为在尽忠，而其实却犯了罪，因为另有准其讲这样的话的人在，不是谁都可说的。一乱说，便是“越俎代谋”，当然“罪有应得”。倘自以为是“忠而获咎”，那不过是自己的胡涂。

但是，清朝的开国之君是十分聪明的，他们虽然打定了这样的主意，嘴里却并不照样说，用的是中国的古训：“爱民如子”，“一视同仁”。一部分的大臣，士大夫，是明白这奥妙的，并不敢相信。但有一些简单愚蠢的人们却上了当，真以为“陛下”是自己的老子，亲亲热热的撒娇讨好去了。他那里要这被征服者做儿子呢？于是乎杀掉。不久，儿子们吓得不再开口了，计划居然成功；直到光绪时康有为们的上书，才又冲破了“祖宗的成法”。然而这奥妙，好像至今还没有人来说明。

施蛰存先生在《文艺风景》创刊号里，很为“忠而获咎”者不平，[11]就因为还不免有些“隔膜”的缘故。这是《颜氏家训》或《庄子》《文选》里所没有的。[12]

六月十日。

## 注释：

[1]发表于1934年7月上海《新语林》半月刊第一期，署名杜德机。后编入《且介亭杂文》。

严密的专制等级制度培养一种身份意识，本质上是奴隶意识，即恪守本分,忠心耿耿,不得僭越;否则,只好"忠而获咎"。此谓之"隔膜"。

[2]"南社",文学团体,1909年11月由柳亚子、陈去病、高旭等人发起,成立于苏州。该社鼓吹反清革命,社员多达千余人;辛亥革命后发生分化,终至1923年解体。编印不定期刊《南社》,发表社员诗文,辑为《南社丛刻》。该社社员辑印的清代文字狱中的被害者的遗集,有吴炎的《吴赤溟集》、戴名世的《戴褐夫集》及《孑遗集》、吕留良的《吕晚村手写家训》等,后大多收入邓实、黄节主编的《国粹丛书》。

[3]从日本搬回文证来。清朝末年,一些留学生从日本图书馆中搜集明末遗民的著作,如《扬州十日记》《嘉定屠城记略》《朱舜水集》《张苍水集》等,设法印出并运送回国。

[4]孟森(1868—1937),历史学家。字莼荪,号心史,江苏武进(今常州)人。曾留学日本,1908年任《东方杂志》编辑。曾任共和党执行书记,国会议员。1913年起专事学术研究,著述颇丰,有《心史丛刊》《明元清系通纪》《清初三大疑案考实》《满洲开国史讲义》《明清史讲义》等。《心史丛刊》共三集,为考证的札记文字,其中有关于清代文字狱的记载。

[5]故宫博物院的故事,指院内文物被盗卖事。故宫博物院是管理清朝故宫及其所属各处的建筑物、图书及古物的机构。1932年至1933年间,易培基任院长时,古物被盗卖的很多,致使易培基被控告。

[6]《清代文字狱档》,故宫博物院文献馆编,国立北平研究院出版。第一辑出版于1931年5月,至1934年共出九辑,为雍正、乾隆两朝六十五起文字狱的原始档案材料。

[7]泰陵,清朝雍正皇帝(胤祯)的陵墓,在河北易县。

[8]“斩监候”。按清朝法制，将不立即执行处决的被判死刑的犯人暂行监禁，候秋审再予决定，这叫“监候”。其中，有“斩监候”与“绞监候”之别。

[9]“炎黄之胄”，指汉族人。炎黄，传说中我国古代帝王炎帝和黄帝，被看作汉民族的始祖。

[10]“思不出其位”，语见《易经·艮》。意即固守本分，思想不致超越自身地位所规定的范围。

[11]1934年6月，施蛰存在《文艺风景》创刊号发表《书籍禁止与思想左倾》一文，就沈从文因一篇谈禁书的文章被上海《社会新闻》指为“站在反革命的立场”一事发表看法，其中说：“前一些时候，政府曾经根据于剿除共产主义文化这政策而突然禁止了一百余种文艺书籍的发行。……沈从文先生曾经在天津《国闻周报》第十一卷第九期上发表了一篇讨论这禁书问题的文字。……但是在上海的《社会新闻》第六卷第二十七八期上却连续刊载了一篇对于沈从文先生那篇文章的反驳。……沈从文先生正如我一样地引焚书坑儒为喻，原意也不过希望政府方面要以史实为殷鉴，出之审慎……他并非不了解政府的禁止左倾书籍之不得已，然而他还希望政府能有比这更妥当，更有效果的办法；……然而，在《社会新闻》的那位作者的笔下，却写下了这样的裁决：‘我们从沈从文的……口吻中，早知道沈从文的立场究竟是什么立场了，沈从文既是站在反革命的立场，那沈从文的主张，究竟是什么主张，又何待我们来下断语呢？’”

[12]1933年9月，《大晚报》征求“推荐书目”，施蛰存曾提倡青年阅读《庄子》和《文选》，“为青年文学修养之助”。为此，作者在《重三感旧》等文章中提出批评，并由此引发两人的笔战。

# 买《小学大全》记[1]

线装书真是买不起了。乾隆时候的刻本的价钱，几乎等于那时的宋本。明版小说，是五四运动以后飞涨的；从今年起，洪运怕要轮到小品文身上去了。至于清朝禁书，则民元革命后就是宝贝，即使并无足观的著作，也常要百余元至数十元。我向来也走走旧书坊，但对于这类宝书，却从不敢作非分之想。端午节前，在四马路一带闲逛，竟在无意之间买到了一种，曰《小学大全》，共五本，价七角，看这名目，是不大有人会欢迎的，然而，却是清朝的禁书。

这书的编纂者尹嘉铨，博野人；他父亲尹会一[2]，是有名的孝子，乾隆皇帝曾经给过褒扬的诗。他本身也是孝子，又是道学家，官又做到大理寺卿稽察觉罗学[3]。还请令旗籍子弟也讲读朱子的《小学》，而“荷蒙朱批：所奏是。钦此。”这部书便成于两年之后的，加疏的《小学》六卷，《考证》和《释文》，《或问》各一卷，《后编》二卷，合成一函，是为《大全》。也曾进呈，终于在乾隆四十二年九月十七日奉旨：“好！知道了。钦此。”那明明是得了皇帝的嘉许的。

到乾隆四十六年，他已经致仕回家了，但真所谓“及其老也，戒之在得”[4]罢，虽然欲得的乃是“名”，也还是一样的招了大祸。这年三月，乾隆行经保定，尹嘉铨便使儿子送了一本奏章，为他的父亲请谥，朱批是“与谥乃国家定典，岂可妄求。此奏本当交部治罪，念汝为父私情，姑免之。若再不安分家居，汝罪不可逭矣！钦此。”不过他豫先料不到会碰这样的大钉子，所以接着还有一本，是请许“我朝”名臣汤斌范文程李光地顾八代[5]张伯行等从祀孔庙，“至于臣父尹会一，既蒙御制诗章褒嘉称孝，已在德行之科，自可从祀，非臣所敢请也。”这回可真出了大岔子，三月十八日的朱批是：“竟大肆狂吠，不可恕矣！钦此。”

乾隆时代的一定办法，是凡以文字获罪者，一面拿办，一面就查抄，这并非着重他的家产，乃在查看藏书和另外的文字，如果别有“狂吠”，便可以一并治罪。因为乾隆的意见，是以为既敢“狂吠”，必不止于一两声，非彻底根究不可的。尹嘉铨当然逃不出例外，和自己的被捕同时，他那博野的老家和北京的寓所，都被查抄了。藏书和别项著作，实在不少，但其实也并无什么干碍之作。不过那时是决不能这样就算的，经大学士三宝[6]等再三审讯之后，定为“相应请旨将尹嘉铨照大逆律凌迟处死”，幸而结果很宽大：“尹嘉铨著加恩免其凌迟之罪，改为处绞立决，其家属一并加恩免其缘坐”就完结了。

这也还是名儒兼孝子的尹嘉铨所不及料的。

这一回的文字狱，只绞杀了一个人，比起别的案子来，决不能算是大狱，但乾隆皇帝却颇费心机，发表了几篇文字。从这些文字和奏章（均见《清代文字狱档》第六辑）看来，这回的祸机虽然发于他的“不安分”，但大原因，却在既以名儒自居，又请将名臣从祀：这都是大“不可恕”的地方。清朝虽然尊崇朱子，但止于“尊崇”，却不许“学样”，因为一学样，就要讲学，于是而有学说，于是而有门徒，于是而有门户，于是而有门户之争，这就足为“太平盛世”之累。况且以这样的“名儒”而做官，便不免以“名臣”自居，“妄自尊大”。乾隆是不承认清朝会有“名臣”的，他自己是“英主”，是“明君”，所以在他的统治之下，不能有奸臣，既没有特别坏的奸臣，也就没有特别好的名臣，一律都是不好不坏，无所谓好坏的奴子。[7]

特别攻击道学先生，所以是那时的一种潮流，也就是“圣意”。我们所常见的，是纪昀总纂的《四库全书总目提要》和自著的《阅微草堂笔记》里的时时的排击。[8]这就是迎合着这种潮流的，倘以为他秉性平易近人，所以憎恨了道学先生的谿刻，那是一种误解。大学士三宝们也很明白这潮流，当会审尹嘉铨时，曾奏道：“查该犯如此狂悖不法，若即行定罪正法，尚不足以泄公愤而快人心。该犯曾任三品大员，相应遵例奏明，将该犯严加夹讯，多受刑法，问其究属何心，录取供词，具奏，再请旨立正典刑，方足以昭炯戒。”后来究竟用了夹棍没有，未曾查考，但看所录供词，却于用他的“丑行”来打倒他的道学的策略，是做得非常起劲的。现在抄三条在下面——

> 问：尹嘉铨！你所书李孝女暮年不字事一篇，说“年逾五十，依然待字，吾妻李恭人闻而贤之，欲求淑女以相助，仲女固辞不就”等语。这处女既立志不嫁，已年过五旬，你为何叫你女人遣媒说合，要他做妾？这样没廉耻的事，难道是讲正经人干的么？据供：我说的李孝女年逾五十，依然待字，原因素日间知道雄县有个姓李的女子，守贞不字。吾女人要聘他为妾，我那时在京候补，并不知道；后来我女人告诉我，才知道的，所以替他做了这篇文字，要表扬他，实在我并没有见过他的面。但他年过五十，我还将要他做妾的话，做在文字内，这就是我廉耻丧尽，还有何辩。

问:你当时在皇上跟前讨赏翎子,说是没有翎子,就回去见不得你妻小。你这假道学怕老婆,到底皇上没有给你翎子,你如何回去的呢?据供:我当初在家时,曾向我妻子说过,要见皇上讨翎子,所以我彼时不辞冒昧,就妄求恩典,原想得了翎子回家,可以夸耀。后来皇上没有赏我,我回到家里,实在觉得害羞,难见妻子。这都是我假道学,怕老婆,是实。

问:你女人平日妒悍,所以替你娶妾,也要娶这五十岁女人给你,知道这女人断不肯嫁,他又得了不妒之名。总是你这假道学居常做惯这欺世盗名之事,你女人也学了你欺世盗名。你难道不知道么?供:我女人要替我讨妾,这五十岁李氏女子既已立志不嫁,断不肯做我的妾,我女人是明知的,所以借此要得不妒之名。总是我平日所做的事,俱系欺世盗名,所以我女人也学做此欺世盗名之事,难逃皇上洞鉴。

还有一件要紧事是销毁和他有关的书。他的著述也真太多,计应"销毁"者有书籍八十六种,石刻七种,都是著作;应"撤毁"者有书籍六种,都是古书,而有他的序跋。《小学大全》虽不过"疏辑",然而是在"销毁"之列的。[9]

但我所得的《小学大全》,却是光绪二十二年开雕,二十五年刊竣,而"宣统丁巳"(实是中华民国六年)重校的遗老本,有张锡恭跋云:"世风不古若矣,愿读是书者,有以转移之。……"又有刘安涛跋云:"晚近凌夷,益加甚焉,异言喧豗,显与是书相悖,一唱百和,……驯致家与国均蒙其害,唐虞三代以来先圣先贤蒙以养正之遗意,扫地尽矣。剥极必复,天地之心见焉。……"为了文字狱,使士子不敢治史,尤不敢言近代事,但一面却也使昧于掌故,乾隆朝所竭力“销毁”的书,虽遗老也不复明白,不到一百三十年,又从新奉为宝典了。这莫非也是“剥极必复”[10]么？恐怕是遗老们的乾隆皇帝所不及料的罢。

但是,清的康熙,雍正和乾隆三个,尤其是后两个皇帝,对于“文艺政策”或说得较大一点的“文化统制”,却真尽了很大的努力的。文字狱不过是消极的一方面,积极的一面,则如钦定四库全书,于汉人的著作,无不加以取舍,所取的书,凡有涉及金元之处者,又大抵加以修改,作为定本。此外,对于“七经”,“二十四史”,《通鉴》,[11]文士的诗文,和尚的语录,也都不肯放过,不是鉴定,便是评选,文苑中实在没有不被蹂躏的处所了。而且他们是深通汉文的异族的君主,以胜者的看法,来批评被征服的汉族的文化和人情,也鄙夷,但也恐惧,有苛论,但也有确评,文字狱只是由此而来的辣手的一种,那成果,由满洲这方面言,是的确不能说它没有效的。

现在这影响好像是淡下去了,遗老们的重刻《小学大全》,就是一个证据,但也可见被愚弄了的性灵,又终于并不清醒过来。近来明人小品,清代禁书,市价之高,决非穷读书人所敢窥觊,但《东华录》,《御批通鉴辑览》,《上谕八旗》,《雍正朱批谕旨》[12]……等,却好像无人过问,其低廉为别的一切大部书所不及。倘有有心人加以收集,一一钩稽,将其中的关于驾御汉人,批评文化,利用文艺之处,分别排比,辑成一书,我想,我们不但可以看见那策略的博大和恶辣,并且还能够明白我们怎样受异族主子的驯扰,以及遗留至今的奴性的由来的罢。

自然,这决不及赏玩性灵文字的有趣,然而借此知道一点演成了现在的所谓性灵的历史,却也十分有益的。

七月十日。

## 注释：

[1]发表于1934年8月《新语林》半月刊第三期，署名杜德机，后编入《且介亭杂文》。

借禁书《小学大全》编撰者的戏剧性命运，解剖清代统治者“文化统制”的两手：一手是“消极”的，破坏的，即大兴文字狱；另一手则是“积极的”，建设的，如制作和颁行钦定图书，如《四库全书》等，以见其策略的博大和恶辣，以及治下的民众和士子的奴性的由来。两百年以后，天下共和，我们的相当一些所谓“文化散文”及电影电视剧，居然对文中所揭露的清朝康熙、雍正和乾隆三代统治者大加赞美，真是匪夷所思。

[2]尹会一(1691—1748)，清代道学家。字元孚，健馀先生，直隶博野(今河北保定蠡县)人。雍正进士。乾隆初曾任河南巡抚，官至吏部侍郎督江苏学政。著有《健馀先生文集》等。

[3]大理寺卿，中央审判机关的主管长官。稽察觉罗学，清朝皇族旁支子弟学校的主管。

[4]“及其老也，戒之在得”。语见《论语·季氏》：“君子有三戒……及其老也，血气既衰，戒之在得。”得，自得，满足，意为不要因为年老体衰而停止进取。

[5]汤斌(1627—1687)，字孔伯，睢州(今河南商丘睢县)人，官至礼部尚书、工部尚书。范文程(1597—1666)，字宪斗，沈阳人，官至大学士、太傅兼太子太师。李光地(1642—1718)，字晋卿，福建安溪人，官至文渊阁大学士。顾八代(？—1709)，字文起，满洲镶黄旗人，官至礼部尚书。

[6]三宝(？—1784)，满洲正红旗人，乾隆时官至东阁大学士兼礼部尚书。

[7]乾隆皇帝在《明辟尹嘉铨标榜之罪谕》中说："朕以为本朝纪纲整肃，无名臣亦无奸臣。何则，乾纲在上，不致朝廷有名臣、奸臣，亦社稷之福耳。"

[8]纪昀(1724—1805)，文学家。字晓岚，直隶(今河北)献县人。官至礼部尚书，曾任四库全书总纂官。《四库全书总目提要》是《四库全书》的书目解题，共二百卷。《阅微草堂笔记》，笔记小说，共五种，二十四卷。

[9]乾隆四十六年(1781)五月"上谕"："如《小学》等书，本系前人著述，原可毋庸销毁，惟其中有经该犯(按，指尹嘉铨)疏解编辑及有序跋者，即当一体销毁。"

[10]"剥极必复"。"剥"和"复"原是《易经》中的两个卦名，"剥卦"之后为"复卦"，所以说"剥极必复"，意思是剥落到了极限就是回归的开始。剥，剥落；复，来复。

[11]"七经"指《易》《书》《诗》《春秋》《周礼》《仪礼》和《礼记》，康熙、雍正、乾隆三朝分别加以注疏，合称《御纂七经》。《通鉴》即《资治通鉴》，宋代司马光等编纂的编年体史书，上起战国，终于五代，共二百九十四卷，考异、目录各三十卷。

[12]《东华录》，清代蒋良骐等从清代六朝的实录及其他文献摘抄而成的编年体史料长编，因国史馆在东华门内，故称《东华录》，后经多次增补。《御批通鉴辑览》，乾隆皇帝下令编成的起自上古终至明末的一部编年体史书。《上谕八旗》，雍正一朝关于八旗政务的谕旨及奏议等文件汇编。《雍正朱批谕旨》，经雍正朱批的"臣工"二百余人的奏折的合集。

# 杂谈小品文[1]

自从“小品文”这一个名目流行以来，看看书店广告，连信札，论文，都排在小品文里了，这自然只是生意经，不足为据。一般的意见，第一是在篇幅短。

但篇幅短并不是小品文的特征。一条几何定理不过数十字，一部《老子》[2]只有五千言，都不能说是小品。这该像佛经的小乘[3]似的，先看内容，然后讲篇幅。讲小道理，或没道理，而又不是长篇的，才可谓之小品。至于有骨力的文章，恐不如谓之“短文”，短当然不及长，寥寥几句，也说不尽森罗万象，然而它并不“小”。

《史记》[4]里的《伯夷列传》和《屈原贾谊列传》除去了引用的骚赋，其实也不过是小品，只因为他是“太史公”之作，又常见，所以没有人来选出，翻印。由晋至唐，也很有几个作家；宋文我不知道，但“江湖派”[5]诗，却确是我所谓的小品。现在大家所提倡的，是明清，据说“抒写性灵”[6]是它的特色。那时有一些人，确也只能够抒写性灵的，风气和环境，加上作者的出身和生活，也只能有这样的意思，写这样的文章。虽说抒写性灵，其实后来仍落了窠臼，不过是“赋得性灵”，照例写出那么一套来。当然也有人豫感到危难，后来是身历了危难的，所以小品文中，有时也夹着感愤，但在文字狱时，都被销毁，劈板了，于是我们所见，就只剩了“天马行空”[7]似的超然的性灵。

这经过清朝检选的“性灵”，到得现在，却刚刚相宜，有明末的洒脱，无清初的所谓“悖谬”[8]，有国时是高人，没国时还不失为逸士。逸士也得有资格，首先即在“超然”，“士”所以超庸奴，“逸”所以超责任：现在的特重明清小品，其实是大有理由，毫不足怪的。

不过“高人兼逸士梦”恐怕也不长久。近一年来，就露了大破绽，自以为高一点的，已经满纸空言，甚而至于胡说八道，下流的却成为打诨，和猥鄙丑角，并无不同，主意只在挖公子哥儿们的跳舞之资，和舞女们争生意，可怜之状，已经下于五四运动前后的鸳鸯蝴蝶派[9]数等了。

为了这小品文的盛行，今年就又有翻印所谓“珍本”的事。有些论者，也以为可虑。我却觉得这是并非无用的。原本价贵，大抵无力购买，现在只用了一元或数角，就可以看见现代名人的祖师，以及先前的性灵，怎样叠床架屋，现在的性灵，怎样看人学样，啃过一堆牛骨头，即使是牛骨头，不也有了识见，可以不再被生炒牛角尖骗去了吗？

不过“珍本”并不就是“善本”，有些是正因为它无聊，没有人要看，这才日就灭亡，少下去；因为少，所以“珍”起来。就是旧书店里必讨大价的所谓“禁书”，也并非都是慷慨激昂，令人奋起的作品，清初，单为了作者也会禁，往往和内容简直不相干。这一层，却要读者有选择的眼光，也希望识者给相当的指点的。

十二月二日。

## 注释：

[1]发表于1935年12月7日上海《时事新报·每周文学》，署名旅隼。后编入《且介亭杂文二集》。

文中指出清朝文字狱消灭了小品文中的“感愤”，只剩“性灵”；至于三十年代一时倾重明清小品，翻印“珍本”，实在是古时候逸士的“超责任”的风气的遗传。

[2]《老子》，即《道德经》，相传为春秋时老聃著，道家经典之一。

[3]小乘，佛教早期主要流派，注重个人修行、自我解脱。

[4]《史记》，司马迁著，我国第一部纪传体通史。司马迁在汉武帝时曾任太史令，故称“太史公”，故《史记》又名《太史公书》。书中记载自黄帝到汉武帝约三千年的历史，由十二本纪、十表、八书、三十世家、七十列传组成，计一百三十篇。鲁迅在《汉文学史纲要》中曾赞誉《史记》为“史家之绝唱，无韵之《离骚》”。

[5]“江湖派”。南宋诗人陈起曾编刻《江湖集》，收入南宋末年文人及宋亡后遗民戴复古、刘过等人作品，这些作者后被称作“江湖派”。

[6]“抒写性灵”。林语堂推崇明代袁中郎、清代袁枚等人的小品，在《论文（下）》中称为“性灵派文字”，评为“发抒性灵，斯得其真”。

[7]“天马行空”，语见林语堂《论文（上）》：“真正豪放自然，天马行空，如金圣叹之水浒传序，可谓绝无仅有。”

[8]“悖谬”。清乾隆年间纂修《四库全书》时，凡被视为有“违碍”的书，都加以抽毁或全毁。因此，在缴送的禁书目中，常有注明“有悖谬语，应请抽毁”字样。

[9]鸳鸯蝴蝶派，流行于清末民初至五四前后的一个文学流

派。这派作品多写才子佳人的故事,以迎合小市民趣味,时称鸳鸯蝴蝶体。代表作家有徐枕亚、吴双热、李定夷等。所办刊物有《民权素》《小说丛报》《小说新报》。后起的《礼拜六》周刊影响最大,故又名“礼拜六派”。

# 小品文的危机[1]

仿佛记得一两月之前，曾在一种日报上见到记载着一个人的死去的文章，说他是收集“小摆设”的名人，临末还有依稀的感喟，以为此人一死，“小摆设”的收集者在中国怕要绝迹了。

但可惜我那时不很留心，竟忘记了那日报和那收集家的名字。

现在的新的青年恐怕也大抵不知道什么是“小摆设”了。但如果他出身旧家，先前曾有玩弄翰墨的人，则只要不很破落，未将觉得没用的东西卖给旧货担，就也许还能在尘封的废物之中，寻出一个小小的镜屏，玲珑剔透的石块，竹根刻成的人像，古玉雕出的动物，锈得发绿的铜铸的三脚癞虾蟆：这就是所谓“小摆设”。先前，它们陈列在书房里的时候，是各有其雅号的，譬如那三脚癞虾蟆，应该称为“蟾蜍砚滴”之类，最末的收集家一定都知道，现在呢，可要和它的光荣一同消失了。

那些物品，自然决不是穷人的东西，但也不是达官富翁家的陈设，他们所要的，是珠玉扎成的盆景，五彩绘画的磁瓶。那只是所谓士大夫的“清玩”。在外，至少必须有几十亩膏腴的田地，在家，必须有几间幽雅的书斋；就是流寓上海，也一定得生活较为安闲，在客栈里有一间长包的房子，书桌一顶，烟榻一张，瘾足心闲，摩挲赏鉴。然而这境地，现在却已经被世界的险恶的潮流冲得七颠八倒，像狂涛中的小船似的了。

然而就是在所谓“太平盛世”罢，这“小摆设”原也不是什么重要的物品。在方寸的象牙版上刻一篇《兰亭序》[2]，至今还有“艺术品”之称，但倘将这挂在万里长城的墙头，或供在云冈[3]的丈八佛像的足下，它就渺小得看不见了，即使热心者竭力指点，也不过令观者生一种滑稽之感。何况在风沙扑面，狼虎成群的时候，谁还有这许多闲工夫，来赏玩琥珀扇坠，翡翠戒指呢。他们即使要悦目，所要的也是耸立于风沙中的大建筑，要坚固而伟大，不必怎样精；即使要满意，所要的也是匕首和投枪，要锋利而切实，用不着什么雅。

美术上的“小摆设”的要求，这幻梦是已经破掉了，那日报上的文章的作者，就直觉的地知道。然而对于文学上的“小摆设”——“小品文”的要求，却正在越加旺盛起来，要求者以为可以靠着低诉或微吟，将粗犷的人心，磨得渐渐的平滑。这就是想别人一心看着《六朝文絜》[4]，而忘记了自己是抱在黄河决口之后，淹得仅仅露出水面的树梢头。

但这时却只用得着挣扎和战斗。

而小品文的生存，也只仗着挣扎和战斗的。晋朝的清言[5]，早和它的朝代一同消歇了。唐末诗风衰落，而小品放了光辉。但罗隐[6]的《谗书》，几乎全部是抗争和愤激之谈；皮日休和陆龟蒙[7]自以为隐士，别人也称之为隐士，而看他们在《皮子文薮》和《笠泽丛书》中的小品文，并没有忘记天下，正是一榻胡涂的泥塘里的光彩和锋铓。明末的小品[8]虽然比较的颓放，却并非全是吟风弄月，其中有不平，有讽刺，有攻击，有破坏。这种作风，也触着了满洲君臣的心病，费去许多助虐的武将的刀锋，帮闲的文臣的笔锋，直到乾隆年间，这才压制下去了。以后呢，就来了“小摆设”。

“小摆设”当然不会有大发展。到五四运动的时候，才又来了一个展开，散文小品的成功，几乎在小说戏曲和诗歌之上。这之中，自然含着挣扎和战斗，但因为常常取法于英国的随笔(Essay)，所以也带一点幽默和雍容；写法也有漂亮和缜密的，这是为了对于旧文学的示威，在表示旧文学之自以为特长者，白话文学也并非做不到。以后的路，本来明明是更分明的挣扎和战斗，因为这原是萌芽于“文学革命”以至“思想革命”的。但现在的趋势，却在特别提倡那和旧文章相合之点，雍容，漂亮，缜密，就是要它成为“小摆设”，供雅人的摩挲，并且想青年摩挲了这“小摆设”，由粗暴而变为风雅了。

然而现在已经更没有书桌；雅片虽然已经公卖，烟具是禁止的，吸起来还是十分不容易。想在战地或灾区里的人们来鉴赏罢——谁都知道是更奇怪的幻梦。这种小品，上海虽正在盛行，茶话酒谈，遍满小报的摊子上，但其实是正如烟花女子，已经不能在弄堂里拉扯她的生意，只好涂脂抹粉，在夜里躄到马路上来了。

小品文就这样的走到了危机。但我所谓危机，也如医学上的所谓“极期”(Krisis)一般，是生死的分歧，能一直得到死亡，也能由此至于恢复。麻醉性的作品，是将与麻醉者和被麻醉者同归于尽的。生存的小品文，必须是匕首，是投枪，能和读者一同杀出一条生存的血路的东西；但自然，它也能给人愉快和休息，然而这并不是“小摆设”，更不是抚慰和麻痹，它给人的愉快和休息是休养，是劳作和战斗之前的准备。

八月二十七日。

## 注释:

[1]发表于1933年10月1日《现代》第三卷第六期。后编入《南腔北调集》。

文中回溯小品文的历史,把唐末和明末以至后来的作品作了比较,称那些专供雅人摩挲,将粗暴变为风雅的小品为"小摆设"。作者指出,当下更需要发扬五四"文学革命"的传统,更需要挣扎和战斗,更需要"生长的小品文"。

[2]《兰亭序》,行书法帖,又名《兰亭集序》,晋代王羲之作并书。王羲之(321—379),东晋书法家。

[3]云冈指云冈石窟,在山西大同武周山南麓,建于北魏时期。现存洞窟五十三个,造像五万一千余尊,洞窟中最高的佛像达十七米。

[4]《六朝文絜》,六朝骈体文选集,清代许梿编选。

[5]清言,犹"清谈",也称"玄言""玄谈"或"谈玄",魏晋时期崇尚虚无、空谈名理的一种风气。始于三国时魏国何晏、夏侯玄、王弼等,上承汉末清议,从品评人物到以谈玄为主,即以《周易》《老子》《庄子》等"三玄"内容解释儒家经义,摒弃世务,专谈本末、体用、有无、性命等抽象玄理;晋代因有王衍等人倡行,此风便盛。东晋佛学兴起,及后渐衰。

[6]罗隐(833—909),唐文学家,字昭谏,杭州新城(今浙江杭州富阳)人。所著诗文,多讽刺现实,笔锋犀利。著有诗集《甲乙集》及《谗书》等,清人辑有《罗昭谏集》。

[7]皮日休(838—约883),唐文学家,字袭美,襄阳(今湖北襄樊)人,曾参加黄巢起义军,诗文与陆龟蒙齐名,并称"皮陆",著有《皮子文薮》。陆龟蒙(?—约881),唐文学家,字鲁望,姑苏(今江

苏苏州)人，著有《笠泽丛书》《甫里集》。

[8]明末的小品，指晚明公安派作家袁宏道三兄弟，及竟陵派钟惺、谭元春、张岱等人的小品文。

# 四库全书珍本[1]

丰之余

现在除兵争，政争等类之外，还有一种倘非闲人，就不大注意的影印《四库全书》中的“珍本”之争[2]。官商要照原式，及早印成，学界却以为库本有删改，有错误，如果有别本可得，就应该用别的“善本”来替代。

但是，学界的主张，是不会通过的，结果总非依照《钦定四库全书》不可。这理由很分明，就因为要赶快。四省不见，九岛出脱，[3]不说也罢，单是黄河的出轨[4]举动，也就令人觉得岌岌乎不可终日，要做生意就得赶快。况且“钦定”二字，至今也还有一点威光，“御医”“贡缎”，就是与众不同的意思。便是早已共和了的法国，拿破仑的藏书[5]在拍卖场上还是比平民的藏书值钱；欧洲的有些著名的“支那学者”，讲中国就会引用《钦定图书集成》[6]，这是中国的考据家所不肯玩的玩艺。但是，也可见印了“钦定”过的“珍本”，在外国，生意总可以比“善本”好一些。

即使在中国，恐怕生意也还是“珍本”好。因为这可以做摆饰，而“善本”却不过能合于实用。能买这样的书的，决非穷措大也可

清乾隆写本《四库全书简明目录》及其书盒。清乾隆三十七年(1772)设立四库全书馆,共选书籍3503种,79 337卷,分经、史、子、集四部,故名四库,称钦定《四库全书》。官方以保存和整理文献为名,随意"全毁""抽毁"或加以窜改,使善本湮没。所以,鲁迅说是"清人纂修《四库全书》而古书亡"。

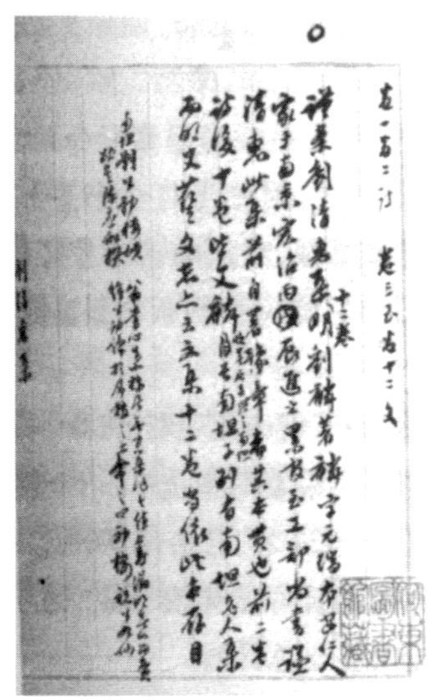

清代翁方纲纂《四库全书总目提要》稿本

《钦定古今图书集成》，类书名。清康熙中陈梦雷等原辑，清世宗命蒋廷锡等重辑。全书一万卷。

想，则买去之后，必将供在客厅上也亦可知。这类的买主，会买一个商周的古鼎，摆起来；不得已时，也许买一个假古鼎，摆起来；但他决不肯买一个沙锅或铁镬，摆在紫檀桌子上。因为他的目的是在“珍”而并不在“善”，更不在是否能合于实用的。

明末人好名，刻古书也是一种风气，然而往往自己看不懂，以为错字，随手乱改。不改尚可，一改，可就反而改错了，所以使后来的考据家为之摇头叹气，说是“明人好刻古书而古书亡”。这回的《四库全书》中的“珍本”是影印的，决无改错的弊病，然而那原本就有无意的错字，有故意的删改，并且因为新本的流布，更能使善本湮没下去，将来的认真的读者如果偶尔得到这样的本子，恐怕总免不了要有摇头叹气第二回。

然而结果总非依照《钦定四库全书》不可。因为“将来”的事，和现在的官商是不相干了。

八月二十四日。

## 注释：

[1]发表于1933年8月31日《申报·自由谈》。后编入《准风月谈》。

通过关于影印《四库全书》的“珍本”之争，揭露由官商勾结主宰出版，致使伪劣图书继续流布的现象。对于这种无视于断送“将来”的情形，作者表示了极大的愤慨。

[2]影印《四库全书》中的“珍本”之争。《四库全书》是清乾隆下令编纂的一套大型丛书，分经、史、子、集四部，收书三千多种。1933年6月，国民党政府教育部令当时中央图书馆筹备处和商务印书馆签订合同，影印北京故宫博物院所藏的文渊阁本《四库全书》缮写本；北京图书馆馆长蔡元培以及学术界人士陈垣、刘复等，

还有藏书家傅增湘等认为库本已经被窜改,故主张采用旧刻本或旧抄本,但为教育部部长王世杰所反对,商务印书馆编译所所长张元济同样主张照印库本。结果以王世杰的官方意见为准,由商务印书馆于1934年至1935年刊行《四库全书珍本初集》,选书二百三十一种。

[3]四省不见,指1931年九一八事变后,日本帝国主义先后侵占我国东北辽宁、吉林、黑龙江、热河四省。九岛出脱,指九一八事变后,法国殖民主义者提出吞并我国西沙群岛和南沙群岛的要求,并于1933年侵占了南沙群岛的九个岛屿。

[4]黄河的出轨,指1933年7月黄河决口,河北、河南、山东、陕西、安徽及江苏北部泛滥成灾。

[5]拿破仑(Napoléon Bonaparte,1769—1821),法国皇帝、军事家和政治家。死后,他丰富的藏书多有散佚,1932年有一部分被运往柏林,准备拍卖,后由法国政府运回巴黎。

[6]《钦定图书集成》即《古今图书集成》,我国大型类书之一。清康熙、雍正时编纂,全书共分历象、方舆、明伦、博物、理学和经济六编,凡一万卷。

# 选本[1]

今年秋天，在上海的日报上有一点可以算是关于文学的小小的辩论，就是为了一般的青年，应否去看《庄子》与《文选》[2]以作文学上的修养之助。不过这类的辩论[3]，照例是不会有结果的，往复几回之后，有一面一定拉出“动机论”[4]来，不是说反对者“别有用心”，便是“哗众取宠”；客气一点，也就“彼亦一是非，此亦一是非”，而问题于是鸣呼哀哉了。

但我因此又想到“选本”的势力。孔子究竟删过《诗》[5]没有，我不能确说，但看它先“风”后“雅”而末“颂”，排得这么整齐，恐怕至少总也费过乐师的手脚，是中国现存的最古的诗选。由周至汉，社会情形太不同了，中间又受了《楚辞》[6]的打击，晋宋文人如二陆束皙陶潜[7]之流，虽然也做四言诗以支持场面，其实都不过是每句省去一字的五言诗，“王者之迹熄而《诗》亡”了。不过选者总是层出不穷的，至今尚存，影响也最广大者，我以为一部是《世说新语》[8]，一部就是《文选》。

《世说新语》并没有说明是选的，好像刘义庆或他的门客所搜集，但检唐宋类书中所存裴启《语林》的遗文[9]，往往和《世说新语》

相同,可见它也是一部钞撮故书之作,正和《幽明录》[10]一样。它的被清代学者所宝重,自然因为注中多有现今的逸书,但在一般读者,却还是为了本文,自唐迄今,拟作者不绝,甚至于自己兼加注解。袁宏道[11]在野时要做官,做了官又大叫苦,便是中了这书的毒,误明为晋的缘故。有些清朝人却较为聪明,虽然辫发胡服,厚禄高官,他也一声不响,只在倩人写照的时候,在纸上改作斜领方巾,或芒鞋竹笠,聊过"世说"式瘾罢了。

《文选》的影响却更大。从曹宪至李善加五臣[12],音训注释书类之多,远非拟《世说新语》可比。那些烦难字面,如草头诸字,水旁山旁诸字,不断的被摘进历代的文章里面去,五四运动时虽受奚落,得"妖孽"[13]之称,现在却又很有复辟的趋势了。而《古文观止》[14]也一同渐渐的露了脸。

以《古文观止》和《文选》并称,初看好像是可笑的,但是,在文学上的影响,两者却一样的不可轻视。凡选本,往往能比所选各家的全集或选家自己的文集更流行,更有作用。册数不多,而包罗诸作,固然也是一种原因,但还在近则由选者的名位,远则凭古人之威灵,读者想从一个有名的选家,窥见许多有名作家的作品。所以自汉至梁的作家的文集,并残本也仅存十余家,《昭明太子集》[15]只剩一点辑本了,而《文选》却在的。读《古文辞类纂》者多,读《惜抱轩全集》的却少。[16]凡是对于文术,自有主张的作家,他所赖以发表和流布自己的主张的手段,倒并不在作文心,文则,诗品,诗话,而在出选本。

选本可以借古人的文章,寓自己的意见。博览群籍,采其合于自己意见的为一集,一法也,如《文选》是。择取一书,删其不合于自己意见的为一新书,又一法也,如《唐人万首绝句选》[17]是。如此,则读者虽读古人书,却得了选者之意,意见也就逐渐和选者接近，终于“就范”了。

读者的读选本，自以为是由此得了古人文笔的精华的，殊不知却被选者缩小了眼界。即以《文选》为例罢，没有嵇康《家诫》[18]，使读者只觉得他是一个愤世嫉俗，好像无端活得不快活的怪人；不收陶潜《闲情赋》[19]，掩去了他也是一个既取民间《子夜歌》[20]意，而又拒以圣道的迂士。选本既经选者所滤过，就总只能吃他所给与的糟或醨。况且有时还加以批评，提醒了他之以为然，而默杀了他之以为不然处。纵使选者非常胡涂，如《儒林外史》所写的马二先生[21]，游西湖漫无准备，须问路人，吃点心又不知选择，要每样都买一点，由此可见其衡文之毫无把握罢，然而他是处州人，一定要吃“处片”，又可见虽是马二先生，也自有其“处片”式的标准了。

评选的本子，影响于后来的文章的力量是不小的，恐怕还远在名家的专集之上。我想，这许是研究中国文学史的人们也该留意的罢。

十一月二十四日记。

## 注释：

[1]发表于1934年1月北平《文学季刊》创刊号，署名唐俟，后编入《集外集》。

文章借《世说新语》和《文选》，谈说文学选本的片面性和局限性，但指出影响匪浅，其力量甚至远在名家专集之上，这是从事中国文学史研究须加留意的。

[2]《庄子》，战国时庄周及其后学的著作集，现存三十三篇，也称《南华经》，道家经典之一。《文选》，南朝梁昭明太子萧统编选的诗文总集，内选先秦到齐梁间的诗文辞赋，共三十卷，是我国现存的最早的文学选本。

[3]这类的辩论。鲁迅于1933年10月6日《申报·自由谈》发表题为《感旧》(收入《准风月谈》时改作《重三感旧》,并加副题)一文,批评"有些青年"劝人看《庄子》《文选》;施蛰存以为是针对他应约为《大晚报》介绍《庄子》《文选》而发的,于是撰文加以反驳,引发一场争论。可参见《准风月谈》相关文章。

[4]"动机论",见施蛰存在1933年10月20日《申报·自由谈》发表的《致黎烈文先生书——兼示丰之余先生》一文:"对于这《庄子与文选》的问题我没有要说的话了。我曾经在《自由谈》的壁上看过几次的文字争,觉得每次总是愈争愈闹意气,而离本题愈远,甚至到后来有些参加者的动机都是可以怀疑的,我不想使自己不由自主地被卷入漩涡,所以我不再说什么话了。昨晚套了一个现成偈语:'此亦一是非,彼亦一是非,唯无是非观,庶几免是非。'"

[5]《诗》即《诗经》,我国最早的诗歌总集,收入周初至春秋时的作品,相传曾经孔子删定。全书共收三百零五篇,故称"诗三百",分"风""雅""颂"三部分。"风"是各地方的乐歌,"雅"是王畿一带的乐歌,"颂"是宗庙祭祀时的乐歌。

[6]《楚辞》,战国时楚(今湖南、湖北等地)人的辞赋集,由汉代刘向辑录屈原、宋玉等人的作品成书。

[7]二陆指晋代文学家陆机、陆云兄弟。陆机(261—303),字士衡;陆云(262—303),字士龙。吴郡华亭(今上海松江)人。均有四言诗传世。束皙(?—303),字广微,阳平元城(今河北邯郸大名)人,晋代文学家。陶潜(372—427),名渊明(一说名潜,字渊明),浔阳柴桑(今江西九江)人,晋代文学家,著有《靖节先生集》。

[8]《世说新语》,笔记小说集,南朝宋刘义庆编撰。计三卷,分德行、言语、政事、文学等三十六门,记载汉末至东晋间文人名士的遗闻轶事。

[9]裴启,又名裴荣,东晋河东(今山西永济)人。所著《语林》,记汉魏两晋名人的言谈轶事,《世说新语》多取材于此。原书已佚,遗文散见唐宋多种类书。鲁迅有辑本,收入《古小说钩沉》。

[10]《幽明录》,刘义庆编撰,三十卷,多为志怪故事。原书佚亡,遗文见于各种类书。鲁迅亦有辑本,收入《古小说钩沉》。

[11]袁宏道(1568—1610),明代文学家,字中郎,湖广公安(今属湖北)人。万历时进士,曾任吴县知县、吏部郎中。与兄宗道、弟中道并称"三袁"。提倡"性灵",反对摹仿,避用典故,多采俚语,为公安派的创始者。

[12]曹宪,隋唐时扬州江都(今属江苏扬州)人,精通文字,创设文选学,撰有《文选音义》,为当时所重。李善,唐代扬州江都人。曾从曹宪受文选学,为《文选音义》作注。开元六年(718)吕延祚辑集吕延济、刘良、张铣、吕向、李周翰五人所作注释为"五臣注";宋人又加李善的注释合刻,称"六臣注"。

[13]"妖孽",1917年7月《新青年》第三卷第五号"通讯"栏载钱玄同给陈独秀的信,其中说:"惟选学妖孽所尊崇之六朝文,桐城谬种所尊崇之唐宋文,则实在不必选读。"

[14]《古文观止》,清代康熙年间吴楚材、吴调侯编选的古文读本,收入先秦至明代散文二百二十二篇,分十二卷。

[15]《昭明太子集》即《文选》。

[16]《古文辞类纂》,清代姚鼐编选的古文辞赋集,收入战国至清代的作品,共七十五卷。《惜抱轩全集》,姚鼐的著作集,共八十八卷。

[17]《唐人万首绝句选》,清代王士祯编选,共七卷,全书体现了他所主张的"神韵"的特色。

[18]嵇康(223—262),三国魏诗人,字叔夜,谯国(属今安徽宿

州)人。著有《嵇康集》十卷,有鲁迅校本。

[19]《闲情赋》内容叙说对一位女子的爱恋之情,见《靖节先生集》卷五。

[20]《子夜歌》,乐府《吴声歌曲》之一,为民间男女赠答的情诗。

[21]《儒林外史》,长篇小说,清代吴敬梓著。马二先生是书中的八股文选家,他游西湖吃处片的情节,见小说第十四回。"处片",即处州(今浙江丽水)出产的酱笋干片。

# 由聋而哑[1]

洛文

医生告诉我们：有许多哑子，是并非喉舌不能说话的，只因为从小就耳朵聋，听不见大人的言语，无可师法，就以为谁也不过张着口呜呜哑哑，他自然也只好呜呜哑哑了。所以勃兰兑斯[2]叹丹麦文学的衰微时，曾经说：文学的创作，几乎完全死灭了。人间的或社会的无论怎样的问题，都不能提起感兴，或则除在新闻和杂志之外，绝不能惹起一点论争。我们看不见强烈的独创的创作。加以对于获得外国的精神生活的事，现在几乎绝对的不加顾及。于是精神上的"聋"，那结果，就也招致了"哑"来。（《十九世纪文学的主潮》第一卷自序）

这几句话，也可以移来批评中国的文艺界，这现象，并不能全归罪于压迫者的压迫，五四运动时代的启蒙运动者和以后的反对者，都应该分负责任的。前者急于事功，竟没有译出什么有价值的书籍来，后者则故意迁怒，至骂翻译者为媒婆[3]，有些青年更推波助澜，有一时期，还至于连人地名下注一原文，以便读者参考时，也就诋之曰"衒学"。

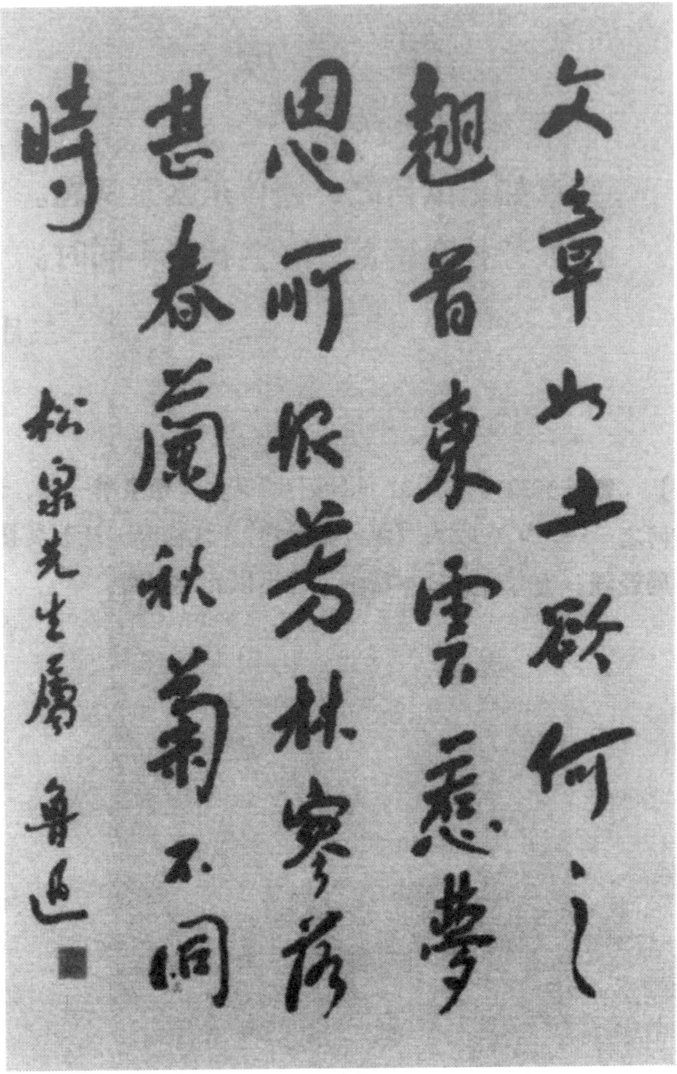

鲁迅诗《偶成》(1932)手稿。诗云:“文章如土欲何之,翘首东云惹梦思。所恨芳林寥落甚,春兰秋菊不同时。”

今竟何如？三开间店面的书铺，四马路上还不算少，但那里面满架是薄薄的小本子，倘要寻一部巨册，真如披沙拣金之难。自然，生得又高又胖并不就是伟人，做得多而且繁也决不就是名著，而况还有“剪贴”。但是，小小的一本“什么 ABC”[4]里，却也决不能包罗一切学术文艺的。一道浊流，固然不如一杯清水的干净而澄明，但蒸溜了浊流的一部分，却就有许多杯净水在。

因为多年买空卖空的结果，文界就荒凉了，文章的形式虽然比较的整齐起来，但战斗的精神却较前有退无进。文人虽因捐班或互捧，很快的成名，但为了出力的吹，壳子大了，里面反显得更加空洞。于是误认这空虚为寂寞，像煞有介事的说给读者们；其甚者还至于摆出他心的腐烂来，算是一种内面的宝贝。散文，在文苑中算是成功的，但试看今年的选本，便是前三名，也即令人有“貂不足，狗尾续”之感。用秕谷来养青年，是决不会壮大的，将来的成就，且要更渺小，那模样，可看尼采所描写的“末人”。

但绍介国外思潮，翻译世界名作，凡是运输精神的粮食的航路，现在几乎都被聋哑的制造者们堵塞了，连洋人走狗，富户赘郎，也会来哼哼的冷笑一下。他们要掩住青年的耳朵，使之由聋而哑，枯涸渺小，成为“末人”，非弄到大家只能看富家儿和小瘪三所卖的春宫，不肯罢手。甘为泥土的作者和译者的奋斗，是已经到了万不可缓的时候了，这就是竭力运输些切实的精神的粮食，放在青年们的周围，一面将那些聋哑的制造者送回黑洞和朱门里面去。

八月二十九日。

## 注释：

[1]发表于1933年9月8日《申报·自由谈》。后编入《准风月谈》。

“无声的中国”的“无声”，也即本文的“哑”，其实并非由来如此，而是源于精神上的“聋”，由对国外思潮加以封锁，堵塞运输精神食粮的航路所致。“聋哑的制造者”，这里主要指专制统治者，此外知识者本身也负有责任。

[2]勃兰兑斯(G. Brandes，1842—1927)，丹麦文学批评家。主要著作有《十九世纪文学的主潮》等。

[3]1921年2月，郭沫若在《民铎》杂志第二卷第五号发表致李石岑的信，其中说：“我觉得国内人士只注重媒婆，而不注重处子；只注重翻译，而不注重产生。”

[4]“什么ABC”，可能指当时上海世界书局出版的“ABC丛书”，内收入门书多种。ABC，初步、入门，指常识。

# 关于翻译(上)[1]

洛文

因为我的一篇短文,引出了穆木天[2]先生的《从〈为翻译辩护〉谈到楼译〈二十世纪之欧洲文学〉》(九日《自由谈》所载),这在我,是很以为荣幸的,并且觉得凡所指摘,也恐怕都是实在的错误。但从那作者的案语里,我却又想起一个随便讲讲,也许并不是毫无意义的问题来了。那是这样的一段——

> 在一百九十九页,有"在这种小说之中,最近由学术院(译者:当系指著者所属的俄国共产主义学院)所选的鲁易倍尔德兰的不朽的诸作,为最优秀"。在我以为此地所谓"Academie"者,当指法国翰林院。苏联虽称学艺发达之邦,但不会为帝国主义作家作选集罢?我不知为什么楼先生那样地滥下注解?

究竟是那一国的Academia[3]呢?我不知道。自然,看作法国的翰林院,是万分近理的,但我们也不能决定苏联的大学院就"不会为帝国主义作家作选集"。倘在十年以前,是决定不会的,这不但为物力所限，也为了要保护革命的婴儿，不能将滋养的，无益的，有害的食品都漫无区别的乱放在他前面。现在却可以了，婴儿已经长大，而且强壮，聪明起来，即使将鸦片或吗啡给他看，也没有什么大危险，但不消说，一面也必须有先觉者来指示，说吸了就会上瘾，而上瘾之后，就成一个废物，或者还是社会上的害虫。

在事实上，我曾经见过苏联的Academia新译新印的阿剌伯的《一千一夜》，意大利的《十日谈》，还有西班牙的《吉诃德先生》，英国的《鲁滨孙漂流记》；[4]在报章上，则记载过在为托尔斯泰印选集，为歌德[5]编全集——更完全的全集。倍尔德兰[6]不但是加特力教[7]的宣传者，而且是王朝主义的代言人，但比起十九世纪初德意志布尔乔亚[8]的文豪歌德来，那作品也不至于更加有害。所以我想，苏联来给他出一本选集，实在是很可能的。不过在这些书籍之前，想来一定有详序，加以仔细的分析和正确的批评。

《一个青年的梦》，日本武者小路实笃著，鲁迅译，1922年商务印书馆出版，为“文学研究会丛书”之一，32开。鲁迅藏。

《工人绥惠略夫》，俄国作家阿(尔)志跋绥夫著，鲁迅译，1922年商务印书馆出版，为“文学研究会丛书”之一，32开。鲁迅藏。

《桃色的云》，俄国作家爱罗先珂著，鲁迅译，1923年新潮社出版，32开。鲁迅藏。

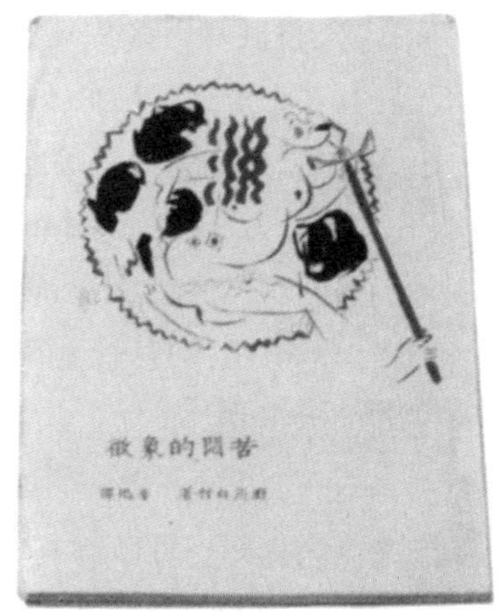


《苦闷的象征》，日本厨川白村文艺论文集，鲁迅译，1924年10月连载于《晨报副刊》，12月印单行本，为“未名丛刊”之一，陶元庆作封面画，32开，毛边。鲁迅藏。

《小约翰》，荷兰作家望·蔼覃著，童话集，鲁迅与齐寿山合译，1928年1月未名社出版。

凡作者,和读者因缘愈远的,那作品就于读者愈无害。古典的,反动的,观念形态已经很不相同的作品,大抵即不能打动新的青年的心(但自然也要有正确的指示),倒反可以从中学学描写的本领,作者的努力。恰如大块的砒霜,欣赏之余,所得的是知道它杀人的力量和结晶的模样:药物学和矿物学上的知识了。可怕的倒在用有限的砒霜,和在食物中间,使青年不知不觉的吞下去,例如似是而非的所谓"革命文学",故作激烈的所谓"唯物史观的批评",就是这一类。这倒是应该防备的。

我是主张青年也可以看看"帝国主义者"的作品的,这就是古语的所谓"知己知彼"。青年为了要看虎狼,赤手空拳的跑到深山里去固然是呆子,但因为虎狼可怕,连用铁栅围起来了的动物园里也不敢去,却也不能不说是一位可笑的愚人。有害的文学的铁栅是什么呢?批评家就是。

九月十一日。

补记:这一篇没有能够刊出。

九月十五日。

## 注释:

[1]本文当时未能刊出,后将原文前三行(从"因为我的一篇短文"到"也恐怕都是实在的错误")被移到下篇开头,并作一篇发表。收入《准风月谈》。

作者在这里表述的还是一种拿来主义的思想,反禁锢的思想,宽容的思想。

[2]穆木天(1900—1971),诗人,翻译家。吉林伊通人,早年留学日本,曾加入创造社,回国后在多所大学任教。鲁迅和穆木天在

关于翻译问题上有过争论，对穆木天一度被捕获释后的表现，鲁迅持不信任的看法。鲁迅逝世后，穆木天作诗悼念，表达了个人的敬意和怀念。

[3]Academia，拉丁字，意为科学院(旧译大学院或翰林院)。法文作 Académie。下文的法国翰林院，指法兰西学院；苏联大学院，指苏联科学院。

[4]《一千一夜》即《一千零一夜》，又名《天方夜谭》，阿拉伯古代民间故事集。《十日谈》，意大利薄伽丘著的故事集。《吉诃德先生》即《堂吉诃德》，西班牙塞万提斯著的长篇小说。《鲁滨孙漂流记》，英国笛福著的长篇小说。

[5]歌德(J. W. von Goethe，1749—1832)，德国诗人、剧作家。著有诗剧《浮士德》、小说《少年维特之烦恼》、自传《诗与真》等。

[6]倍尔德兰(L. Bertrand，1866—1941)，通译路易·贝特朗，法国作家。1925 年为法兰西学院院士。著有小说《种族之血》等及多种传记。

[7]加特力教，拉丁文音译，即天主教。

[8]布尔乔亚，法文音译，即资产阶级。

# 华德焚书异同论[1]

孺牛

德国的希特拉先生们一烧书[2]，中国和日本的论者们都比之于秦始皇。然而秦始皇实在冤枉得很，他的吃亏是在二世而亡，一班帮闲们都替新主子去讲他的坏话了。

不错，秦始皇烧过书[3]，烧书是为了统一思想。但他没有烧掉农书和医书；他收罗许多别国的“客卿”[4]，并不专重“秦的思想”，倒是博采各种的思想的。秦人重小儿；始皇之母，赵女也，赵重妇人，[5]所以我们从“剧秦”[6]的遗文中，也看不见轻贱女人的痕迹。

希特拉先生们却不同了，他所烧的首先是“非德国思想”的书，没有容纳客卿的魄力；其次是关于性的书，这就是毁灭以科学来研究性道德的解放，结果必将使妇人和小儿沉沦在往古的地位，见不到光明。而可比于秦始皇的车同轨，书同文[7]……之类的大事业，他们一点也做不到。

阿剌伯人攻陷亚历山德府[8]的时候，就烧掉了那里的图书馆，那理论是：如果那些书籍所讲的道理，和《可兰经》[9]相同，则已有《可兰经》，无须留了；倘使不同，则是异端，不该留了。这才是希特

秦始皇(前259—前210),即嬴政。战国时秦国国君,于前221年消灭六国,建立中国历史上第一个统一的中央集权封建国家。他的“焚书坑儒”开中国文字狱的先河。

拉先生们的嫡派祖师——虽然阿剌伯人也是“非德国的”——和秦的烧书,是不能比较的。

但是结果往往和英雄们的预算不同。始皇想皇帝传至万世,而偏偏二世而亡,赦免了农书和医书,而秦以前的这一类书,现在却偏偏一部也不剩。希特拉先生一上台,烧书,打犹太人,不可一世,连这里的黄脸干儿们,也听得兴高彩烈,向被压迫者大加嘲笑,对讽刺文字放出讽刺的冷箭[10]来——到底还明白的冷冷的讯问道:你们究竟要自由不要?不自由,无宁死。现在你们为什么不去拚死呢?

这回是不必二世,只有半年,希特拉先生的门徒们在奥国一被禁止,连党徽也改成三色玫瑰了。最有趣的是因为不准叫口号,大家就以手遮嘴,用了“掩口式”。[11]

这真是一个大讽刺。刺的是谁,不问也罢,但可见讽刺也还不是“梦呓”,质之黄脸干儿们,不知以为何如?

六月二十八日。

## 注释:

[1]发表于 1933 年 7 月 11 日《申报·自由谈》,后编入《准风月谈》。

反对政治文化专制主义是本文的中心思想。需要说明的是,文中似有为秦始皇翻案之意,其实是一种反讽,相当于《魏晋风度及文章与药及酒之关系》中说曹操是“英雄”一样。

[2]烧书。希特勒于 1933 年上台后,即实行文化专制政策,组织了大规模的焚书运动。5 月 10 日晚,柏林的一些大学生组织和“希特勒青年团”便烧毁了两万册书籍。政府当局还曾组织全国三十多间大学举行“焚书日”。下文说的中国的论者,当指 1933 年 6

月 23 日《申报》副刊《春秋》发表的署名瞻庐的《焚书》一文，其中说：“秦始皇的政策现在流传到外国去了”，“善学嬴秦的莫如德国”。

[3]秦始皇烧过书。据《史记·秦始皇本纪》，始皇三十四年(公元前 213)，丞相李斯向秦始皇建议：“史官非秦记，皆烧之。非博士官所职，天下敢有藏《诗》、《书》、百家语者，悉诣守、尉杂烧之。有敢偶语《诗》、《书》者，弃市。以古非今者，族。吏见知不举者，与同罪。令下三十日，不烧，黥为城旦。所不去者，医药、卜筮、种树之书。若欲有学法令，以吏为师。”建议为秦始皇所采纳，是为著名的“焚书坑儒”的由来。

[4]“客卿”。战国时，任用他国人担任官职，称为客卿。

[5]关于秦人重儿童，赵人重妇女，可参见《史记·扁鹊列传》。

[6]“剧秦”，短促的秦朝。

[7]车同轨，书同文。秦始皇统一中国后，规定车轨一致，又把秦国的小篆作为标准字体推行。此外，还统一了货币和度量衡。

[8]亚历山德府即亚历山大港，埃及最大的港口城市，因亚历山大大帝兴建而得名。曾为托勒密王国(公元前 305—前 30)的首都，是地中海东部政治、经济和文化的中心。公元前 48 年罗马人入侵，焚毁该城图书馆藏书；其残存部分，据传在公元 641 年又被阿拉伯人烧毁。

[9]《可兰经》即《古兰经》，伊斯兰教经典。该教创立者穆罕默德在公元 23 年传教过程中，作为真主安拉的启示陆续颁布经文，生前有零星记录，经后人整理成书行世为《古兰经》。“古兰”为阿拉伯语“诵读”之意。

[10]对讽刺文字放出讽刺的冷箭，指 1933 年 6 月 11 日《大晚报·火炬》发表的法鲁的《到底要不要自由》一类文字，该文对没有写作自由而被迫使用“弯弯曲曲”笔法的作者进行嘲讽。可参看

《伪自由书·后记》。

[11]希特勒执政后，策划德奥合并，奥地利的法西斯政党国社党也希望合并于德国。奥总理陶尔斐斯对此表示反对，下令除国旗外禁止悬挂一切政党旗帜，随后又解散国社党，禁止佩戴该党党徽，禁呼该党口号。于是，一些国社党员改用黑红白三色玫瑰花代替该党的标志；或直立举右手，用左手掩口，作为呼口号的象征性表示。

# 第二辑

# 《尘影》题辞[1]

在我自己，觉得中国现在是一个进向大时代的时代。但这所谓大，并不一定指可以由此得生，而也可以由此得死。

许多为爱的献身者，已经由此得死。在其先，玩着意中而且意外的血的游戏，以愉快和满意，以及单是好看和热闹，赠给身在局内而旁观的人们；但同时也给若干人以重压。

这重压除去的时候，不是死，就是生。这才是大时代。

在异性中看见爱，在百合花中看见天堂，在拾煤渣的老妇人的魂灵中看见拜金主义[2]，世界现在常为受机关枪拥护的仁义所治理，在此时此地听到这样的消息，我委实身心舒服，如喝好酒。然而《尘影》[3]所赍来的，却是重压。

现在的文艺，是往往给人不舒服的，没有法子。要不然，只好使自己逃出文艺，或者从文艺推出人生。

谁更为仁义和钞票写照，为三道血的"难看"传神呢？[4]我看见一篇《尘影》，它的愉快和重压留与各色的人们。

然而在结末的"尘影"中却又给我喝了一口好酒。

他将小宝留下，不告诉我们后来是得死，还是得生。[5]作者不愿意使我们太受重压罢。但这是好的,因为我觉得中国现在是进向大时代的时代。

一九二七年十二月七日,鲁迅记于上海。

## 注释:

[1]本篇最初作为中篇小说《尘影》序言印入书中,稍后又刊载于1928年1月1日上海《文学周报》第二九七期。

本文以类似散文诗一般的形式写出,是关于时代以及文艺与时代的关系的认识。文中,作者强调文艺的时代性和真实感。

[2]在拾煤渣的老妇人的魂灵中看见拜金主义。胡适在一篇文章中写道:“美国人因为崇拜大拉(按,‘大拉’是英语dollar的音译,意思是‘元’,泛指金钱),所以已经做到了真正‘夜不闭户,路不拾遗’的理想境界了。……我们不配骂人崇拜大拉;请回头看看我们自己崇拜的是什么!一个老太婆,背着一只竹箩,拿着一根铁杆,天天到弄堂里去扒垃圾堆,去寻那垃圾堆里一个半个没有烧完的煤球,一寸两寸稀烂奇脏的破布。——这些人崇拜的是什么!”文中当是据此而来。

[3]《尘影》,黎锦明作,1927年12月上海开明书店出版。

[4]《尘影》写到大土豪刘百岁被捕,群众要求处死他,他的儿子向混入县党部的旧官僚韩秉猷行贿求救。韩受贿后宴请同党商议,说“人家为孝道,我就为仁义”,最后将刘百岁放出。“三道血”是县执行委员会主席、革命者熊履堂被杀头时所溅的血;“难看”是旁观者的议论。

[5]小宝,熊履堂的儿子。当熊被杀时,小宝唱着“打倒列强,除军阀”的歌曲,正从幼稚园放学出来,此为小说最后一章。

# 叶永蓁作《小小十年》小引[1]

这是一个青年的作者，以一个现代的活的青年为主角，描写他十年中的行动和思想的书。

旧的传统和新的思潮，纷纭于他的一身，爱和憎的纠缠，感情和理智的冲突，缠绵和决撒的迭代，欢欣和绝望的起伏，都逐着这"小小十年"而开展，以形成一部感伤的书，个人的书。但时代是现代，所以从旧家庭所希望的"上进"而渡到革命，从交通不大方便的小县而渡到"革命策源地"的广州，从本身的婚姻不自由而渡到伟大的社会改革——但我没有发见其间的桥梁。

一个革命者，将——而且实在也已经(!)——为大众的幸福斗争，然而独独宽恕首先压迫自己的亲人，将枪口移向四面是敌，但又四不见敌的旧社会；一个革命者，将为人我争解放，然而当失去爱人的时候，却希望她自己负责，并且为了革命之故，不愿自己有一个情敌，——志愿愈大，希望愈高，可以致力之处就愈少，可以自解之处也愈多。——终于，则甚至闪出了惟本身目前的刹那间为惟一的现实一流的阴影。在这里，是屹然站着一个个人主义者，遥望着集团主义的大纛，但在"重上征途"[2]之前，我没有发见其间的桥梁。

释迦牟尼[3]出世以后,割肉喂鹰,投身饲虎的是小乘,渺渺茫茫地说教的倒算是大乘,总是发达起来,我想,那机微就在此。

然而这书的生命,却正在这里。他描出了背着传统,又为世界思潮所激荡的一部分的青年的心,逐渐写来,并无遮瞒,也不装点,虽然间或有若干辩解,而这些辩解,却又正是脱去了自己的衣裳。至少,将为现在作一面明镜,为将来留一种记录,是无疑的罢。多少伟大的招牌,去年以来,在文摊上都挂过了,但不到一年,便以变相和无物,自己告发了全盘的欺骗,中国如果还会有文艺,当然先要以这样直说自己所本有的内容的著作,来打退骗局以后的空虚。因为文艺家至少是须有直抒己见的诚心和勇气的,倘不肯吐露本心,就更谈不到什么意识。

我觉得最有意义的是渐向战场的一段,无论意识如何,总之,许多青年,从东江起,而上海,而武汉,而江西,为革命战斗了,其中的一部分,是抱着种种的希望,死在战场上,再看不见上面摆起来的是金交椅呢还是虎皮交椅。种种革命,便都是这样地进行,所以掉弄笔墨的,从实行者看来,究竟还是闲人之业。

这部书的成就,是由于曾经革命而没有死的青年。我想,活着,而又在看小说的人们,当有许多人发生同感。

技术,是未曾矫揉造作的。因为事情是按年叙述的,所以文章也倾泻而下,至使作者在《后记》里,不愿称之为小说,但也自然是小说。我所感到累赘的只是说理之处过于多,校读时删节了一点,倘使反而损伤原作了,那便成了校者的责任。还有好像缺点而其实是优长之处,是语汇的不丰,新文学兴起以来,未忘积习而常用成语如我的和故意作怪而乱用谁也不懂的生语如创造社一流的文字,都使文艺和大众隔离,这部书却加以扫荡了,使读者可以更易于了解，然而从中作梗的还有许多新名词。

通读了这部书，已经在一月之前了，因为不得不写几句，便凭着现在所记得的写了这些字。我不是什么社的内定的“斗争”的“批评家”之一员，只能直说自己所愿意说的话。我极欣幸能绍介这真实的作品于中国，还渴望看见“重上征途”以后之作的新吐的光芒。

一九二九年七月二十八日，于上海，鲁迅记。

## 注释：

[1]发表于1929年8月15日上海《春潮月刊》第一卷第八期。后编入《三闲集》。

叶永蓁，浙江乐清人，黄埔军校第五期学生，后为国民党军队的军官。《小小十年》是他的一部自传体长篇小说，1929年9月上海春潮书局出版。

本文强调文艺作品的真实性。

[2]“重上征途”，《小小十年》的最后一章。

[3]释迦牟尼(śākyamuni，约公元前565—前486)，佛教创始人。

# 《进化和退化》小引[1]

这是译者从十年来所译的将近百篇的文字中，选出不很专门，大家可看之作，集在一处，希望流传较广的本子。一，以见最近的进化学说的情形，二，以见中国人将来的运命。

进化学说之于中国，输入是颇早的，远在严复的译述赫胥黎《天演论》。但终于也不过留下一个空泛的名词，欧洲大战时代，又大为论客所误解，到了现在，连名目也奄奄一息了。其间学说几经迁流，兑佛黎斯的突变说[2]兴而又衰，兰麻克的环境说[3]废而复振，我们生息于自然中，而于此等自然大法的研究，大抵未尝加意。此书首尾的各两篇，即由新兰麻克主义[4]立论，可以窥见大概，略弥缺憾的。

但最要紧的是末两篇[5]。沙漠之逐渐南徙，营养之已难支持，都是中国人极重要，极切身的问题，倘不解决，所得的将是一个灭亡的结局。可以解中国古史难以探索的原因，可以破中国人最能耐苦的谬说，还不过是副次的收获罢了。林木伐尽，水泽湮枯，将来的一滴水，将和血液等价，倘这事能为现在和将来的青年所记忆，那么，这书所得的酬报，也就非常之大了。

鲁迅在南京阅读的部分译作。《天演论》，英国生物学家赫胥黎（1825—1895）著，严复译。

然而自然科学的范围,所说就到这里为止,那给与的解答,也只是治水和造林。这是一看好像极简单,容易的事,其实却并不如此的。我可以引史沫得列[6]女士在《中国乡村生活断片》中的两段话作证——

> 她(使女)说,明天她要到南苑[7]去运动狱吏释放她的亲属。这人,同六十个别的乡人,男女都有,在三月以前被捕和收监,因为当别的生活资料都没有了以后,他们曾经砍过树枝或剥过树皮。他们这样做,并非出于捣乱,只因为他们可以卖掉木头来买粮食。
>
> ……南苑的人民,没有收成,没有粮食,没有工做,就让有这两亩田又有什么用处?……一遇到些少的扰乱,就把整千的人投到灾民的队伍里去。……南苑在那时(军阀混战时)除了树木之外什么都没有了,当乡民一对着树木动手的时候,警察就把他们捉住并且监禁起来。(《萌芽月刊》五期一七七页。)

所以这样的树木保护法,结果是增加剥树皮,掘草根的人民,反而促进沙漠的出现。但这书以自然科学为范围,所以没有顾及了。接着这自然科学所论的事实之后,更进一步地来加以解决的,则有社会科学在。

一九三〇年五月五日。

## 注释：

[1]本篇写成后即随书印出，未曾单独发表，后编入《二心集》。《进化和退化》，周建人编译，收入关于生物科学的文章八篇，上海光华书局于1930年7月出版。由自然环境及于人文环境，由自然科学及于社会科学，作者所关注的，是“中国人将来的运命”。关于这运命，其改变的根本途径，是并不止于如治水、造林之类的自然环境的保护的。

[2]兑佛黎斯（H. M. de Vries，1848—1935），通译德佛里斯，荷兰植物学家、遗传学家。他根据月见草的遗传实验结果，认为生物进化的起因在于突变，乃于1901年发表突变学说。

[3]兰麻克（J. B. Lamarck，1744—1829），通译拉马克，法国生物学家。1809年提出“直接顺应说”（“环境说”），强调生物进化的原因主要是直接受到环境的影响，被称为拉马克学说。著有《法国植物志》《无脊椎动物的系统》《动物学哲学》等。

[4]新兰麻克主义，通译新拉马克主义，由英国哲学家斯宾塞等人提出。它认为变异是定向的，生物通过获得性状的遗传而进化，否认自然选择在生物进化中的重要作用。

[5]末两篇，一为匈牙利英吉兰兑尔（A. L. Englaender）的《沙漠的起源，长发，及其侵入华北》，一为美国亚道尔夫（W. H. Adolph）的《中国营养和代谢作用的情形》。

[6]史沫得列，通译史沫特莱，美国女作家、记者。

[7]南苑，北京南郊的地名。

# 林克多《苏联闻见录》序[1]

大约总归是十年以前罢，我因为生了病，到一个外国医院去请诊治，在那待诊室里放着的一本德国《星期报》(*Die Woche*)上，看见了一幅关于俄国十月革命的漫画，画着法官，教师，连医生和看护妇，也都横眉怒目，捏着手枪。这是我最先看见的关于十月革命的讽刺画，但也不过心里想，有这样凶暴么，觉得好笑罢了。后来看了几个西洋人的旅行记，有的说是怎样好，有的又说是怎样坏，这才莫名其妙起来。但到底也是自己断定：这革命恐怕对于穷人有了好处，那么对于阔人就一定是坏的，有些旅行者为穷人设想，所以觉得好，倘若替阔人打算，那自然就都是坏处了。

但后来又看见一幅讽刺画，是英文的，画着用纸版剪成的工厂，学校，育儿院等等，竖在道路的两边，使参观者坐着摩托车，从中间驶过。这是针对着做旅行记述说苏联的好处的作者们而发的，犹言参观的时候，受了他们的欺骗。政治和经济的事，我是外行，但看去年苏联煤油和麦子的输出，竟弄得资本主义文明国的人们那么骇怕的事实，却将我多年的疑团消释了。我想：假装面子的国度和专会杀人的人民，是决不会有这么巨大的生产力的，可见那些讽刺画倒是无耻的欺骗。

不过我们中国人实在有一点小毛病，就是不大爱听别国的好处，尤其是清党之后，提起那日有建设的苏联。一提到罢，不是说你意在宣传，就是说你得了卢布。而且宣传这两个字，在中国实在是被糟蹋得太不成样子了，人们看惯了什么阔人的通电，什么会议的宣言，什么名人的谈话，发表之后，立刻无影无踪，还不如一个屁的臭得长久，于是渐以为凡有讲述远处或将来的优点的文字，都是欺人之谈，所谓宣传，只是一个为了自利，而漫天说谎的雅号。

自然，在目前的中国，这一类的东西是常有的，靠了钦定或官许的力量，到处推销无阻，可是读的人们却不多，因为宣传的事，是必须在现在或到后来有事实来证明的，这才可以叫作宣传。而中国现行的所谓宣传，则不但后来只有证明这“宣传”确凿就是说谎的事实而已，还有一种坏结果，是令人对于凡有记述文字逐渐起了疑心，临末弄得索性不看。即如我自己就受了这影响，报章上说的什么新旧三都的伟观，南北两京的新气，[2]固然只要看见标题就觉得肉麻了，而且连讲外国的游记，也竟至于不大想去翻动它。

但这一年内，也遇到了两部不必用心戒备，居然看完了的书，一是胡愈之[3]先生的《莫斯科印象记》，一就是这《苏联闻见录》。因为我的辨认草字的力量太小的缘故，看下去很费力，但为了想看看这自说“为了吃饭问题，不得不去做工”的工人作者的见闻，到底看下去了。虽然中间遇到好像讲解统计表一般的地方，在我自己，未免觉得枯燥，但好在并不多，到底也看下去了。那原因，就在作者仿佛对朋友谈天似的，不用美丽的字眼，不用巧妙的做法，平铺直叙，说了下去，作者是平常的人，文章是平常的文章，所见所闻的苏联，是平平常常的地方，那人民，是平平常常的人物，所设施的正是合于人情，生活也不过像了人样，并没有什么希奇古怪。倘要从中猎艳搜奇,自然免不了会失望,然而要知道一些不搽粉墨的真相,却是很好的。

而且由此也可以明白一点世界上的资本主义文明国之定要进攻苏联的原因。工农都像了人样,于资本家和地主是极不利的,所以一定先要歼灭了这工农大众的模范。苏联愈平常,他们就愈害怕。前五六年,北京盛传广东的裸体游行,后来南京上海又盛传汉口的裸体游行,就是但愿敌方的不平常的证据。据这书里面的记述,苏联实在使他们失望了。为什么呢?因为不但共妻,杀父,裸体游行等类的“不平常的事”,确然没有而已,倒是有了许多极平常的事实,那就是将“宗教,家庭,财产,祖国,礼教……一切神圣不可侵犯”的东西,都像粪一般抛掉,而一个簇新的,真正空前的社会制度从地狱底里涌现而出,几万万的群众自己做了支配自己命运的人。这种极平常的事情,是只有“匪徒”才干得出来的。该杀者,“匪徒”也。

但作者的到苏联,已在十月革命后十年,所以只将他们之“能坚苦,耐劳,勇敢与牺牲”告诉我们,而怎样苦斗,才能够得到现在的结果,那些故事,却讲得很少。这自然是别种著作的任务,不能责成作者全都负担起来,但读者是万不可忽略这一点的,否则,就如印度的《譬喻经》[4]所说,要造高楼,而反对在地上立柱,据说是因为他要造的,是离地的高楼一样。

我不加戒备的将这读完了,即因为上文所说的原因。而我相信这书所说的苏联的好处的,也还有一个原因,那就是十来年前,说过苏联怎么不行怎么无望的所谓文明国人,去年已在苏联的煤油和麦子面前发抖。而且我看见确凿的事实:他们是在吸中国的膏血,夺中国的土地,杀中国的人民。他们是大骗子,他们说苏联坏,要进攻苏联,就可见苏联是好的了。这一部书,正也转过来是我的意见的实证。

一九三二年四月二十日，鲁迅于上海闸北寓楼记。

## 注释：

[1]发表于1932年6月10日上海《文学月报》第一卷第一号“书评”栏。后编入《南腔北调集》。

林克多，原名李平，浙江黄岩人。原在巴黎做工，后失业，1930年应募到苏联做工。《苏联闻见录》，1932年11月上海光华书局出版。

鲁迅在文中表示了赞扬苏联的态度。这种态度，受到当时，尤其是半个世纪之后的九十年代以迄的中国学者的非议和鄙夷，以为是鲁迅思想的一大污点。从文中可以看出，鲁迅对苏联的态度，有三个视点：一是“人民”，重要是工农在一个国家中的地位。因为一个国家的社会制度是“从地狱底里涌现而出”的，使“几万万的群众自己做了支配自己命运的人”，所以他给予赞许。美国政治学者阿伦特认同“苏维埃”的民主经验，与此看法是一致的。二是生产力。鲁迅认为：“假装面子的国度和专会杀人的人民，是决不会有这么巨大的生产力的。”如果单独作为一个论据来看是不可靠的，譬如希特勒的第三帝国，其极权主义统治与经济迅速增长是并行的。但是，如果把生产力与社会民主结合起来，仍不失为一个参考指数。三是鲁迅所特有的一种认知方式，他是看重反证的。正因为“吸中国的膏血，夺中国的土地，杀中国的人民”的“所谓文明国人”在攻讦苏联，所以他取相反的立场，明确地加以肯定，并积极地为之辩护。在这里，评价鲁迅对苏联的态度，首先应该看到：像“肃反”这样大规模的运动，在二十世纪二十年代并没有作为主要的倾向表现出来，铁幕内相关的信息也很少透露出来，而为像鲁迅一样的知识分子所掌握。所以,在早期,像胡适、徐志摩等人也都曾赞颂苏联。事实上,世界上的进步知识分子在二三十年代都基本上倾向同情和拥护苏联,这是不为无因的。相对地,西方国家在三十年代陷入经济危机,各种社会病象在开放的舆情之下也表现得比较充分;直到五十年代,麦卡锡主义在美国出现,其普遍的政治迫害仍然令人发指。因此,鲁迅在二三十年代对苏联的态度是正常的,也是正确的,是他的人民主体思想的一个具体反映。苏联以及西方国家在此后的数十年间各个起了巨大的变化,因此,拿今天的结论去印证历史,而不是从历史事实出发,这不是科学的态度。

[2]新旧三都指南京、洛阳和西安。国民党政府以南京为首都,"一·二八战争"时又曾定洛阳为行都,西安为陪都。南北两京,指南京和北京。

[3]胡愈之,作家,出版家,浙江上虞人,1949年后,任国家出版总署署长。

[4]《譬喻经》即《百句譬喻经》,简称《百喻经》,印度僧伽斯那撰,南朝齐人求那毗地译,是佛教宣讲大乘教义的寓言集。这里所引的故事,见该书《三重楼喻》。

# 《守常全集》题记[1]

我最初看见守常先生的时候，是在独秀先生邀去商量怎样进行《新青年》的集会上，这样就算认识了。不知道他其时是否已是共产主义者。总之，给我的印象是很好的：诚实，谦和，不多说话。《新青年》的同人中，虽然也很有喜欢明争暗斗，扶植自己势力的人，但他一直到后来，绝对的不是。

他的模样是颇难形容的，有些儒雅，有些朴质，也有些凡俗。所以既像文士，也像官吏，又有些像商人。这样的商人，我在南边没有看见过，北京却有的，是旧书店或笺纸店的掌柜。一九二六年三月十八日，段祺瑞们枪击徒手请愿的学生的那一次，他也在群众中，给一个兵抓住了，问他是何等样人。答说是"做买卖的"。兵道："那么，到这里来干什么？滚你的罢！"一推，他总算逃得了性命。

倘说教员，那时是可以死掉的。

然而到第二年，他终于被张作霖们害死了。

段将军的屠戮，死了四十二人，其中有几个是我的学生，我实在很觉得一点痛楚；张将军的屠戮，死的好像是十多人，手头没有

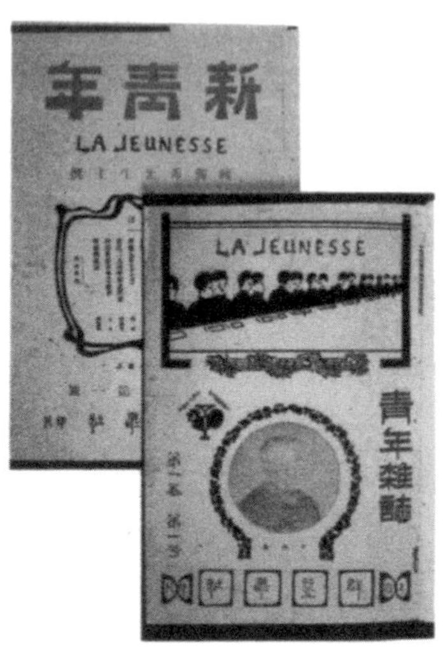


《新青年》，原名《青年杂志》，1915年创刊于上海，1916年更名《新青年》，同年底迁到北京。陈独秀主编，五四时期倡导新文化运动的重要刊物。

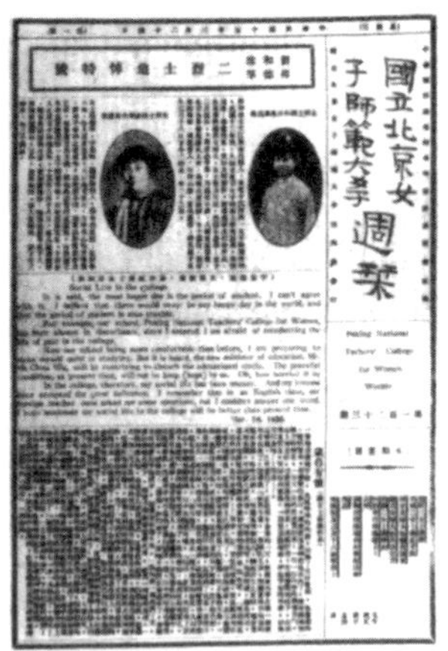
國立北京女子師範大學週刊

1926年3月18日，段祺瑞政府开枪屠杀参加反帝示威的群众，酿成死伤二百余人的“三一八惨案”。鲁迅的学生刘和珍、杨德群也在惨案中牺牲。女师大周刊专为之出版“追悼特号”。

记录，说不清楚了，但我所认识的只有一个守常先生。在厦门[2]知道了这消息之后，椭圆的脸，细细的眼睛和胡子，蓝布袍，黑马褂，就时时出现在我的眼前，其间还隐约看见绞首台。痛楚是也有些的，但比先前淡漠了。这是我历来的偏见：见同辈之死，总没有像见青年之死的悲伤。

这回听说在北平公然举行了葬式[3]，计算起来，去被害的时候已经七年了。这是极应该的。我不知道他那时被将军们所编排的罪状，——大概总不外乎"危害民国"罢。然而仅在这短短的七年中，事实就铁铸一般的证明了断送民国的四省[4]的并非李大钊，却是杀戮了他的将军！

那么，公然下葬的宽典，该是可以取得的了。然而我在报章上，又看见北平当局的禁止路祭和捕拿送葬者的新闻。我也不知道为什么，但这回恐怕是"妨害治安"了罢。倘其果然，则铁铸一般的反证，实在来得更加神速：看罢，妨害了北平的治安的是日军呢还是人民！

但革命的先驱者的血，现在已经并不希奇了。单就我自己说罢，七年前为了几个人，就发过不少激昂的空论，后来听惯了电刑，枪毙，斩决，暗杀的故事，神经渐渐麻木，毫不吃惊，也无言说了。我想，就是报上所记的"人山人海"去看枭首示众的头颅的人们，恐怕也未必觉得更兴奋于看赛花灯的罢。血是流得太多了。

不过热血之外，守常先生还有遗文在。不幸对于遗文，我却很难讲什么话。因为所执的业，彼此不同，在《新青年》时代，我虽以他为站在同一战线上的伙伴，却并未留心他的文章，譬如骑兵不必注意于造桥，炮兵无须分神于驭马，那时自以为尚非错误。所以现在所能说的，也不过：一，是他的理论，在现在看起来，当然未必精当的;二,是虽然如此,他的遗文却将永住,因为这是先驱者的遗产,革命史上的丰碑。一切死的和活的骗子的一迭迭的集子,不是已在倒塌下来,连商人也"不顾血本"的只收二三折了么?

以过去和现在的铁铸一般的事实来测将来,洞若观火!

一九三三年五月二十九夜,鲁迅谨记。

这一篇,是T先生要我做的,因为那集子要在和他有关系的G书局出版。我谊不容辞,只得写了这一点,不久,便在《涛声》上登出来。但后来,听说那遗集稿子的有权者另托C书局去印了,[5]至今没有出版,也许是暂时不会出版的罢,我虽然很后悔乱作题记的孟浪,但我仍然要在自己的集子里存留,记此一件公案。

十二月三十一夜,附识。

## 注释:

[1]发表于1933年8月19日《涛声》第二卷第三十一期。后编入《南腔北调集》。

鲁迅借作序的机会,一以纪念作为革命的先驱者的死者,一以抗议滥用暴力的权力者。

[2]厦门,此为作者误记,当作广州。

[3]1933年4月23日,李大钊公葬仪式在北平举行。在移柩赴香山万安公墓途中,国民党军警即以"妨害治安"为名,禁止群众送葬,并向送葬者开枪射击,致使多人受伤,四十余人被捕。

[4]四省,指日本侵略军在1932年1月占领的东北三省和在1933年3月占领的热河省。

[5]T先生指曹聚仁。G书局指群众图书公司。C书局指商务印书馆。

# 《草鞋脚》(英译中国短篇小说集)小引[1]

在中国，小说是向来不算文学的。在轻视的眼光下，自从十八世纪末的《红楼梦》[2]以后，实在也没有产生什么较伟大的作品。小说家的侵入文坛，仅是开始“文学革命”运动[3]，即一九一七年以来的事。自然，一方面是由于社会的要求的，一方面则是受了西洋文学的影响。

但这新的小说的生存，却总在不断的战斗中。最初，文学革命者的要求是人性的解放，他们以为只要扫荡了旧的成法，剩下来的便是原来的人，好的社会了，于是就遇到保守家们的迫压和陷害。大约十年之后，阶级意识觉醒了起来，前进的作家，就都成了革命文学者，而迫害也更加厉害，禁止出版，烧掉书籍，杀戮作家，有许多青年，竟至于在黑暗中，将生命殉了他的工作了。

这一本书，便是十五年来的，“文学革命”以后的短篇小说的选集。因为在我们还算是新的尝试，自然不免幼稚，但恐怕也可以看见它恰如压在大石下面的植物一般，虽然并不繁荣，它却在曲曲折折地生长。

至今为止，西洋人讲中国的著作，大约比中国人民讲自己的还

《死魂灵》，俄国果戈理著，鲁迅译。

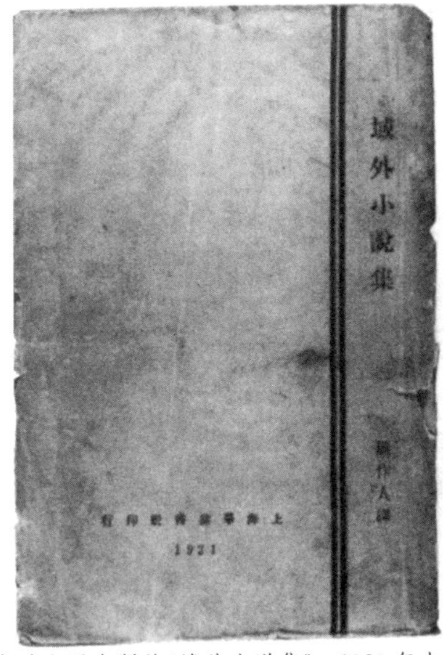


鲁迅、周作人在日本时合译出版的《域外小说集》。1920 年由上海群益书社重印。

要多。不过这些总不免只是西洋人的看法,中国有一句古谚,说:“肺腑而能语,医师面如土。”[4]我想,假使肺腑真能说话,怕也未必一定完全可靠的罢,然而,也一定能有医师所诊察不到,出乎意外,而其实是十分真实的地方。

一九三四年三月二十三日,鲁迅记于上海。

## 注释:

[1]本篇在收入《且介亭杂文》以前,未曾单独发表。

《草鞋脚》,鲁迅应美国人伊罗生之约,和茅盾共同编选的中国现代短篇小说集,共收作品二十六篇,由伊罗生等译成英文。书稿完成后未能出版,后经重编,于1974年由美国麻省理工学院出版社印行。

引文略述中国现代小说兴起的背景和艰难成长的历史。

[2]《红楼梦》,长篇小说,清代曹雪芹作。通行一百二十回本,后四十回一般认为是高鹗所续。

[3]“文学革命”运动指五四前后,以《新青年》为核心的一场反对旧文学、提倡新文学的运动。

[4]“肺腑而能语,医师面如土。”见明代杨慎编辑的《古今谚》,亦见清代沈德潜所编《古诗源》。

# 叶紫作《丰收》序[1]

作者写出创作来，对于其中的事情，虽然不必亲历过，最好是经历过。诘难者问：那么，写杀人最好是自己杀过人，写妓女还得去卖淫么？答曰：不然。我所谓经历，是所遇，所见，所闻，并不一定是所作，但所作自然也可以包含在里面。天才们无论怎样说大话，归根结蒂，还是不能凭空创造。描神画鬼，毫无对证，本可以专靠了神思，所谓"天马行空"似的挥写了，然而他们写出来的，也不过是三只眼，长颈子，就是在常见的人体上，增加了眼睛一只，增长了颈子二三尺而已。这算什么本领，这算什么创造？

地球上不只一个世界，实际上的不同，比人们空想中的阴阳两界还利害。这一世界中人，会轻蔑，憎恶，压迫，恐怖，杀戮别一世界中人，然而他不知道，因此他也写不出，于是他自称"第三种人"，他"为艺术而艺术"，他即使写了出来，也不过是三只眼，长颈子而已。"再亮些"[2]？不要骗人罢！你们的眼睛在那里呢？

伟大的文学是永久的，许多学者们这么说。对啦，也许是永久的罢。但我自己，却与其看薄凯契阿[3]，雨果的书，宁可看契诃夫，高尔基的书，因为它更新，和我们的世界更接近。中国确也还盛行着《三国志演义》和《水浒传》,但这是为了社会还有三国气和水浒气的缘故。《儒林外史》作者的手段何尝在罗贯中下,然而留学生漫天塞地以来,这部书就好像不永久,也不伟大了。伟大也要有人懂。

这里的六个短篇,都是太平世界的奇闻,而现在却是极平常的事情。因为极平常,所以和我们更密切,更有大关系。作者还是一个青年,但他的经历,却抵得太平天下的顺民的一世纪的经历,在转辗的生活中,要他"为艺术而艺术",是办不到的。但我们有人懂得这样的艺术,一点用不着谁来发愁。

这就是伟大的文学么?不是的,我们自己并没有这么说。"中国为什么没有伟大文学产生?"[4]我们听过许多指导者的教训了,但可惜他们独独忘却了一方面的对于作者和作品的摧残。"第三种人"教训过我们,希腊神话里说什么恶鬼有一张床,捉了人去,给睡在这床上,短了,就拉长他,太长,便把他截短。[5]左翼批评就是这样的床,弄得他们写不出东西来了。现在这张床真的摆出来了[6],不料却只有"第三种人"睡得不长不短,刚刚合式。仰面唾天,掉在自己的眼睛里,天下真会有这等事。

但我们却有作家写得出东西来,作品在摧残中也更加坚实。不但为一大群中国青年读者所支持,当《电网外》在《文学新地》上以《王伯伯》的题目发表后,就得到世界的读者了。[7]这就是作者已经尽了当前的任务,也是对于压迫者的答复:文学是战斗的!

我希望将来还有看见作者的更多,更好的作品的时候。

一九三五年一月十六日,鲁迅记于上海。

## 注释：

[1]本篇最初印入叶紫短篇小说集《丰收》，后编入《且介亭杂文二集》。

叶紫（1912—1939），作家，原名俞鹤林，湖南益阳人。曾加入左联。他的小说集《丰收》作为“奴隶丛书”之一，1935 年 3 月假托“上海容光书局”出版。

在序文里，作者解说何为“伟大的文学”。他一再强调文学为人生的目的和价值，说“文学是战斗的”，是因为“战斗”乃为特定的社会所规定的特定的人生。

[2]“再亮些”。杜衡著有长篇小说《再亮些》，1934 年 5 月起连载于《现在》杂志；出单行本时改名《叛徒》，篇首引用歌德临终时所说的话：“再亮些，再亮些！”

[3]薄凯契阿（G. Boccàccio，1313—1375），通译薄伽丘，文艺复兴时期意大利作家，著有故事集《十日谈》等。

[4]“中国为什么没有伟大文学产生？”1934 年 3 月，郑伯奇在《春光》月刊创刊号发表《伟大的作品底要求》一文，从中提出：“中国近数十年发生过很多的伟大事变为什么还没有产生出来一部伟大的作品？”该刊第三期即以《中国目前为什么没有伟大的作品产生？》为征文题目，刊出十五篇应征的文章。

[5]这里说的希腊神话，是“普洛克鲁思德斯之床”的故事：强盗普洛克鲁思德斯有长短不同的两张床，他把长人放在短床上，将其锯短；又把矮人放在长床上，将其拉长。

[6]指国民党中央宣传委员会图书杂志审查委员会的成立。

[7]得到世界的读者，是指作品在《文学新地》月刊发表后，被译成俄文，刊登在国际革命作家联盟机关刊物《国际文学》上。

# 田军作《八月的乡村》序[1]

爱伦堡(Ilia Ehrenburg)论法国的上流社会文学家之后,他说,此外也还有一些不同的人们:“教授们无声无息地在他们的书房里工作着,实验X光线疗法的医生死在他们的职务上,奋身去救自己的伙伴的渔夫悄然沉没在大洋里面。……一方面是庄严的工作,另一方面却是荒淫与无耻。”

这末两句,真也好像说着现在的中国。然而中国是还有更其甚的呢。手头没有书,说不清见于那里的了,也许是已经汉译了的日本箭内亘[2]氏的著作罢,他曾经一一记述了宋代的人民怎样为蒙古人所淫杀,俘获,践踏和奴使。然而南宋的小朝廷却仍旧向残山剩水间的黎民施威,在残山剩水间行乐;逃到那里,气焰和奢华就跟到那里,颓靡和贪婪也跟到那里。“若要官,杀人放火受招安;若要富,跟着行在卖酒醋。”[3]这是当时的百姓提取了朝政的精华的结语。

人民在欺骗和压制之下,失了力量,哑了声音,至多也不过有几句民谣。“天下有道,则庶人不议。”[4]就是秦始皇隋炀帝,他会自承无道么?百姓就只好永远箝口结舌,相率被杀,被奴。这情形一直继续下来,谁也忘记了开口,但也许不能开口。即以前清末年而论,大事件不可谓不多了:雅片战争,中法战争,中日战争,戊戌政变,义和拳变,八国联军,以至民元革命。然而我们没有一部像样的历史的著作,更不必说文学作品了。“莫谈国事”,是我们做小民的本分。

我们的学者[5]也曾说过:要征服中国,必须征服中国民族的心。其实,中国民族的心,有些是早给我们的圣君贤相武将帮闲之辈征服了的。近如东三省被占之后,听说北平富户,就不愿意关外的难民来租房子,因为怕他们付不出房租。在南方呢,恐怕义军的消息,未必能及鞭毙土匪,蒸骨验尸,阮玲玉自杀[6],姚锦屏化男[7]的能够耸动大家的耳目罢?“一方面是庄严的工作,另一方面却是荒淫与无耻。”

但是,不知道是人民进步了,还是时代太近,还未湮没的缘故,我却见过几种说述关于东三省被占的事情的小说。这《八月的乡村》,即是很好的一部,虽然有些近乎短篇的连续,结构和描写人物的手段,也不能比法捷耶夫的《毁灭》,然而严肃,紧张,作者的心血和失去的天空,土地,受难的人民,以至失去的茂草,高粱,蝈蝈,蚊子,搅成一团,鲜红的在读者眼前展开,显示着中国的一份和全部,现在和未来,死路与活路。凡有人心的读者,是看得完的,而且有所得的。

“要征服中国民族,必须征服中国民族的心!”但这书却于“心的征服”有碍。心的征服,先要中国人自己代办。宋曾以道学替金元治心,明曾以党狱替满清箝口。这书当然不容于满洲帝国,但我看也因此当然不容于中华民国。这事情很快的就会得到实证。如果事实证明了我的推测并没有错,那也就证明了这是一部很好的书。

好书为什么倒会不容于中华民国呢？那当然，上面已经说过几回了——

“一方面是庄严的工作，另一方面却是荒淫与无耻！”

这不像序。但我知道，作者和读者是决不和我计较这些的。

一九三五年三月二十八日之夜，鲁迅读毕记。

## 注释：

[1]本篇最初印入《八月的乡村》一书前，未曾单独发表过。后编入《且介亭杂文二集》。

田军，即萧军(1907—1988)，小说家。原名刘鸿霖，辽宁义县人。1931年九一八事变后发表作品。1934年夏任《青岛晨报》副刊编辑，后到上海，继续小说创作。1935年出版《八月的乡村》，为“奴隶丛书”之一。鲁迅逝世后，他辗转赴延安，任中华全国文艺界抗敌协会延安分会(“延安文抗”)理事、鲁迅研究会主任干事、《文艺日报》编辑、东北大学鲁迅文艺学院院长。主编《文化报》，遭到周扬主持的《生活报》的批判，被加以“反苏”等罪名，从此息影文坛。1949年后从事文物研究工作，四十年后始获平反。

文中描述了两个中国和两类中国人；对于专制统治者及其帮闲文人，作者予以有力的抨击。

[2]箭内亘(1875—1926)，日本史学家。著有《蒙古史研究》《元朝制度考》《元代经略东北考》等。

[3]南宋民谣，见于南宋庄季裕《鸡肋编》。

[4]“天下有道，则庶人不议。”语见《论语·季氏》。朱熹《集注》：“上无失政，则下无私议，非箝其口使不敢言也。”

[5]学者此指胡适。

[6]阮玲玉(1910—1935),广东中山人,电影演员。因婚姻问题受到一些报纸的诽谤,于1935年3月间自杀。参见《且介亭杂文二集·论“人言可畏”》。

[7]1935年3月间,报载一个东北女子姚锦屏自称化为男身,后经医师检验,结果还是女性。

# 萧红作《生死场》序[1]

记得已是四年前的事了，时维二月，我和妇孺正陷在上海闸北的火线中[2]，眼见中国人的因为逃走或死亡而绝迹。后来仗着几个朋友的帮助，这才得进平和的英租界，难民虽然满路，居人却很安闲。和闸北相距不过四五里罢，就是一个这么不同的世界，——我们又怎么会想到哈尔滨。

这本稿子的到了我的桌上，已是今年的春天，我早重回闸北，周围又复熙熙攘攘的时候了。但却看见了五年以前，以及更早的哈尔滨。这自然还不过是略图，叙事和写景，胜于人物的描写，然而北方人民的对于生的坚强，对于死的挣扎，却往往已经力透纸背；女性作者的细致的观察和越轨的笔致，又增加了不少明丽和新鲜。精神是健全的，就是深恶文艺和功利有关的人，如果看起来，他不幸得很，他也难免不能毫无所得。

听说文学社曾经愿意给她付印，稿子呈到中央宣传部书报检查委员会那里去，搁了半年，结果是不许可。人常常会事后才聪明，回想起来，这正是当然的事：对于生的坚强和死的挣扎，恐怕也确是大背“训政”[3]之道的。今年五月，只为了《略谈皇帝》[4]这一篇

“奴隶丛书”,鲁迅作序。鲁迅藏。

文章，这一个气焰万丈的委员会就忽然烟消火灭，便是“以身作则”的实地大教训。

奴隶社[5]以汗血换来的几文钱，想为这本书出版，却又在我们的上司“以身作则”的半年之后了，还要我写几句序。然而这几天，却又谣言蜂起，闸北的熙熙攘攘的居民，又在抱头鼠窜了，路上是骆驿不绝的行李车和人，路旁是黄白两色的外人，含笑在赏鉴这礼让之邦的盛况。自以为居于安全地带的报馆的报纸，则称这些逃命者为“庸人”或“愚民”。我却以为他们也许是聪明的，至少，是已经凭着经验，知道了煌煌的官样文章之不可信。他们还有些记性。

现在是一九三五年十一月十四的夜里，我在灯下再看完了《生死场》。周围像死一般寂静，听惯的邻人的谈话声没有了，食物的叫卖声也没有了，不过偶有远远的几声犬吠。想起来，英法租界当不是这情形，哈尔滨也不是这情形；我和那里的居人，彼此都怀着不同的心情，住在不同的世界。然而我的心现在却好像古井中水，不生微波，麻木的写了以上那些字。这正是奴隶的心！——但是，如果还是搅乱了读者的心呢？那么，我们还决不是奴才。

不过与其听我还在安坐中的牢骚话，不如快看下面的《生死场》，她才会给你们以坚强和挣扎的力气。

鲁迅。

## 注释：

[1]本篇最初印入《生死场》。后编入《且介亭杂文二集》。

萧红(1911—1942)，小说家，原名张迺莹，黑龙江呼兰人。《生死场》是她所著的中篇小说，作为“奴隶丛书”之一，与叶紫的《丰收》、萧军的《八月的乡村》一起出版。

序文对萧红努力表现“生的坚强”和“死的挣扎”的作品极备赞

扬。其中,对国民党中央宣传部书报审查的劣迹也附带作了讽刺性的记述。

[2]上海闸北的火线中,指1932年的“一·二八战争”。

[3]“训政”。孙中山曾经提出建国程序分为军政、训政、宪政三个时期,在“训政时期”由政府对民众进行行使民权的训练。国民党政府于1931年6月颁布《中华民国训政时期约法》,以“训政”名义,剥夺人民的基本人权,实行独裁统治。

[4]《略谈皇帝》应作《闲话皇帝》。1935年5月,上海《新生》周刊发表易水(艾寒松)的《闲话皇帝》一文,其中涉及日本天皇,日本驻上海总领事即以“侮辱天皇,妨害邦交”为名提出抗议。国民党政府便将《新生》周刊查封,由法院判处该刊主编杜重远一年两个月徒刑。国民党中央宣传委员会图书杂志审查委员会也因此被撤销。

[5]奴隶社,1935年鲁迅为编印叶紫等人的作品临时拟定的一个社团名称。

# 徐懋庸作《打杂集》序[1]

我觉得中国有时是极爱平等的国度。有什么稍稍显得特出，就有人拿了长刀来削平它。以人而论，孙桂云[2]是赛跑的好手，一过上海，不知怎的就萎靡不振，待到到得日本，不能跑了；阮玲玉算是比较的有成绩的明星，但“人言可畏”，到底非一口气吃下三瓶安眠药片不可。自然，也有例外，是捧了起来。但这捧了起来，却不过为了接着摔得粉碎。大约还有人记得“美人鱼”[3]罢，简直捧得令观者发生肉麻之感，连看见姓名也会觉得有些滑稽。契诃夫说过：“被昏蛋所称赞，不如战死在他手里。”[4]真是伤心而且悟道之言。但中国又是极爱中庸的国度，所以极端的昏蛋是没有的，他不和你来战，所以决不会爽爽快快的战死，如果受不住，只好自己吃安眠药片。

在所谓文坛上当然也不会有什么两样：翻译较多的时候，就有人来削翻译，说它害了创作；近一两年，作短文的较多了，就又有人来削“杂文”[5]，说这是作者的堕落的表现，因为既非诗歌小说，又非戏剧，所以不入文艺之林，他还一片婆心，劝人学学托尔斯泰，做《战争与和平》似的伟大的创作去。这一流论客，在礼仪上，别人当然不该说他是“昏蛋”的。批评家吗?他谦虚得很,自己不承认。攻击杂文的文字虽然也只能说是杂文,但他又决不是杂文作家,因为他不相信自己也相率而堕落。如果恭维他为诗歌小说戏剧之类的伟大的创作者,那么,恭维者之为“昏蛋”也无疑了。归根结底,不是东西而已。不是东西之谈也要算是“人言”,这就使弱者觉得倒是安眠药片较为可爱的缘故。不过这并非战死。问是有人要问的:给谁害死的呢?种种议论的结果,凶手有三位:曰,万恶的社会;曰,本人自己;曰,安眠药片。完了。

我们试去查一通美国的“文学概论”或中国什么大学的讲义,的确,总不能发见一种叫作 Tsa-wen 的东西。这真要使有志于成为伟大的文学家的青年,见杂文而心灰意懒:原来这并不是爬进高尚的文学楼台去的梯子。托尔斯泰将要动笔时,是否查了美国的“文学概论”或中国什么大学的讲义之后,明白了小说是文学的正宗,这才决心来做《战争与和平》似的伟大的创作的呢?我不知道。但我知道中国的这几年的杂文作者,他的作文,却没有一个想到“文学概论”的规定,或者希图文学史上的位置的,他以为非这样写不可,他就这样写,因为他只知道这样的写起来,于大家有益。农夫耕田,泥匠打墙,他只为了米麦可吃,房屋可住,自己也因此有益之事,得一点不亏心的糊口之资,历史上有没有“乡下人列传”或“泥水匠列传”,他向来就并没有想到。如果他只想着成什么所谓气候,他就先进大学,再出外洋,三做教授或大官,四变居士或隐逸去了。历史上很尊隐逸,《居士传》[6]不是还有专书吗,多少上算呀,噫!

但是,杂文这东西,我却恐怕要侵入高尚的文学楼台去的。小说和戏曲,中国向来是看作邪宗的,但一经西洋的“文学概论”引为正宗,我们也就奉之为宝贝,《红楼梦》《西厢记》之类,在文学史上竟和《诗经》《离骚》并列了。杂文中之一体的随笔，因为有人说它近于英国的Essay[7]，有些人也就顿首再拜，不敢轻薄。寓言和演说，好像是卑微的东西，但伊索和契开罗[8]，不是坐在希腊罗马文学史上吗？杂文发展起来，倘不赶紧削，大约也未必没有扰乱文苑的危险。以古例今，很可能的，真不是一个好消息。但这一段话，我是和不是东西之流开开玩笑的，要使他爬耳搔腮，热剌剌的觉得他的世界有些灰色。前进的杂文作者，倒决不计算着这些。

其实，近一两年来，杂文集的出版，数量并不及诗歌，更其赶不上小说，慨叹于杂文的泛滥，还是一种胡说八道。只是作杂文的人比先前多几个，却是真的，虽然多几个，在四万万人口里面，算得什么，却就要谁来疾首蹙额？中国也真有一班人在恐怕中国有一点生气；用比喻说：此之谓"虎伥"。

这本集子的作者先前有一本《不惊人集》，我只见过一篇自序；书呢，不知道那里去了。这一回我希望一定能够出版，也给中国的著作界丰富一点。我不管这本书能否入于文艺之林，但我要背出一首诗来比一比："夫子何为者？栖栖一代中。地犹鄹氏邑，宅接鲁王宫。叹凤嗟身否，伤麟怨道穷。今看两楹奠：犹与梦时同。"这是《唐诗三百首》[9]里的第一首，是"文学概论"诗歌门里的所谓"诗"。但和我们不相干，那里能够及得这些杂文的和现在切贴，而且生动，泼剌，有益，而且也能移人情。能移人情，对不起得很，就不免要搅乱你们的文苑，至少，是将不是东西之流的唾向杂文的许多唾沫，一脚就踏得无踪无影了，只剩下一张满是油汗兼雪花膏的嘴脸。

这嘴脸当然还可以唠叨，说那一首"夫子何为者"并非好诗，并且时代也过去了。但是，文学正宗的招牌呢？"文艺的永久性"呢？

我是爱读杂文的一个人，而且知道爱读杂文还不只我一个，因为它“言之有物”。我还更乐观于杂文的开展，日见其斑斓。第一是使中国的著作界热闹，活泼；第二是使不是东西之流缩头；第三是使所谓“为艺术而艺术”的作品，在相形之下，立刻显出不死不活相。我所以极高兴为这本集子作序，并且借此发表意见，愿我们的杂文作家，勿为虎伥所迷，以为“人言可畏”，用最末的稿费买安眠药片去。

一九三五年三月三十一日，鲁迅记于上海之卓面书斋。

## 注释：

[1]发表于1935年5月5日《芒种》半月刊第六期，后印入《打杂集》。编入《且介亭杂文二集》。

徐懋庸(1910—1977)，作家，翻译家，浙江上虞人。曾加入左联，后赴延安，1949年后在教育部门工作。1957年被打成“右派”，任中国科学院哲学研究所研究员。《打杂集》为杂文集，1935年6月生活书店出版。

辩护杂文，反对“为艺术而艺术”，以及“文艺的永久性”之类的“和我们不相干”的理论，坚持“和现在切贴”且“能移人情”的五四新文学原则。

[2]孙桂云，当时的女短跑运动员。

[3]“美人鱼”，当时女游泳运动员杨秀琼的绰号。

[4]见于契诃夫遗著《随笔》。

[5]削“杂文”在这里指林希隽。下文转述的内容见于他在1934年9月《现代》杂志发表的《杂文和杂文家》一文。

[6]《居士传》，清代彭际清撰，五十六卷，列名者三百人，乃辑录多种史传、文集及杂说而成。

[7]Essay，意为随笔、小品、短评。

[8]伊索(Aesop,约公元前六世纪),古希腊寓言作家。相传所作《伊索寓言》系后人编集。契开罗(M. T. Cicero,公元前106—前43),通译西塞罗,古罗马政治家、演说家和散文作家。

[9]《唐诗三百首》,清代蘅塘退士(孙洙)编,共八卷,是流传较广的一种唐诗选本。

# 白莽作《孩儿塔》序[1]

春天去了一大半了，还是冷；加上整天的下雨，淅淅沥沥，深夜独坐，听得令人有些凄凉，也因为午后得到一封远道寄来的信，要我给白莽[2]的遗诗写一点序文之类；那信的开首说道："我的亡友白莽，恐怕你是知道的罢。……"——这就使我更加惆怅。

说起白莽来，——不错，我知道的。四年之前，我曾经写过一篇《为忘却的记念》，要将他们忘却。他们就义了已经足有五个年头了，我的记忆上，早又蒙上许多新鲜的血迹；这一提，他的年青的相貌就又在我的眼前出现，像活着一样，热天穿着大棉袍，满脸油汗，笑笑的对我说道："这是第三回了。自己出来的。前两回都是哥哥保出，他一保就要干涉我，这回我不去通知他了。……"——我前一回的文章上是猜错的，这哥哥才是徐培根[3]，航空署长，终于和他成了殊途同归的兄弟；他却叫徐白，较普通的笔名是殷夫。

一个人如果还有友情，那么，收存亡友的遗文真如捏着一团火，常要觉得寝食不安，给它企图流布的。这心情我很了然，也知道有做序文之类的义务。我所惆怅的是我简直不懂诗，也没有诗人的朋友，偶尔一有，也终至于闹开，不过和白莽没有闹，也许是他

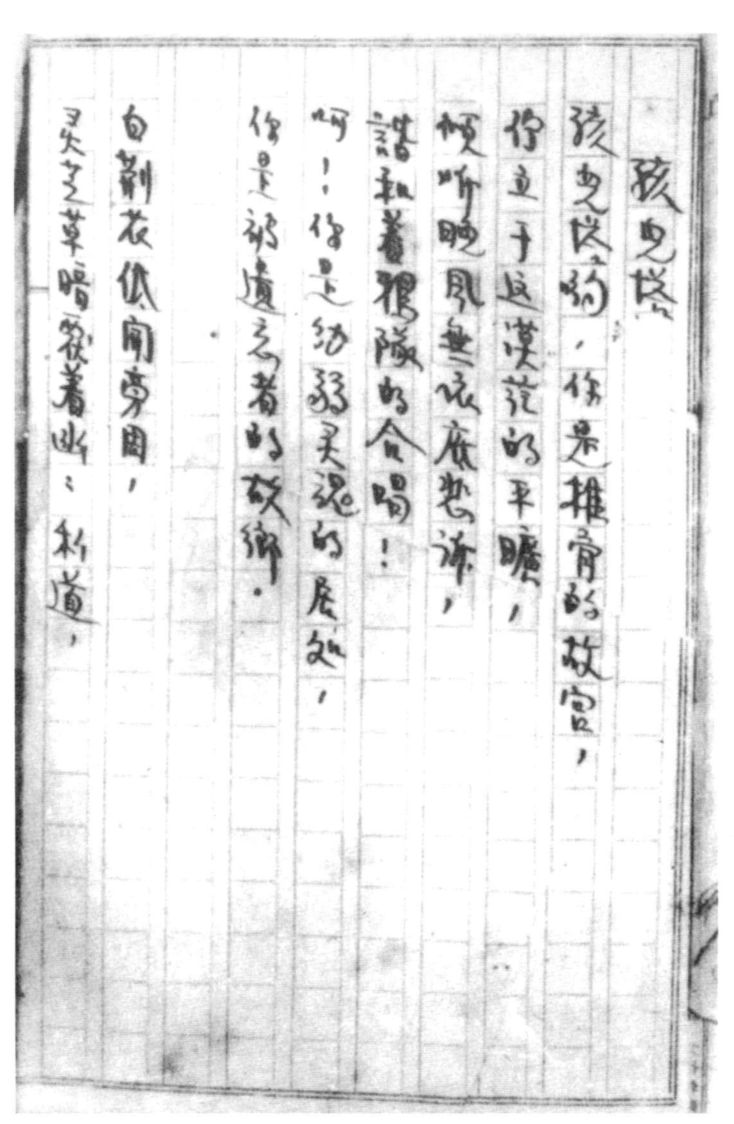
孩兒塔

孩兒塔喲，你是稚骨的故宮，
你立于這漠荒的平曠，
傾聽晚風無依底悲訴，
諧和着鴉隊的合唱！
啊！你是幼弱靈魂的居處，
你是被遺忘者的故鄉。

白荊花低訴夢圓，
靈芝草暗發着幽幽私道，

鲁迅收藏的殷夫诗作手稿《孩儿塔》

死得太快了罢。现在,对于他的诗,我一句也不说——因为我不能。

这《孩儿塔》的出世并非要和现在一般的诗人争一日之长,是有别一种意义在。这是东方的微光,是林中的响箭,是冬末的萌芽,是进军的第一步,是对于前驱者的爱的大纛,也是对于摧残者的憎的丰碑。一切所谓圆熟简练,静穆幽远之作,都无须来作比方,因为这诗属于别一世界。

那一世界里有许多许多人,白莽也是他们的亡友。单是这一点,我想,就足够保证这本集子的存在了,又何需我的序文之类。

一九三六年三月十一夜,鲁迅记于上海之且介亭。

## 注释:

[1]发表于1936年4月《文学丛报》月刊第一期,是为《白莽遗诗序》。后编入《且介亭杂文末编》。

作者在序文里建立了文学评论的别一标准,而这标准,也仍然是以人生的意义为第一义的。

[2]白莽(1909—1931),即殷夫,原名徐祖华,浙江象山人,共产党人,诗人。1931年2月7日被国民党当局杀害于上海龙华。《孩儿塔》是他的诗集。

[3]徐培根,当时国民党政府的航空署署长。

# 我和《语丝》的始终[1]

同我关系较为长久的，要算《语丝》了。

大约这也是原因之一罢，“正人君子”们的刊物，曾封我为“语丝派主将”，连急进的青年所做的文章，至今还说我是《语丝》的“指导者”。去年，非骂鲁迅便不足以自救其没落的时候，我曾蒙匿名氏寄给我两本中途的《山雨》，打开一看，其中有一篇短文，[2]大意是说我和孙伏园君在北京因被晨报馆所压迫，创办《语丝》，现在自己一做编辑，便在投稿后面乱加按语，曲解原意，压迫别的作者了，孙伏园君却有绝好的议论，所以此后鲁迅应该听命于伏园。这听说是张孟闻[3]先生的大文，虽然署名是另外两个字。看来好像一群人，其实不过一两个，这种事现在是常有的。

自然，“主将”和“指导者”，并不是坏称呼，被晨报馆所压迫，也不能算是耻辱，老人该受青年的教训，更是进步的好现象，还有什么话可说呢。但是，“不虞之誉”[4]，也和“不虞之毁”一样地无聊，如果生平未曾带过一兵半卒，而有人拱手颂扬道，“你真像拿破仑呀！”则虽是志在做军阀的未来的英雄，也不会怎样舒服的。我并非“主将”的事，前年早已声辩了——虽然似乎很少效力——这回想要写一点下来的，是我从来没有受过晨报馆的压迫，也并不是和孙伏园先生两个人创办了《语丝》。这的创办，倒要归功于伏园一位的。

那时伏园是《晨报副刊》的编辑，[5]我是由他个人来约，投些稿件的人。

然而我并没有什么稿件，于是就有人传说，我是特约撰述，无论投稿多少，每月总有酬金三四十元的。据我所闻，则晨报馆确有这一种太上作者，但我并非其中之一，不过因为先前的师生——恕我僭妄，暂用这两个字——关系罢，似乎也颇受优待：一是稿子一去，刊登得快；二是每千字二元至三元的稿费，每月底大抵可以取到；三是短短的杂评，有时也送些稿费来。但这样的好景象并不久长，伏园的椅子颇有不稳之势。因为有一位留学生[6]（不幸我忘掉了他的名姓）新从欧洲回来，和晨报馆有深关系，甚不满意于副刊，决计加以改革，并且为战斗计，已经得了"学者"[7]的指示，在开手看 Anatole France[8]的小说了。

那时的法兰斯，威尔士，萧，[9]在中国是大有威力，足以吓倒文学青年的名字，正如今年的辛克莱儿一般，所以以那时而论，形势实在是已经非常严重。不过我现在无从确说，从那位留学生开手读法兰斯的小说起到伏园气忿忿地跑到我的寓里来为止的时候，其间相距是几月还是几天。

"我辞职了。可恶！"

这是有一夜，伏园来访，见面后的第一句话。那原是意料中事，不足异的。第二步，我当然要问问辞职的原因，而不料竟和我有了关系。他说，那位留学生乘他外出时，到排字房去将我的稿子抽掉，因此争执起来，弄到非辞职不可了。但我并不气忿，因为那稿子不过是三段打油诗，题作《我的失恋》，是看见当时"阿呀阿唷，我要死了"之类的失恋诗盛行，故意做一首用"由她去罢"收场的东西,开开玩笑的。这诗后来又添了一段,登在《语丝》上,再后来就收在《野草》中。而且所用的又是另一个新鲜的假名,在不肯登载第一次看见姓名的作者的稿子的刊物上,也当然很容易被有权者所放逐的。

但我很抱歉伏园为了我的稿子而辞职,心上似乎压了一块沉重的石头。几天之后,他提议要自办刊物了,我自然答应愿意竭力"呐喊"。至于投稿者,倒全是他独力邀来的,记得是十六人,不过后来也并非都有投稿。于是印了广告,到各处张贴,分散,大约又一星期,一张小小的周刊便在北京——尤其是大学附近——出现了。这便是《语丝》。

那名目的来源,听说,是有几个人,任意取一本书,将书任意翻开,用指头点下去,那被点到的字,便是名称。那时我不在场,不知道所用的是什么书,是一次便得了《语丝》的名,还是点了好几次,而曾将不像名称的废去。但要之,即此已可知这刊物本无所谓一定的目标,统一的战线;那十六个投稿者,意见态度也各不相同,例如顾颉刚教授,投的便是"考古"稿子,不如说,和《语丝》的喜欢涉及现在社会者,倒是相反的。不过有些人们,大约开初是只在敷衍和伏园的交情的罢,所以投了两三回稿,便取"敬而远之"的态度,自然离开。连伏园自己,据我的记忆,自始至今,也只做过三回文字,末一回是宣言从此要大为《语丝》撰述,然而宣言之后,却连一个字也不见了。于是《语丝》的固定的投稿者,至多便只剩了五六人,但同时也在不意中显了一种特色,是:任意而谈,无所顾忌,要催促新的产生,对于有害于新的旧物,则竭力加以排击,——但应该产生怎样的"新",却并无明白的表示,而一到觉得有些危急之际,也还是故意隐约其词。陈源教授痛斥"语丝派"的时候,说我们不敢直骂军阀,而偏和握笔的名人为难,便由于这一点。但是,叱吧儿狗险于叱狗主人,我们其实也知道的,所以隐约其词者,不过要使走狗嗅得,跑去献功时,必须详加说明,比较地费些力气,不能直捷痛快,就得好处而已。

当开办之际,努力确也可惊,那时做事的,伏园之外,我记得还有小峰和川岛[10],都是乳毛还未褪尽的青年,自跑印刷局,自去校对,自叠报纸,还自己拿到大众聚集之处去兜售,这真是青年对于老人,学生对于先生的教训,令人觉得自己只用一点思索,写几句文章,未免过于安逸,还须竭力学好了。

但自己卖报的成绩,听说并不佳,一纸风行的,还是在几个学校,尤其是北京大学,尤其是第一院(文科)。理科次之。在法科,则不大有人顾问。倘若说,北京大学的法,政,经济科出身诸君中,绝少有《语丝》的影响,恐怕是不会很错的。至于对于《晨报》的影响,我不知道,但似乎也颇受些打击,曾经和伏园来说和,伏园得意之余,忘其所以,曾以胜利者的笑容,笑着对我说道:

"真好,他们竟不料踏在炸药上了!"

这话对别人说是不算什么的。但对我说,却好像浇了一碗冷水,因为我即刻觉得这"炸药"是指我而言,用思索,做文章,都不过使自己为别人的一个小纠葛而粉身碎骨,心里就一面想:

"真糟,我竟不料被埋在地下了!"

我于是乎"彷徨"起来。

谭正璧[11]先生有一句用我的小说的名目,来批评我的作品的经过的极伶俐而省事的话道:"鲁迅始于'呐喊'而终于'彷徨'"(大意),我以为移来叙述我和《语丝》由始以至此时的历史,倒是很确切的。

但我的"彷徨"并不用许多时,因为那时还有一点读过尼采的《Zarathustra》[12]的余波,从我这里只要能挤出——虽然不过是挤出——文章来，就挤了去罢，从我这里只要能做出一点“炸药”来，就拿去做了罢，于是也就决定，还是照旧投稿了——虽然对于意外的被利用，心里也耿耿了好几天。

《语丝》的销路可只是增加起来，原定是撰稿者同时负担印费的，我付了十元之后，就不见再来收取了，因为收支已足相抵，后来并且有了赢余。于是小峰就被尊为“老板”，但这推尊并非美意，其时伏园已另就《京报副刊》编辑之职，川岛还是捣乱小孩，所以几个撰稿者便只好掰住了多睐眼而少开口的小峰，加以荣名，勒令拿出赢余来，每月请一回客。这“将欲取之，必先与之”的方法果然奏效，从此市场中的茶居或饭铺的或一房门外，有时便会看见挂着一块上写“语丝社”的木牌。倘一驻足，也许就可以听到疑古玄同[13]先生的又快又响的谈吐。但我那时是在避开宴会的，所以毫不知道内部的情形。

我和《语丝》的渊源和关系，就不过如此，虽然投稿时多时少。但这样地一直继续到我走出了北京。到那时候，我还不知道实际上是谁的编辑。

到得厦门，我投稿就很少了。一者因为相离已远，不受催促，责任便觉得轻；二者因为人地生疏，学校里所遇到的又大抵是些念佛老妪式口角，不值得费纸墨。倘能做《鲁宾孙教书记》或《蚊虫叮卵脬论》，那也许倒很有趣的，而我又没有这样的“天才”，所以只寄了一点极琐碎的文字。这年底到了广州，投稿也很少。第一原因是和在厦门相同的；第二，先是忙于事务，又看不清那里的情形，后来颇有感慨了，然而我不想在它的敌人的治下去发表。

不愿意在有权者的刀下，颂扬他的威权，并奚落其敌人来取媚，可以说，也是“语丝派”一种几乎共同的态度。所以《语丝》在北京虽然逃过了段祺瑞及其吧儿狗们的撕裂，但终究被“张大元帅”[14]

所禁止了,发行的北新书局,且同时遭了封禁,其时是一九二七年。

这一年,小峰有一回到我的上海的寓居,提议《语丝》就要在上海印行,且嘱我担任做编辑。以关系而论,我是不应该推托的。于是担任了。从这时起,我才探问向来的编法。那很简单,就是:凡社员的稿件,编辑者并无取舍之权,来则必用,只有外来的投稿,由编辑者略加选择,必要时且或略有所删除。所以我应做的,不过后一段事,而且社员的稿子,实际上也十之九直寄北新书局,由那里径送印刷局的,等到我看见时,已在印钉成书之后了。所谓"社员",也并无明确的界限,最初的撰稿者,所余早已无多,中途出现的人,则在中途忽来忽去。因为《语丝》是又有爱登碰壁人物的牢骚的习气的,所以最初出阵,尚无用武之地的人,或本在别一团体,而发生意见,借此反攻的人,也每和《语丝》暂时发生关系,待到功成名遂,当然也就淡漠起来。至于因环境改变,意见分歧而去的,那自然尤为不少。因此所谓"社员"者,便不能有明确的界限。前年的方法,是只要投稿几次,无不刊载,此后便放心发稿,和旧社员一律待遇了。但经旧的社员绍介,直接交到北新书局,刊出之前,为编辑者的眼睛所不能见者,也间或有之。

经我担任了编辑之后,《语丝》的时运就很不济了,受了一回政府的警告,遭了浙江当局的禁止,还招了创造社式"革命文学"家的拚命的围攻。警告的来由,我莫名其妙,有人说是因为一篇戏剧[15];禁止的缘故也莫名其妙,有人说是因为登载了揭发复旦大学内幕的文字,而那时浙江的党务指导委员[16]老爷却有复旦大学出身的人们。至于创造社派的攻击,那是属于历史底的了,他们在把守"艺术之宫",还未"革命"的时候,就已经将"语丝派"中的几个人看作眼中钉的,叙事夹在这里太冗长了,且待下一回再说罢。

但《语丝》本身,却确实也在消沉下去。一是对于社会现象的批评几乎绝无，连这一类的投稿也少有，二是所余的几个较久的撰稿者，这时又少了几个了。前者的原因，我以为是在无话可说，或有话而不敢言，警告和禁止，就是一个实证。后者，我恐怕是其咎在我的。举一点例罢，自从我万不得已，选登了一篇极平和的纠正刘半农[17]先生的“林则徐被俘”之误的来信以后，他就不再有片纸只字；江绍原[18]先生绍介了一篇油印的《冯玉祥先生……》来，我不给编入之后，绍原先生也就从此没有投稿了。并且这篇油印文章不久便在也是伏园所办的《贡献》上登出，上有郑重的小序，说明着我托辞不载的事由单。

还有一种显著的变迁是广告的杂乱。看广告的种类，大概是就可以推见这刊物的性质的。例如“正人君子”们所办的《现代评论》上，就会有金城银行的长期广告，南洋华侨学生所办的《秋野》[19]上，就能见“虎标良药”的招牌。虽是打着“革命文学”旗子的小报，只要有那上面的广告大半是花柳药和饮食店，便知道作者和读者，仍然和先前的专讲妓女戏子的小报的人们同流，现在不过用男作家，女作家来替代了倡优，或捧或骂，算是在文坛上做工夫。《语丝》初办的时候，对于广告的选择是极严的，虽是新书，倘社员以为不是好书，也不给登载。因为是同人杂志，所以撰稿者也可行使这样的职权。听说北新书局之办《北新半月刊》，就因为在《语丝》上不能自由登载广告的缘故。但自从移在上海出版以后，书籍不必说，连医生的诊例也出现了，袜厂的广告也出现了，甚至于立愈遗精药品的广告也出现了。固然，谁也不能保证《语丝》的读者决不遗精，况且遗精也并非恶行，但善后办法，却须向《申报》之类，要稳当，则向《医药学报》的广告上去留心的。我因此得了几封诘责的信件，又就在《语丝》本身上登了一篇投来的反对的文章[20]。

但以前我也曾尽了我的本分。当袜厂出现时，曾经当面质问

語絲

第七十四期

《语丝》周刊。1924 年 11 月 17 日在北京创刊。1927 年 10 月被北洋军阀政府查禁，移至上海出版，由鲁迅任主编。1926 年 4 月 1 日，鲁迅用充满悲愤激情的文字，写下了名篇《记念刘和珍君》，发表在 4 月 12 日出版的《语丝》上。

鲁迅参与编辑的刊物《未名》《莽原》《语丝》

过小峰，回答是“发广告的人弄错的”；遗精药出现时，是写了一封信，并无答复，但从此以后，广告却也不见了。我想，在小峰，大约还要算是让步的，因为这时对于一部分的作家，早由北新书局致送稿费，不只负发行之责，而《语丝》也因此并非纯粹的同人杂志了。

积了半年的经验之后，我就决计向小峰提议，将《语丝》停刊，没有得到赞成，我便辞去编辑的责任。小峰要我寻一个替代的人，我于是推举了柔石。

但不知为什么，柔石编辑了六个月，第五卷的上半卷一完，也辞职了。

以上是我所遇见的关于《语丝》四年中的琐事。试将前几期和近几期一比较，便知道其间的变化，有怎样的不同，最分明的是几乎不提时事，且多登中篇作品了，这是因为容易充满页数而又可免于遭殃。虽然因为毁坏旧物和戳破新盒子而露出里面所藏的旧物来的一种突击之力，至今尚为旧的和自以为新的人们所憎恶，但这力是属于往昔的了。

十二月二十二日。

## 注释：

[1]发表于1930年2月1日《萌芽月刊》第一卷第二期，发表时有副题“‘我所遇见的六个文学团体’之五”。后编入《三闲集》。

记一个人文杂志的变迁史。从中可以看出五四过后知识界的状态，和鲁迅对于文学、社会以至处事的态度。

[2]《山雨》，半月刊。作者说的“一篇短文”，指该刊第一卷第四期发表署名西屏的《联想三则》，可参看。其中说：“记得孙伏园先生编辑《晨报副刊》时，曾经登载打孔家店的老将吴虞底艳体诗，没有加以明白的说明，引起读者的责问，于是孙老先生就有《浅薄

的读者》一篇教训文字,于是而有幽默的提倡。此时回想当日,觉得鲁迅先生似乎也有做伏园先生教训的读者之资格。”

[3]张孟闻,笔名西屏,浙江宁波人,《山雨》编者之一。他和鲁迅关于《偶像与奴才》一文的通信,题作《通信(复张孟闻)》,收入《集外集拾遗补编》。

[4]“不虞之誉”,语见《孟子·离娄》。不虞,不料,意想不到。

[5]《晨报副刊》,1921年10月12日创刊。《晨报》为研究系机关报,政治上拥护北洋政府,但《晨报副刊》在政治、文化、思想方面却是进步的。1921年秋至1924年冬,副刊由孙伏园编辑。

[6]指刘勉己,1924年回国后任《晨报》代理总编辑。

[7]“学者”指陈源(1896—1970),笔名西滢,江苏无锡人。曾留学英国,回国后参与编辑《现代评论》杂志,先后任北京大学教授、英文系主任,武汉大学教授、文学院院长。1946年受国民党政府委派,出任常驻联合国教科文组织代表。在女师大学潮及“三一八惨案”中,站在学校当局和政府一边;作为现代评论派主要成员,与鲁迅展开笔战。

[8]Anatole France(1844—1924),通译法朗士,法国作家。著有长篇小说《波纳尔之罪》《泰绮思》《企鹅岛》等。

[9]威尔士(H. G. Wells,1866—1946),英国作家,著有长篇小说《未来的世界》《世界史纲》等。

萧,即萧伯纳(George Bernard Shaw,1856—1950),英国剧作家、批评家。1884年,加入改良主义的政治组织费边社。1931年曾赴苏访问,赞扬苏联成就。二战期间,支持反法西斯斗争。揭露资本主义的罪恶,谴责帝国主义战争。主要剧作有《华伦夫人的职业》《魔鬼的门徒》《真相毕露》等。1933年乘船周游世界,2月曾到上海。

[10]章廷谦,笔名川岛,浙江绍兴人,作家。

[11]谭正璧，江苏嘉定人，文学工作者。

[12]《Zarathustra》，即《查拉图斯特拉如是说》，德国哲学家尼采（Friedrich Nietzshe，1844—1900）的代表作。书中借古代波斯的圣者查拉图斯特拉宣讲“超人”学说。

[13]疑古玄同，即钱玄同（1887—1939），浙江吴兴人，语言文字学家。

[14]“张大元帅”即张作霖（1875—1928），辽宁海城人，奉系军阀首领。1924 年起把持北洋政府，自封“中华民国陆海军大元帅”。他于 1927 年 10 月查封了北新书局和《语丝》。

[15]一篇戏剧指白薇作的独幕剧《革命神的受难》。其中有斥责一个反动军官的台词：“原来你是民国英雄，是革命军的总指挥么？”“你阳假革命的美名，阴行你吃人的事实。”可能被认为影射蒋介石，因此《语丝》受到当局警告。

[16]浙江的党务指导委员指许绍棣。《语丝》第四卷第三十二期发表了读者冯珧《谈谈复旦大学》一文，揭露复旦大学内部的腐败情形。出身复旦大学的许绍棣便用国民党浙江省党务指导委员会的名义，于 1928 年 9 月，以“言论乖谬，存心反动”的罪名，在浙江查禁了《语丝》及其他书刊多种。

[17]刘半农（1891—1934），名复，作家，江苏江阴人。北京大学教授，《语丝》撰稿人之一。他在《语丝》发表文章，说林则徐曾被英人俘虏，并且“明正了典刑，在印度舁尸游街”。及后，《语丝》发表读者来信，指出这一错误。

[18]江绍原，安徽旌德人。北京大学讲师，《语丝》撰稿人之一。

[19]《秋野》，月刊，上海暨南大学华侨学生组织的秋野社编辑，1927 年 11 月创刊，次年停刊。

[20]指《语丝》第五卷第四期的《建议撤消广告》。

# “论语一年”[1]

## 借此又谈萧伯纳

说是《论语》办到一年了，语堂[2]先生命令我做文章。这实在好像出了“学而一章”[3]的题目，叫我做一篇白话八股一样。没有法，我只好做开去。

老实说罢，他所提倡的东西，我是常常反对的。先前，是对于“费厄泼赖”[4]，现在呢，就是“幽默”[5]。我不爱“幽默”，并且以为这是只有爱开圆桌会议[6]的国民才闹得出来的玩意儿，在中国，却连意译也办不到。我们有唐伯虎，有徐文长；[7]还有最有名的金圣叹，“杀头，至痛也，而圣叹以无意得之，大奇！”虽然不知道这是真话，是笑话；是事实，还是谣言。但总之：一来，是声明了圣叹并非反抗的叛徒；二来，是将屠户的凶残，使大家化为一笑，收场大吉。我们只有这样的东西，和“幽默”是并无什么瓜葛的。

况且作者姓氏一大篇，动手者寥寥无几，乃是中国的古礼。在这种礼制之下，要每月说出两本“幽默”来，倒未免有些“幽默”的气息。这气息令人悲观，加以不爱，就使我不大热心于《论语》了。

然而，《萧的专号》[8]是好的。

它发表了别处不肯发表的文章，揭穿了别处故意颠倒的谈话，至今还使名士不平，小官怀恨，连吃饭睡觉的时候都会记得起来。憎恶之久，憎恶者之多，就是效力之大的证据。

莎士比亚虽然是“剧圣”，我们不大有人提起他。五四时代绍介了一个易卜生，名声倒还好，今年绍介了一个萧，可就糟了，至今还有人肚子在发胀。

为了他笑嘻嘻，辨不出是冷笑，是恶笑，是嘻笑么？并不是的。为了他笑中有刺，刺着了别人的病痛么？也不全是的。列维它夫[9]说得很分明：就因为易卜生是伟大的疑问号（?），而萧是伟大的感叹号（!）的缘故。

他们的看客，不消说，是绅士淑女们居多。绅士淑女们是顶爱面子的人种。易卜生虽然使他们登场，虽然也揭发一点隐蔽，但并不加上结论，却从容的说道“想一想罢，这到底是些什么呢?”绅士淑女们的尊严，确也有一些动摇了，但究竟还留着摇摇摆摆的退走，回家去想的余裕，也就保存了面子。至于回家之后，想了也未，想得怎样，那就不成什么问题，所以他被绍介进中国来，四平八稳，反对的比赞成的少。萧可不这样了，他使他们登场，撕掉了假面具，阔衣装，终于拉住耳朵，指给大家道，“看哪，这是蛆虫!”连磋商的工夫，掩饰的法子也不给人有一点。这时候，能笑的就只有并无他所指摘的病痛的下等人了。在这一点上，萧是和下等人相近的，而也就和上等人相远。

这怎么办呢？仍然有一定的古法在。就是：大家沸沸扬扬的嚷起来，说他有钱，说他装假，说他“名流”，说他“狡猾”，至少是和自己们差不多，或者还要坏。自己是生活在小茅厕里的，他却从大茅厕里爬出，也是一只蛆虫，绍介者胡涂，称赞的可恶。然而，我想，假使萧也是一只蛆虫，却还是一只伟大的蛆虫，正如可以同有许多感叹号,而惟独他是“伟大的感叹号”一样。譬如有一堆蛆虫在这里罢,一律即即足足,自以为是绅士淑女,文人学士,名宦高人,互相点头,雍容揖让,天下太平,那就是全体没有什么高下,都是平常的蛆虫。但是,如果有一只蓦地跳了出来,大喝一声道:“这些其实都是蛆虫!”那么,——自然,它也是从茅厕里爬出来的,然而我们非认它为特别的伟大的蛆虫则不可。

蛆虫也有大小,有好坏的。

生物在进化,被达尔文揭发了,使我们知道了我们的远祖和猴子是亲戚。[10]然而那时的绅士们的方法,和现在是一模一样的:他们大家倒叫达尔文为猴子的子孙。罗广廷博士在广东中山大学的“生物自然发生”的实验尚未成功,[11]我们姑且承认人类是猴子的亲戚罢,虽然并不十分体面。但这同是猴子的亲戚中,达尔文又不能不说是伟大的了。那理由很简单而且平常,就因为他以猴子亲戚的家世,却并不忌讳,指出了人们是猴子的亲戚来。

猴子的亲戚也有大小,有好坏的。

但达尔文善于研究,却不善于骂人,所以被绅士们嘲笑了小半世。给他来斗争的是自称为“达尔文的咬狗”[12]的赫胥黎,他以渊博的学识,警辟的文章,东冲西突,攻陷了自以为亚当和夏娃[13]的子孙们的最后的堡垒。现在是指人为狗,变成摩登了,也算是一句恶骂。但是,便是狗罢,也不能一例而论的,有的食肉,有的拉橇,有的为军队探敌,有的帮警署捉人,有的在张园[14]赛跑,有的跟化子要饭。将给阔人开心的吧儿和在雪地里救人的猛犬一比较,何如?如赫胥黎,就是一匹有功人世的好狗。

狗也有大小,有好坏的。

但要明白,首先就要辨别。“幽默处俏皮与正经之间”(语堂语)。不知俏皮与正经之辨,怎么会知道这“之间”?我们虽挂孔子的门徒招牌,却是庄生的私淑弟子。“彼亦一是非,此亦一是非”,是与非不想辨;“不知周之梦为蝴蝶欤,蝴蝶之梦为周欤?”梦与觉也分不清。生活要混沌。如果凿起七窍来呢?庄子曰:“七日而混沌死。”[15]

这如何容得感叹号?

而且也容不得笑。私塾的先生,一向就不许孩子愤怒,悲哀,也不许高兴。皇帝不肯笑,奴隶是不准笑的。他们会笑,就怕他们也会哭,会怒,会闹起来。更何况坐着有版税可抽,而一年之中,竟“只闻其骚音怨音以及刻薄刁毒之音”呢?

这可见“幽默”在中国是不会有的。

这也可见我对于《论语》的悲观,正非神经过敏。有版税的尚且如此,还能希望那些炸弹满空,河水漫野之处的人们来说“幽默”么?恐怕连“骚音怨音”也不会有,“盛世元音”自然更其谈不到。将来圆桌会议上也许有人列席,然而是客人,主宾之间,用不着“幽默”。甘地一回一回的不肯吃饭,而主人所办的报章上,已有说应该给他鞭子的了。[16]

这可见在印度也没有“幽默”。

最猛烈的鞭挞了那主人们的是萧伯纳,而我们中国的有些绅士淑女们可又憎恶他了,这真是伯纳“以无意得之,大奇!”然而也正是办起《孝经》[17]来的好文字:“此士大夫之孝也。”

《中庸》《大学》都已新出,[18]《孝经》是一定就要出来的;不过另外还要有《左传》。在这样的年头,《论语》那里会办得好;二十五本,已经要算是“不亦乐乎”的了。

八月二十三日。

## 注释:

[1]发表于1933年9月16日《论语》第二十五期,后编入《南腔北调集》。

关于幽默。作者声明说"我不爱'幽默'",是因为专制、黑暗、腐败、不幸的现状只能使人悲愤,生出讽刺;而"幽默",本质上"是将屠户的凶残,使大家化为一笑,收场大吉"。他多次拿讽刺与幽默作比较,强调讽刺所需的正视的勇气和改造的热情,提倡前者而反对后者。"'幽默'在中国是不会有的。"这是一个现实主义者的结论,也是一个战士的结论。

[2]林语堂(1895—1976),作家,翻译家,福建龙溪(今龙海)人。曾留学美国、德国,《语丝》早期撰稿人之一。二十世纪三十年代在上海主编《论语》《人间世》《宇宙风》等刊物,提倡"幽默""闲适"和"性灵"文学。1936年居美国,1966年定居台湾。

[3]"学而一章"。旧时八股文一般以《论语》等儒家经典的文句命题,"学而"是《论语》第一篇的题目。

[4]"费厄泼赖",英语 fair play 的音译,原为体育比赛或其他竞技用语,意即光明正大,不使用不正当手段。作为一种精神,后来被英国和一些西方国家广泛用于社会生活和党派斗争中。

[5]"幽默",英语 humour 的音译。林语堂从1932年9月创办《论语》时,即宣称"《论语》发刊以提倡幽默为目标"。

[6]圆桌会议。中世纪英国亚瑟王召集高级骑士开会时,采用圆桌会议方式。后泛指与会者地位平等、不分席次的会议。

[7]唐伯虎(1470—1524),名寅,吴县(今属江苏)人。徐文长(1521—1593),名渭,山阴(今浙江绍兴)人。两人是明代文学家、画家。

[8]《萧的专号》,指1933年3月1日出版的《论语》第十二期

《萧伯纳游华专号》。

[9]列维它夫(M. Ю. Левилов,1891—1942),苏联作家。引文见他所作《伯纳·萧的戏剧》一文。

[10]达尔文在著作中对人类的始祖类人猿多有描述。

[11]罗广廷,广西合浦人。早年留学法国,医学博士。二十世纪三十年代在中山大学任生物教授时,发表多篇论文,声称在“科学试验”中发现“生物自然发生的奇迹”,反对达尔文的进化论。

[12]“达尔文的咬狗”。在达尔文发表《物种起源》备受攻击时,赫胥黎极力为其辩护。他写信给达尔文说:“至于那些要吠、要嗥的恶狗,你必须想到你的一些朋友们无论如何还有一定的战斗性……我正在磨利我的爪和牙,做好准备。”

[13]亚当和夏娃,《圣经》故事中由上帝创造的人类始祖,见《旧约·创世记》。

[14]张园,旧上海的一个公共游乐场所,原为无锡张氏私人花园,故名。

[15]庄生即庄子。引语前两处见《庄子·齐物论》,后一处见《庄子·应帝王》。

[16]甘地(M. Gandhi,1869—1948),印度民族运动领袖。早年留学英国,研究法律。1914 年回国参加印度国民大会党。因主张“非暴力抵抗”,倡导对英国殖民政府“不合作运动”,屡遭监禁,在狱中多次绝食。1948 年被印度教极右分子刺死。1930 年 5 月 6 日“路透电”曾说到英国殷芝开伯爵主张对他采用武力。

[17]《孝经》,儒家经典之一。

[18]《中庸》《大学》,儒家经书名。这里说的“新出”,是指当时上海以此为名出版杂志,如徐心芹等办的《中庸》半月刊,林众可、丘汉平等编辑的《大学》月刊等。

# 祝《涛声》[1]

《涛声》的寿命有这么长，想起来实在有点奇怪的。

大前年和前年，所谓作家也者，还有什么什么会，标榜着什么什么文学，到去年就渺渺茫茫了，今年是大抵化名办小报，卖消息；消息那里有这么多呢，于是造谣言。先前的所谓作家还会联成黑幕小说，现在是联也不会联了，零零碎碎的塞进读者的脑里去，使消息和秘闻之类成为他们的全部大学问。这功绩的褒奖是稿费之外，还有消息奖，“挂羊头卖狗肉”也成了过去的事，现在是在“卖人肉”了。

于是不“卖人肉”的刊物及其作者们，便成为被卖的货色。这也是无足奇的，中国是农业国，而麦子却要向美国定购，独有出卖小孩，只要几百钱一斤，则古文明国中的文艺家，当然只好卖血，尼采说过：“我爱血写的书”[2]呀。

然而《涛声》尚存，这就是我所谓“想起来实在有点奇怪”。

这是一种幸运，也是一个缺点。看现在的景况，凡有敕准或默许其存在的，倒往往会被一部分人们摇头。有人批评过我，说，只要看鲁迅至今还活着，就足见不是一个什么好人。这是真的，自民

《朝花旬刊》。鲁迅与柔石等合编，朝花社编印发行。

鲁迅留日时为筹办中的杂志《新生》选定的插图。图名为《希望》，英国画家华慈作。

元革命以至现在,好人真不知道被害死了多少了,不过谁也没有记一篇准账。这事实又教坏了我,因为我知道即使死掉,也不过给他们大卖消息,大造谣言,说我的被杀,其实是为了金钱或女人关系。所以,名列于该杀之林[3]则可,悬梁服毒,是不来的。

《涛声》上常有赤膊打仗,拚死拚活的文章,这脾气和我很相反,并不是幸存的原因。我想,那幸运而且也是缺点之处,是在总喜欢引古证今,带些学究气。中国人虽然自夸"四千余年古国古",可是十分健忘的,连民族主义文学家[4],也会认成吉斯汗为老祖宗,则不宜与之谈古也可见。上海的市侩们更不需要这些,他们感到兴趣的只是今天开奖,邻右争风;眼光远大的也不过要知道名公如何游山,阔人和谁要好之类;高尚的就看什么学界琐闻,文坛消息。总之,是已将生命割得零零碎碎了。

这可以使《涛声》的销路不见得好,然而一面也使《涛声》长寿。文人学士是清高的,他们现在也更加聪明,不再恭维自己的主子,来着痕迹了。他们只是排好暗箭,拿定粪帚,监督着应该俯伏着的奴隶们,看有谁抬起头来的,就射过去,洒过去,结果也许会终于使这人被绑架或被暗杀,由此使民国的国民一律"平等"。《涛声》在销路上的不大出头,也正给它逃了暂时的性命,不过,也还是很难说,因为"不测之威",也是古来就有的。

我是爱看《涛声》的,并且以为这样也就好。然而看近来,不谈政治呀,仍谈政治呀,似乎更加不大安分起来,则我的那些忠告,对于"乌鸦为记"的刊物[5],恐怕也不见得有效。

那么,"祝"也还是"白祝",我也只好看一张,算一张了。昔人诗曰,"丧乱死多门"[6],信夫!

八月六日。

十一月二十五日的《涛声》上，果然发出《休刊辞》来，开首道："十一月二十日下午，本刊奉令缴还登记证；'民亦劳止，汔可小康'[7]。我们准备休息一些时了。……"这真是康有为所说似的"不幸而吾言中"，岂不奇而不奇也哉。

十二月三十一夜，补记。

## 注释：

[1]发表于1933年8月19日《涛声》第二卷第三十一期。后编入《南腔北调集》。

叙述《涛声》在严厉的书报审查制度下挣扎，乃终至于被禁的过程。

[2]语出尼采《查拉图斯特拉如是说》。

[3]名列于该杀之林。作者多次被政府列入黑名单中，故有此说。

[4]民族主义文学家指黄震遐，可参看《二心集·"民族主义文学"的任务和运命》。

[5]"乌鸦为记"的刊物指《涛声》，因它从第一卷第二十一期起，刊头上都印有乌鸦的图案。

[6]"丧乱死多门"，见唐代杜甫诗《白马》。

[7]"民亦劳止，汔可小康"，语见《诗经·大雅·民劳》。汔，庶几，差不多。

# 《出了象牙之塔》后记[1]

我将厨川白村氏的《苦闷的象征》译成印出，迄今恰已一年；他的略历，已说在那书的《引言》里，现在也别无要说的事。我那时又从《出了象牙之塔》里陆续地选译他的论文，登在几种期刊上，现又集合起来，就是这一本。但其中有几篇是新译的；有几篇不关宏旨，如《游戏论》，《十九世纪文学之主潮》等，因为前者和《苦闷的象征》中的一节相关，后一篇是发表过的，所以就都加入。惟原书在《描写劳动问题的文学》之后还有一篇短文，是回答早稻田文学社[2]的询问的，题曰《文学者和政治家》。大意是说文学和政治都是根据于民众的深邃严肃的内底生活的活动，所以文学者总该踏在实生活的地盘上，为政者总该深解文艺，和文学者接近。我以为这诚然也有理，但和中国现在的政客官僚们讲论此事，却是对牛弹琴；至于两方面的接近，在北京却时常有，几多丑态和恶行，都在这新而黑暗的阴影中开演，不过还想不出作者所说似的好招牌，——我们的文士们的思想也特别俭啬。因为自己的偏颇的憎恶之故，便不再来译添了，所以全书中独缺那一篇。好在这原是给少年少女们看的，每篇又本不一定相钩连，缺一点也无碍。

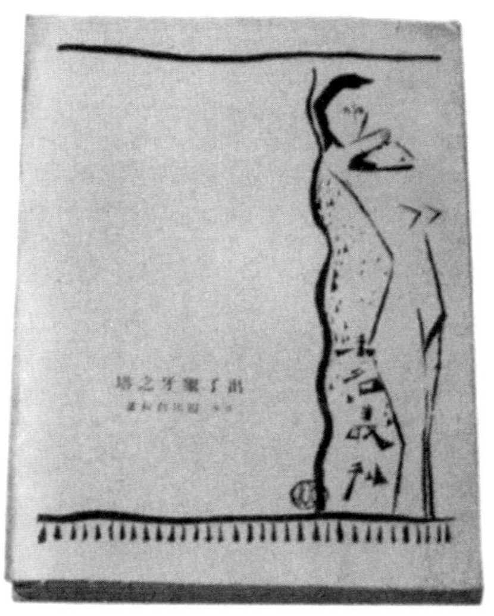


《出了象牙之塔》。日本厨川白村文艺论文集，鲁迅译。1925年未名社出版，为“未名丛刊”之一。鲁迅邀请陶元庆作封面画。32开，毛边。鲁迅藏。

“未名丛刊”部分作品。鲁迅将自己的《苦闷的象征》《出了象牙之塔》《小约翰》等译作与文艺青年翻译的《争自由的波浪》（董秋芳）、《穷人》（韦丛芜）、《黑假面人》（李霁野）、《外套》（韦素园）等作品合为“未名丛刊”，亲自编辑，由北新书局陆续出版。

"象牙之塔"的典故,已见于自序和本文中了,无须再说。但出了以后又将如何呢?在他其次的论文集《走向十字街头》[3]的序文里有说明,幸而并不长,就全译在下面——

> 东呢西呢,南呢北呢?进而即于新呢?退而安于古呢?往灵之所教的道路么?赴肉之所求的地方么?左顾右盼,彷徨于十字街头者,这正是现代人的心。"To be or not to be, that is the question。"[4]我年逾四十了,还迷于人生的行路。我身也就是立在十字街头的罢。暂时出了象牙之塔,站在骚扰之巷里,来一说意所欲言的事罢。用了这寓意,便题这漫笔以十字街头的字样。
>
> 作为人类的生活与艺术,这是迄今的两条路。我站在两路相会而成为一个广场的点上,试来一思索,在我所亲近的英文学中,无论是雪莱,裴伦,是斯温班[5],或是梅垒迪斯[6],哈兑[7],都是带着社会改造的理想的文明批评家;不单是住在象牙之塔里的。这一点,和法国文学之类不相同。如摩理思[8],则就照字面地走到街头发议论。有人说,现代的思想界是碰壁了。然而,毫没有碰壁,不过立在十字街头罢了,道路是多着。

但这书的出版在著者死于地震之后,内容要比前一本杂乱些,或者是虽然做好序文,却未经亲加去取的罢。

造化所赋与于人类的不调和实在还太多。这不独在肉体上而已,人能有高远美妙的理想,而人间世不能有副其万一的现实,和经历相伴,那冲突便日见其了然,所以在勇于思索的人们,五十年的中寿就恨过久，于是有急转，有苦闷，有彷徨；然而也许不过是走向十字街头，以自送他的余年归尽。自然，人们中尽不乏面团团地活到八十九十，而且心地太平，并无苦恼的，但这是专为来受中国内务部的褒扬而生的人物，必须又作别论。

假使著者不为地震所害，则在塔外的几多道路中，总当选定其一，直前勇往的罢，可惜现在是无从揣测了。但从这本书，尤其是最紧要的前三篇[9]看来，却确已现了战士身而出世，于本国的微温，中道[10]，妥协，虚假，小气，自大，保守等世态，一一加以辛辣的攻击和无所假借的批评。就是从我们外国人的眼睛看，也往往觉得有“快刀断乱麻”似的爽利，至于禁不住称快。

但一方面有人称快，一方面即有人汗颜；汗颜并非坏事，因为有许多人是并颜也不汗的。但是，辣手的文明批评家，总要多得怨敌。我曾经遇见过一个著者的学生，据说他生时并不为一般人士所喜，大概是因为他态度颇高傲，也如他的文辞。这我却无从判别是非，但也许著者并不高傲，而一般人士倒过于谦虚，因为比真价装得更低的谦虚和抬得更高的高傲，虽然同是虚假，而现在谦虚却算美德。然而，在著者身后，他的全集六卷已经出版了，可见在日本还有几个结集的同志和许多阅看的人们和容纳这样的批评的雅量；这和敢于这样地自己省察，攻击，鞭策的批评家，在中国是都不大容易存在的。

我译这书，也并非想揭邻人的缺失，来聊博国人的快意。中国现在并无“取乱侮亡”[11]的雄心，我也不觉得负有刺探别国弱点的使命，所以正无须致力于此。但当我旁观他鞭责自己时，仿佛痛楚到了我的身上了，后来却又霍然，宛如服了一帖凉药。生在陈腐的古国的人们，倘不是洪福齐天，将来要得内务部的褒扬的，大抵总觉到一种肿痛，有如生着未破的疮。未尝生过疮的，生而未尝割治的，大概都不会知道；否则，就明白一割的创痛，比未割的肿痛要快活得多。这就是所谓“痛快”罢？我就是想借此先将那肿痛提醒，而后将这“痛快”分给同病的人们。

著者呵责他本国没有独创的文明，没有卓绝的人物，这是的确的。他们的文化先取法于中国，后来便学了欧洲；人物不但没有孔，墨，连做和尚的也谁都比不过玄奘。兰学[12]盛行之后，又不见有齐名林那，奈端，达尔文[13]等辈的学者；但是，在植物学，地震学，医学上，他们是已经著了相当的功绩的，也许是著者因为正在针砭“自大病”之故，都故意抹杀了。但总而言之，毕竟并无固有的文明和伟大的世界的人物；当两国的交情很坏的时候，我们的论者也常常于此加以嗤笑，聊快一时的人心。然而我以为惟其如此，正所以使日本能有今日，因为旧物很少，执著也就不深，时势一移，蜕变极易，在任何时候，都能适合于生存。不像幸存的古国，恃着固有而陈旧的文明，害得一切硬化，终于要走到灭亡的路。中国倘不彻底地改革，运命总还是日本长久，这是我所相信的；并以为为旧家子弟而衰落，灭亡，并不比为新发户而生存，发达者更光彩。

说到中国的改革，第一著自然是埽荡废物，以造成一个使新生命得能诞生的机运。五四运动，本也是这机运的开端罢，可惜来摧折它的很不少。那事后的批评，本国人大抵不冷不热地，或者胡乱地说一通，外国人当初倒颇以为有意义，然而也有攻击的，据云是不顾及国民性和历史，所以无价值。这和中国多数的胡说大致相同，因为他们自身都不是改革者。岂不是改革么？历史是过去的陈迹，国民性可改造于将来，在改革者的眼里，已往和目前的东西是全等于无物的。在本书中，就有这样意思的话。

恰如日本往昔的派出"遣唐使"[14]一样，中国也有了许多分赴欧，美，日本的留学生。现在文章里每看见"莎士比亚"四个字，大约便是远哉遥遥，从异域持来的罢。然而且吃大菜，勿谈政事，好在欧文，迭更司，德富芦花[15]的著作，已有经林纾译出的了。做买卖军火的中人，充游历官的翻译，便自有摩托车垫输入臀下，这文化确乎是迩来新到的。

他们的遣唐使似乎稍不同，别择得颇有些和我们异趣。所以日本虽然采取了许多中国文明，刑法上却不用凌迟，宫庭中仍无太监，妇女们也终于不缠足。

但是，他们究竟也太采取了，著者所指摘的微温，中道，妥协，虚假，小气，自大，保守等世态，简直可以疑心是说着中国。尤其是凡事都做得不上不下，没有底力；一切都要从灵向肉，度着幽魂生活这些话。凡那些，倘不是受了我们中国的传染，那便是游泳在东方文明里的人们都如此，真有如所谓"把好花来比美人，不仅仅中国人有这样观念，西洋人，印度人也有同样的观念"了。但我们也无须讨论这些的渊源，著者既以为这是重病，诊断之后，开出一点药方来了，则在同病的中国，正可借以供少年少女们的参考或服用，也如金鸡纳霜[16]既能医日本人的疟疾，即也能医治中国人的一般。

我记得拳乱时候(庚子)的外人，多说中国坏，现在却常听到他们赞赏中国的古文明。中国成为他们恣意享乐的乐土的时候，似乎快要临头了；我深憎恶那些赞赏。但是，最幸福的事实在是莫过于做旅人，我先前寓居日本时，春天看看上野的樱花，冬天曾往松岛去看过松树和雪，何尝觉得有著者所数说似的那些可厌事。然而，即使觉到，大概也不至于有那么愤懑的。可惜回国以来，将这超然的心境完全失掉了。

本书所举的西洋的人名,书名等,现在都附注原文,以便读者的参考。但这在我是一件困难的事情,因为著者的专门是英文学,所引用的自然以英美的人物和作品为最多,而我于英文是漠不相识。凡这些工作,都是韦素园,韦丛芜,李霁野,许季黻四君帮助我做的;还有全书的校勘,都使我非常感谢他们的厚意。

文句仍然是直译,和我历来所取的方法一样;也竭力想保存原书的口吻,大抵连语句的前后次序也不甚颠倒。至于几处不用"的"字而用"底"字的缘故,则和译《苦闷的象征》相同,现在就将那《引言》里关于这字的说明,照钞在下面——

> ……凡形容词与名词相连成一名词者,其间用"底"字,例如 social being 为社会底存在物,Psychische Trauma 为精神底伤害等;又,形容词之由别种品词转来,语尾有-tive,-tic 之类者,于下也用"底"字,例如 speculative,romantic,就写为思索底,罗曼底。

一千九百二十五年十二月三日之夜,鲁迅。

## 注释:

[1]发表于 1925 年 12 月 14 日《语丝》周刊第五十七期,后印入《出了象牙之塔》单行本。

《出了象牙之塔》,文艺评论集。日本文学理论家厨川白村(1880—1923)著,鲁迅译,北京未名社 1925 年 12 月出版。

通过中日两国民族性格的比较,强调改革的必要性。作者对五四运动的肯定,也是从中国的根本性改革出发的。文中提及的"那事后的批评",恰好与二十世纪九十年代中国及海外华人学者对五四的评价如出一辙,同属“中国多数的胡说”,实在是很带讽刺性的事。

[2]早稻田文学社,即早稻田文学出版社。

[3]《走向十字街头》,厨川白村的文艺论文集。有绿蕉、大杰的中译本,1928年8月上海启智书局出版。

[4]“To be or not to be, that is the question.”意为:“生存还是毁灭,这是一个值得考虑的问题。”语见莎士比亚戏剧《哈姆雷特》第三幕第一场哈姆雷特的台词。

[5]斯温班(A. C. Swinburne,1837—1909),通译斯温伯恩,英国诗人。著有诗剧《阿塔兰塔》及诗集《诗歌及民谣》等。

[6]梅垒迪斯(G. Meredith,1828—1909),通译梅瑞狄斯,英国作家。著有长篇小说《理查弗·浮莱尔的苦难》《利己主义者》,长诗《现代的爱情》等。

[7]哈兑(T. Hardy,1840—1928),通译哈代,英国作家,著有长篇小说《还乡》《德伯家的苔丝》及诗歌集等。

[8]摩理思(W. Morris,1834—1896),通译莫里斯,英国作家,社会活动家。著有长诗《地上乐园》,小说《乌有乡消息》《约翰·保尔的梦想》等。

[9]前三篇指书中的《出了象牙之塔》《观照享乐的生活》和《从灵向肉和从肉向灵》。

[10]中道,中和之道。

[11]“取乱侮亡”,语见《书经·仲虺之诰》:“兼弱攻昧,取乱侮亡。”注云:“弱则兼之,暗则攻之,乱则取之,有亡形则侮之。”

[12]日本人称早期从荷兰输入的西方文化科学为兰学。

[13]林那(C. Linne,1707—1778),通译林奈或林耐,瑞典博物学家,双名命名法的创立者。著有《自然界系统》《植物种志》等。

奈端(I. Newton,1642—1727),通译牛顿,英国数学家、物理学家。他发现力学基本定律、万有引力定律,创立了微积分学和光的分析。他建立的经典力学也被称为"牛顿力学"。著有《自然哲学的数学原理》《光学》等。达尔文(C. R. Darwin,1809—1882),英国博物学家,进化论学说的创始人。1859年出版《物种起源》,对整个生物界的发生和发展作出了规律性的解释,实现了生物科学中的一场革命。

[14]"遣唐使",唐时日本派往中国的使节。

[15]欧文(W. Irving,1783—1859),美国作家,著有《见闻札记》《华盛顿传》等。迭更司(C. Dickens,1812—1870),通译狄更斯,英国作家,著有长篇小说《大卫·科波菲尔》《艰难时世》《双城记》等。德富芦花(1868—1927),日本作家,著有长篇小说《不如归》《黑潮》等。

[16]金鸡纳霜,即奎宁。

# 《思想·山水·人物》题记[1]

两三年前，我从这杂文集中翻译《北京的魅力》的时候，并没有想到要续译下去，积成一本书册。每当不想作文，或不能作文，而非作文不可之际，我一向就用一点译文来塞责，并且喜欢选取译者读者，两不费力的文章。这一篇是适合的。爽爽快快地写下去，毫不艰深，但也分明可见中国的影子。我所有的书籍非常少，后来便也还从这里选译了好几篇，那大概是关于思想和文艺的。

作者的专门是法学，这书的归趣是政治，所提倡的是自由主义。我对于这些都不了然。只以为其中关于英美现势和国民性的观察，关于几个人物，如亚诺德，威尔逊，穆来[2]的评论，都很有明快切中的地方，滔滔然如瓶泻水，使人不觉终卷。听说青年中也颇有要看此等文字的人。自检旧译，长长短短的已有十二篇，便索性在上海的“革命文学”[3]潮声中，在玻璃窗下，再译添八篇，凑成一本付印了。

原书共有三十一篇。如作者自序所说，“从第二篇起，到第二十二篇止，是感想；第二十三篇以下，是旅行记和关于旅行的感想”。我于第一部分中，选译了十五篇；从第二部分中，只选译了四篇,因为从我看来,作者的旅行记是轻妙的,但往往过于轻妙,令人如读日报上的杂俎,因此倒减却移译的兴趣了。那一篇《说自由主义》,也并非我所注意的文字。我自己,倒以为瞿提所说,自由和平等不能并求,也不能并得的话,更有见地,所以人们只得先取其一的。然而那却正是作者所研究和神往的东西,为不失这书的本色起见,便特地译上那一篇去。

这里要添几句声明。我的译述和绍介,原不过想一部分读者知道或古或今有这样的事或这样的人,思想,言论;并非要大家拿来作言动的南针。世上还没有尽如人意的文章,所以我只要自己觉得其中有些有用,或有些有益,于不得已如前文所说时,便会开手来移译,但一经移译,则全篇中虽间有大背我意之处,也不加删节了。因为我的意思,是以为改变本相,不但对不起作者,也对不起读者的。

我先前译印厨川白村的《出了象牙之塔》时,办法也如此。且在后记里,曾悼惜作者的早死,因为我深信作者的意见,在日本那时是还要算急进的。后来看见上海的《革命的妇女》上,元法先生的论文,[4]才知道他因为见了作者的另一本《北米印象记》[5]里有赞成贤母良妻主义的话,便颇责我的失言,且惜作者之不早死。这实在使我很惶恐。我太落拓,因此选择也一向没有如此之严,以为倘要完全的书,天下可读的书怕要绝无,倘要完全的人,天下配活的人也就有限。每一本书,从每一个人看来,有是处,也有错处,在现今的时候是一定难免的。我希望这一本书的读者,肯体察我以上的声明。

例如本书中的《论办事法》是极平常的一篇短文,但却很给了我许多益处。我素来的做事,一件未毕,是总是时时刻刻放在心中的,因此也易于困惫。那一篇里面就指示着这样脾气的不行,人必须不凝滞于物。我以为这是无论做什么事,都可以效法的,但万不可和中国祖传的“将事情不当事”即“不认真”相牵混。

原书有插画三幅,因为我觉得和本文不大切合,便都改换了,并且比原数添上几张,以见文中所讲的人物和地方,希望可以增加读者的兴味。帮我搜集图画的几个朋友,我便顺手在此表明我的谢意,还有教给我所不解的原文的诸君。

一九二八年三月三十一日,鲁迅于上海寓楼译毕记。

## 注释:

[1]本篇最初以《关于思想山川人物》为题,与《思想·山水·人物》序言的译文一同发表于1928年5月28日《语丝》周刊第四卷第二十二期,后收入《思想·山水·人物》一书中。

《思想·山水·人物》随笔集,日本评论家鹤见祐辅(1885—1972)著,鲁迅译,北新书局1928年出版。

有关作者的诸如不求完全但取其一等方法论式的文字。

[2]亚诺德(M. Aronld,1822—1888),通译阿诺德,英国文艺批评家,诗人。著有《文学批评论文集》等。威尔逊(W. Wilson,1856—1924),美国第二十八任总统。穆来(J. Morley,1838—1923),通译莫莱,英国历史学家、政论家。

[3]“革命文学”,指1928年间创造社、太阳社等提倡的革命文学。

[4]《革命的妇女》上,元法先生的论文,待考。

[5]《北米印象记》即《北美印象记》,厨川白村写于1917年的游美杂记,有沈端先中译本,1929年上海金屋书店出版。

# 《书斋生活与其危险》译者附记[1]

这是《思想·山水·人物》中的一篇,不写何时所作,大约是有所为而发的。作者是法学家,又喜欢谈政治,所以意见如此。

数年以前,中国的学者们[2]曾有一种运动,是教青年们躲进书斋去。我当时略有一点异议[3],意思也不过怕青年进了书斋之后,和实社会实生活离开,变成一个呆子,——胡涂的呆子,不是勇敢的呆子。不料至今还负着一个"思想过激"的罪名,而对于实社会实生活略有言动的青年,则竟至多遭意外的灾祸。译此篇讫,遥想日本言论之自由,真"不禁感慨系之矣"!

作者要书斋生活者和社会接近,意在使知道"世评",改正自己一意孤行的偏宕的思想。但我以为这意思是不完全的。第一,要先看怎样的"世评"。假如是一个腐败的社会,则从他所发生的当然只有腐败的舆论,如果引以为鉴,来改正自己,则其结果,即非同流合汙,也必变成圆滑。据我的意见,公正的世评使人谦逊,而不公正或流言式的世评,则使人傲慢或冷嘲,否则,他一定要愤死或被逼死的。

一九二七年六月一日,译者附记。

## 注释：

[1]本篇连同原文译文发表于1927年6月25日《莽原》半月刊第二卷第十二期，未印入单行本。

略述关于读书与社会生活的关系，以及如何看待“世评”（时评）的意见。

[2]学者们，指胡适等人。五四新文化运动期间，胡适等人批判以“国故社”为代表的“抱残守阙”的国故研究，提出以“科学的精神”去“做国故的研究”的主张，在知识界产生过一定的积极影响。但是，与此同时，胡适过分夸大“整理国故”的作用，给青年大开“国学书目”，劝人“踱进研究室”，甚至要求中学国文课以四分之三的时间去读古文。“五卅”以后，他还发表《爱国运动与求学》一类的文章，把救国与求学对立起来，表现为轻视社会实践、脱离现实斗争的危险倾向。

[3]一点异议。鲁迅在1925年3月29日致徐炳昶的信中公开指出：“前三四年有一派思潮，毁了事情颇不少。学者多劝人踱进研究室……乃是他们所公设的巧计，是精神的枷锁，……不料有许多人，却自囚在什么室什么宫里，岂不可惜。”在《碎话》《读书杂谈》中都曾先后表示了一贯的与胡适等学者相反对的主张。

# 陀思妥夫斯基的事[1]

## 为日本三笠书房《陀思妥夫斯基全集》普及本作

到了关于陀思妥夫斯基，不能不说一两句话的时候了。说什么呢？他太伟大了，而自己却没有很细心的读过他的作品。

回想起来，在年青时候，读了伟大的文学者的作品，虽然敬服那作者，然而总不能爱的，一共有两个人。一个是但丁，那《神曲》的《炼狱》里，就有我所爱的异端在；有些鬼魂还在把很重的石头，推上峻峭的岩壁去。这是极吃力的工作，但一松手，可就立刻压烂了自己。不知怎地，自己也好像很是疲乏了。于是我就在这地方停住，没有能够走到天国去。

还有一个，就是陀思妥夫斯基。一读他二十四岁时所作的《穷人》，就已经吃惊于他那暮年似的孤寂。到后来，他竟作为罪孽深重的罪人，同时也是残酷的拷问官而出现了。他把小说中的男男女女，放在万难忍受的境遇里，来试炼它们，不但剥去了表面的洁白，拷问出藏在底下的罪恶，而且还要拷问出藏在那罪恶之下的真正的洁白来。而且还不肯爽利的处死，竭力要放他们活得长久。而这陀思妥夫斯基，则仿佛就在和罪人一同苦恼，和拷问官一同高兴着似的。这决不是平常人做得到的事情，总而言之，就因为伟大的缘故。但我自己，却常常想废书不观。

医学者往往用病态来解释陀思妥夫斯基的作品。这伦勃罗梭[2]式的说明，在现今的大多数的国度里，恐怕实在也非常便利，能得一般人们的赞许的。但是，即使他是神经病者，也是俄国专制时代的神经病者，倘若谁身受了和他相类的重压，那么，愈身受，也就会愈懂得他那夹着夸张的真实，热到发冷的热情，快要破裂的忍从，于是爱他起来的罢。

不过作为中国的读者的我，却还不能熟悉陀思妥夫斯基式的忍从——对于横逆之来的真正的忍从。在中国，没有俄国的基督。在中国，君临的是“礼”，不是神。百分之百的忍从，在未嫁就死了定婚的丈夫，坚苦的一直硬活到八十岁的所谓节妇身上，也许偶然可以发见罢，但在一般的人们，却没有。忍从的形式，是有的，然而陀思妥夫斯基式的掘下去，我以为恐怕也还是虚伪。因为压迫者指为被压迫者的不德之一的这虚伪，对于同类，是恶，而对于压迫者，却是道德的。

但是，陀思妥夫斯基式的忍从，终于也并不只成了说教或抗议就完结。因为这是当不住的忍从，太伟大的忍从的缘故。人们也只好带着罪业，一直闯进但丁的天国，在这里这才大家合唱着，再来修练天人的功德了。只有中庸的人，固然并无坠入地狱的危险，但也恐怕进不了天国的罢。

十一月二十日。

## 注释:

[1]本文原用日文写作,发表于日本《文艺》杂志1936年2月号,译文同时在上海《青年界》月刊第九卷第二期及《海燕》月刊第二期发表。收入《且介亭杂文二集》时,在后记里略作说明:"《关于陀思妥夫斯基的事》是应三笠书房之托而作的,是写给读者看的绍介文,但我在这里,说明着被压迫者对于压迫者,不是奴隶,就是敌人,决不能成为朋友,所以彼此的道德,并不相同。"

论陀思妥耶夫斯基,明确地表示了作为一个中国人的道德立场。这种立场,对于文学本身并非是多余的,或是有害的。

[2]伦勃罗梭(C. Lombroso,1836—1909),也译作龙勃罗梭,意大利精神病学家、犯罪学家。著有《天才论》《犯罪人论》等。他对精神病学,尤其是犯罪学有着开拓性的贡献。他强调犯罪的遗传因素,主张对"生来犯罪人"采取死刑、终身隔离及消除生殖机能等以"保卫社会"。他的学说曾被德国法西斯采用。在犯罪学史上,他受到的攻击同赞美一样多。

# 《争自由的波浪》小引[1]

俄国大改革之后，我就看见些游览者的各种评论。或者说贵人怎样惨苦，简直不像人间；或者说平民究竟抬了头，后来一定有希望。或褒或贬，结论往往正相反。我想，这大概都是对的。贵人自然总要较为苦恼，平民也自然比先前抬了头。游览的人各照自己的倾向，说了一面的话。近来虽听说俄国怎样善于宣传，但在北京的报纸上，所见的却相反，大抵是要竭力写出内部的黑暗和残酷来。这一定是很足使礼教之邦的人民惊心动魄的罢。但倘若读过专制时代的俄国所产生的文章，就会明白即使那些话全是真的，也毫不足怪。俄皇的皮鞭和绞架，拷问和西伯利亚，是不能造出对于怨敌也极仁爱的人民的。

以前的俄国的英雄们，实在以种种方式用了他们的血，使同志感奋，使好心肠人堕泪，使刽子手有功，使闲汉得消遣。总是有益于人们，尤其是有益于暴君，酷吏，闲人们的时候多；餍足他们的凶心，供给他们的谈助。将这些写在纸上，血色早已轻淡得远了；如但兼珂[2]的慷慨，托尔斯多[3]的慈悲，是多么柔和的心。但当时还是不准印行。这做文章，这不准印，也还是使凶心得餍足，谈助得加添。英雄的血，始终是无味的国土里的人生的盐，而且大抵是给闲人们作生活的盐，这倒实在是很可诧异的。

这书里面的梭斐亚[4]的人格还要使人感动，戈理基[5]笔下的人生也还活跃着，但大半也都要成为流水帐簿罢。然而翻翻过去的血的流水帐簿，原也未始不能够推见将来，只要不将那帐目来作消遣。

有些人到现在还在为俄国的上等人鸣不平，以为革命的光明的标语，实际倒成了黑暗。这恐怕也是真的。改革的标语一定是较光明的；做这书中所收的几篇文章的时代，改革者大概就很想普给一切人们以一律的光明。但他们被拷问，被幽禁，被流放，被杀戮了。要给，也不能。这已经都写在帐上，一翻就明白。假使遏绝革新，屠戮改革者的人物，改革后也就同浴改革的光明，那所处的倒是最稳妥的地位。然而已经都写在帐上了，因此用血的方式，到后来便不同，先前似的时代在他们已经过去。

中国是否会有平民的时代，自然无从断定。然而，总之，平民总未必会舍命改革以后，倒给上等人安排鱼翅席，是显而易见的，因为上等人从来就没有给他们安排过杂合面。只要翻翻这一本书，大略便明白别人的自由是怎样挣来的前因，并且看看后果，即使将来地位失坠，也就不至于妄鸣不平，较之失意而学佛，切实得多多了。所以，我想，这几篇文章在中国还是很有好处的。

一九二六年十一月十四日风雨之夜，鲁迅记于厦门。

## 注释：

[1]最初发表于1927年1月1日北京《语丝》周刊第一一二期，并同时印入《争自由的波浪》一书。

《争自由的波浪》，俄国小说散文集。原名《专制国家之自由语》，英译本改作《大心》，内收高尔基、列夫·托尔斯泰等人的作品。董秋芳译，北京北新书局1927年1月出版。

从俄国的改革说到中国的改革，文章表明，翻翻历史——过去的“血的流水帐簿”——就会明白。

[2]但兼珂(1844—1936)，通译聂米罗维奇-丹钦科，俄国小说家，诗人。1921年流亡国外。

[3]托尔斯多，即列夫·托尔斯泰(Лев Николаевич Толстой，1828—1910)，俄国作家、思想家。著有《战争与和平》《安娜·卡列尼娜》和《复活》。

[4]梭斐亚(С. Л. Перовская，1853—1881)，又译苏菲亚·佩罗夫斯卡娅，俄国民意党领导人之一。因参加暗杀沙皇亚历山大二世，被捕遇害。

[5]戈理基(Максим Горький，1868—1936)，通译高尔基，俄国作家。十月革命后，当选苏联作协主席。著有长篇小说《母亲》《阿尔达莫诺夫家的事业》《克里姆·萨姆金的一生》，剧本《底层》，以及自传体三部曲等。

# 《竖琴》前记[1]

俄国的文学，从尼古拉斯二世[2]时候以来，就是"为人生"的，无论它的主意是在探究，或在解决，或者堕入神秘，沦于颓唐，而其主流还是一个：为人生。

这一种思想，在大约二十年前即与中国一部分的文艺绍介者合流，陀思妥夫斯基，都介涅夫[3]，契诃夫[4]，托尔斯泰之名，渐渐出现于文字上，并且陆续翻译了他们的一些作品，那时组织的介绍"被压迫民族文学"的是上海的文学研究会[5]，也将他们算作为被压迫者而呼号的作家的。

凡这些，离无产者文学本来还很远，所以凡所绍介的作品，自然大抵是叫唤，呻吟，困穷，酸辛，至多，也不过是一点挣扎。

但已经使又一部分人很不高兴了，就招来了两标军马的围剿。创造社[6]竖起了"为艺术的艺术"的大旗，喊着"自我表现"的口号，要用波斯诗人[7]的酒杯，"黄书"文士[8]的手杖，将这些"庸俗"打平。还有一标是那些受过了英国的小说在供绅士淑女的欣赏，美国的小说家在迎合读者的心思这些"文艺理论"的洗礼而回来的，一听到下层社会的叫唤和呻吟，就使他们眉头百结，扬起了带着白手套的纤手，挥斥道：这些下流都从"艺术之宫"里滚出去！

《竖琴》。苏联短篇小说集，鲁迅编译，1933 年 1 月上海良友图书印刷公司出版，“良友文学丛书”之一。

《十月》。苏联作家雅各武莱夫著，中篇小说，鲁迅译，1933 年 2 月神州国光社出版。

《一天的工作》。苏联短篇小说集，鲁迅编译，1933 年 3 月上海良友图书印刷公司出版，“良友文学丛书”之一。

而且中国原来还有着一标布满全国的旧式的军马,这就是以小说为“闲书”的人们。小说,是供“看官”们茶余酒后的消遣之用的,所以要优雅,超逸,万不可使读者不欢,打断他消闲的雅兴。此说虽古,但却与英美时行的小说论合流,于是这三标新旧的大军,就不约而同的来痛剿了“为人生的文学”——俄国文学。

然而还是有着不少共鸣的人们,所以它在中国仍然是宛转曲折的生长着。

但它在本土,却突然凋零下去了。在这以前,原有许多作者企望着转变的,而十月革命的到来,却给了他们一个意外的莫大的打击。于是有梅垒什珂夫斯基夫妇(D. S. Merezhikovski i Z. N. Hippius),库普林(A. I. Kuprin),蒲宁(I. A. Bunin),安特来夫(L. N. Andreev)之流的逃亡,[9]阿尔志跋绥夫(M. P. Artzybashev),梭罗古勃(Fiodor Sologub)之流的沉默,[10]旧作家的还在活动者,只剩了勃留梭夫(Valeri Briusov),惠垒赛耶夫(V. Veresaiev),戈理基(Maxim Gorki),玛亚珂夫斯基(V. V. Mayakovski)这几个人,到后来,还回来了一个亚历舍·托尔斯泰(Aleksei N. Tolstoi)。[11]此外也没有什么显著的新起的人物,在国内战争和列强封锁中的文苑,是只见萎谢和荒凉了。

至一九二〇年顷,新经济政策[12]实行了,造纸,印刷,出版等项事业的勃兴,也帮助了文艺的复活,这时的最重要的枢纽,是一个文学团体“绥拉比翁的兄弟们”(Serapionsbrüder)[13]。

这一派的出现,表面上是始于二一年二月一日,在列宁格拉“艺术府”里的第一回集会的,加盟者大抵是年青的文人,那立场是在一切立场的否定。淑雪兼珂[14]说过:“从党人的观点看起来,我是没有宗旨的人物。这不很好么?自己说起自己来,则我既不是共产主义者,也不是社会革命党员,也不是帝制主义者。我只是一个俄国人，而且对于政治，是没有操持的。大概和我最相近的，是布尔塞维克，和他们一同布尔塞维克化，我是赞成的。……但我爱农民的俄国。”这就很明白的说出了他们的立场。

但在那时，这一个文学团体的出现，却确是一种惊异，不久就几乎席卷了全国的文坛。在苏联中，这样的非苏维埃的文学的勃兴，是很足以令人奇怪的。然而理由很简单：当时的革命者，正忙于实行，惟有这些青年文人发表了较为优秀的作品者其一；他们虽非革命者，而身历了铁和火的试练，所以凡所描写的恐怖和战栗，兴奋和感激，易得读者的共鸣者其二；其三，则当时指挥文学界的瓦浪斯基[15]，是很给他们支持的。讬罗茨基也是支持者之一，称之为“同路人”。同路人者，谓因革命中所含有的英雄主义而接受革命，一同前行，但并无彻底为革命而斗争，虽死不惜的信念，仅是一时同道的伴侣罢了。这名称，由那时一直使用到现在。

然而，单说是“爱文学”而没有明确的观念形态的徽帜的“绥拉比翁的兄弟们”，也终于逐渐失掉了作为团体的存在的意义，始于涣散，继以消亡，后来就和别的同路人们一样，各各由他个人的才力，受着文学上的评价了。

在四五年以前，中国又曾盛大的绍介了苏联文学，然而就是这同路人的作品居多。这也是无足异的。一者，此种文学的兴起较为在先，颇为西欧及日本所赏赞和介绍，给中国也得了不少转译的机缘；二者，恐怕也还是这种没有立场的立场，反而易得介绍者的赏识之故了，虽然他自以为是“革命文学者”。

我向来是想介绍东欧文学的一个人，也曾译过几篇同路人作品，现在就合了十个人的短篇为一集，其中的三篇，是别人的翻译，我相信为很可靠的。可惜的是限于篇幅，不能将有名的作家全都收罗在内，使这本书较为完善，但我相信曹靖华君的《烟袋》和《四十一》[16],是可以补这缺陷的。

至于各个作者的略传,和各篇作品的翻译或重译的来源,都写在卷末的《后记》里,读者倘有兴致,自去翻检就是了。

一九三二年九月九日,鲁迅记于上海。

## 注释:

[1]最初印入《竖琴》书中,后编入《南腔北调集》。

《竖琴》,苏俄短篇小说集,鲁迅编选并翻译,上海良友图书公司 1933 年 1 月出版。

介绍苏俄文学的迁变及其在中国的遭遇。鲁迅着意介绍“同路人”的文学,“非苏维埃的文学”,“没有立场的立场”的文学,体现了一个真正的作家的文学立场。

[2]尼古拉斯二世(1868—1918),通译尼古拉二世,俄国最后一个皇帝,于 1917 年二月革命后被捕,十月革命后被处决。

[3]都介涅夫(И. С. Тургенев,1818—1883),通译屠格涅夫,俄国作家,著有长篇小说《猎人笔记》《罗亭》《前夜》《父与子》等。

[4]契诃夫(Антон Лавлович Чехов,1860—1904),俄国小说家和剧作家。代表作有小说《套中人》《草原》《第六病室》,戏剧《樱桃园》等。

[5]文学研究会,文学团体,1921 年 1 月成立于北京,由沈雁冰、郑振铎、叶绍钧等人发起,主张“为人生的艺术”,并致力介绍俄国和东欧、北欧以及其他“弱小民族”的文学作品。出版的刊物有《小说月报》等。

[6]创造社,文学团体,成立于 1920 年代,主要成员有郭沫若、郁达夫、成仿吾等。初期倾向于浪漫主义,主张“为艺术而艺术”;1927 年后倡导无产阶级革命文学运动。1928 年,与另一团体太阳

社(主要成员有钱杏邨、蒋光慈等)一起发起对鲁迅等人的批判,围绕"革命文学"口号展开论争。主要刊物有《创造》《创造周报》《洪水》《文化批判》等。

[7]波斯诗人,指莪默·伽亚谟(Omar Khayyam,1048—1123),著有《鲁拜集》,诗里常有饮酒的内容,1924年有郭沫若的中译本。

[8]"黄书"文士,指英国十九世纪末聚集在《黄书》杂志周围的一些作家、艺术家,包括诗人道森、戴维森,小说家克拉坎索普,画家比亚兹莱等。郁达夫曾在《创造周报》上作过介绍。

[9]梅垒什珂夫斯基(1866—1941),通译梅列日科夫斯基,俄国作家;其妻吉皮乌斯(1869—1945),俄国象征主义诗人。他们于1920年流亡法国。库普林(1870—1938),俄国作家,十月革命后流亡法国,1937年返回苏联。蒲宁(1870—1953),俄国作家,十月革命后流亡法国。安特来夫(1871—1919),即安德烈夫,俄国作家,十月革命后流亡芬兰。

[10]阿尔志跋绥夫(1878—1927),俄国作家,1923年流亡华沙。梭罗古勃(1863—1927),俄国作家,主要作品都写于十月革命以前。

[11]勃留梭夫(1873—1924),苏联诗人。十月革命后写过一些歌颂革命的诗。惠垒赛耶夫,通译魏烈萨耶夫,十月革命后著有长篇小说《绝路》《姊妹》等。戈理基,即高尔基。玛亚珂夫斯基(1893—1930),通译马雅可夫斯基,苏联诗人,自杀而死,十月革命后,写有长诗《列宁》《好!》。亚历舍·托尔斯泰(1883—1945),十月革命后一度侨居国外,1923年回国,连续写成长篇小说《苦难的历程》《保卫察里津》《彼得大帝》等。

[12]新经济政策。苏联于1921年至1929年实行的区别于此

前的战时共产主义政策,主要措施是取消余粮收集制,实行粮食税,发展商业,以租让、租赁等形式发展国家资本主义。

[13]“绥拉比翁的兄弟们”,通译“谢拉皮翁兄弟”,以德国小说家霍夫曼的同名小说命名的苏联文学团体。1921 年由伦茨、左琴科等六人组成,1924 年自动解散。

[14]淑雪兼珂(M. M. Зощенко,1895—1958),通译左琴科,苏联作家。下面所引的话,见 1922 年苏联《文学杂志》第三期的《论自己及其他》一文。

[15]瓦浪斯基(A. K. Воронский,1884—1943),又译沃龙斯基,苏联作家、文艺批评家。1921 年至 1927 年间主编“同路人”杂志《红色处女地》。

[16]《烟袋》,苏联短篇小说集,曹靖华译,北京未名社于 1928 年出版。《四十一》,即《第四十一》,苏联中篇小说,拉甫列涅夫著,曹靖华译,未名社于 1929 年出版。

# 《溃灭》第二部一至三章译者附记[1]

关于这一本小说，本刊第二本上所译载的藏原惟人的说明[2]，已经颇为清楚了。但当我译完这第二部的上半时，还想写几句在翻译的进行中随时发生的感想。

这几章是很紧要的，可以宝贵的文字，是用生命的一部分，或全部换来的东西，非身经战斗的战士，不能写出。

譬如，首先是小资产阶级的知识者——美谛克——的解剖；他要革新，然而怀旧；他在战斗，但想安宁；他无法可想，然而反对无法中之法，然而仍然同食无法中之法所得的果子——朝鲜人的猪肉——为什么呢，因为他饿着！他对于巴克拉诺夫的未受教育的好处的见解，我以为是正确的，但这种复杂的意思，非身受了旧式的坏教育便不会知道的经验，巴克拉诺夫也当然无从领悟。如此等等，他们于是不能互相了解，一同前行。读者倘于读本书时，觉得美谛克大可同情，大可宽恕，便是自己也具有他的缺点，于自己的这缺点不自觉，则对于当来的革命，也不会真正地了解的。

其次，是关于袭击团受白军——日本军及科尔却克军——的迫压，攻击，渐濒危境时候的描写。这时候，队员对于队长，显些反

鲁迅翻译的苏联法捷耶夫长篇小说《毁灭》(1931 年 9 月大江书铺出版)。鲁迅称它为“一部纪念碑的小说”。

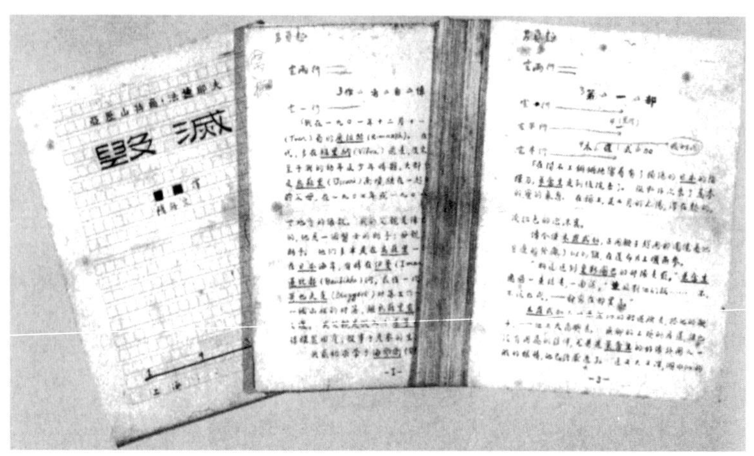

鲁迅翻译《毁灭》的部分手稿

抗,或冷淡模样了,这是解体的前征。但当革命进行时,这种情形是要有的,因为倘若一切都四平八稳,势如破竹,便无所谓革命,无所谓战斗。大众先都成了革命人,于是振臂一呼,万众响应,不折一兵,不费一矢,而成革命天下,那是和古人的宣扬礼教,使兆民全化为正人君子,于是自然而然地变了“中华文物之邦”的一样是乌托邦[3]思想。革命有血,有污秽,但有婴孩。这“溃灭”正是新生之前的一滴血,是实际战斗者献给现代人们的大教训。虽然有冷淡,有动摇,甚至于因为依赖,因为本能,而大家还是向目的前进,即使前途终于是“死亡”,但这“死”究竟已经失了个人底的意义,和大众相融合了。所以只要有新生的婴孩,“溃灭”便是“新生”的一部分。中国的革命文学家和批评家常在要求描写美满的革命,完全的革命人,意见固然是高超完善之极了,但他们也因此终于是乌托邦主义者。

又其次,是他们当危急之际,毒死了弗洛罗夫,作者将这写成了很动人的一幕。欧洲的有一些“文明人”,以为蛮族的杀害婴孩和老人,是因为残忍蛮野,没有人心之故,但现在的实地考察的人类学者已经证明其误了:他们的杀害,是因为食物所逼,强敌所逼,出于万不得已,两相比较,与其委给虎狼,委之敌手,倒不如自己杀了去之较为妥当的缘故。所以这杀害里,仍有“爱”存。本书的这一段,就将这情形描写得非常显豁(虽然也含自有自利的自己觉得“轻松”一点的分子在内)。西洋教士,常说中国人的“溺女”“溺婴”,是由于残忍,也可以由此推知其谬,其实,他们是因为万不得已:穷。前年我在一个学校里讲演《老而不死论》[4],所发挥的也是这意思,但一个青年革命文学家[5]将这胡乱记出,上加一段嘲笑的冒头,投给日报登载出来的时候,却将我的讲演全然变了模样了。

对于本期译文的我的随时的感想,大致如此,但说得太简略,辞不达意之处还很多,只愿于读者有一点帮助,就好。倘要十分了解,恐怕就非实际的革命者不可,至少,是懂些革命的意义,于社会有广大的了解,更至少,则非研究唯物的文学史和文艺理论不可了。

一九三〇年二月八日,L。

## 注释:

[1]本篇曾连同《毁灭》第二部第一章至第三章的译章文,发表于1930年4月10日《萌芽》月刊第一卷第四期,后来印入单行本。

《溃灭》,即《毁灭》,以苏联国内战争为题材的长篇小说,法捷耶夫著,鲁迅译,上海大江书铺于1931年9月出版,上海三闲书屋于同年10月出版。

法捷耶夫(A. A. Фадеев,1901—1956),苏联作家,长期担任苏联作家协会领导工作,后自杀而死。著有长篇小说《毁灭》《青年近卫军》等。

对于革命与人性的观察十分独到而深刻。有关小说创作中人物形象的刻画,文中也表示了有益的意见。

[2]指藏原惟人的《法兑耶夫底小说"溃灭"》(洛扬译),载于1930年2月《萌芽》月刊第一卷第二期。后来印入《溃灭》时,改题为《关于〈毁灭〉》。

[3]乌托邦,拉丁文Utopia的音译,源于希腊文,"无处"的意思。英国托马斯·莫尔(T. More,1478—1535),在1516年所作的小说《乌托邦》中描述一种称作"乌托邦"的社会组织,寄托空想社会主义的理想。此后"乌托邦"便成了"空想"的同义语。

[4]《老而不死论》,鲁迅于1928年5月15日在上海江湾复旦实验中学的讲演。

[5]一个青年革命文学家,指当时复旦大学中文系学生葛世荣。

# 曹靖华译《苏联作家七人集》序[1]

曾经有过这样的一个时候，喧传有好几位名人都要译《资本论》，自然依据着原文，但有一位还要参照英，法，日，俄各国的译本。到现在，至少已经满六年，还不见有一章发表，这种事业之难可想了。对于苏联的文学作品，那时也一样的热心，英译的短篇小说集一到上海，恰如一胛羊肉坠入狼群中，立刻撕得一片片，或则化为“飞脚阿息普”，或则化为“飞毛腿奥雪伯”；[2]然而到得第二本英译《蔚蓝的城》[3]输入的时候，志士们却已经没有这么起劲，有的还早觉得“伊凡”“彼得”，远不如“一洞”“八索”之有趣了。[4]

然而也有并不一哄而起的人，当时好像落后，但因为也不一哄而散，后来却成为中坚。靖华就是一声不响，不断的翻译着的一个。他二十年来，精研俄文，默默的出了《三姊妹》，出了《白茶》，[5]出了《烟袋》和《四十一》，出了《铁流》以及其他单行小册很不少，然而不尚广告，至今无煊赫之名，且受挤排，两处受封锁之害。但他依然不断的在改定他先前的译作，而他的译作，也依然活在读者们的心中。这固然也因为一时自称“革命作家”的过于吊儿郎当，终使坚实者成为硕果，但其实却大半为了中国的读书界究竟有进步，读者自有确当的批判,不再受空心大老的欺骗了。

靖华是未名社中之一员;未名社一向设在北京,也是一个实地劳作,不尚叫嚣的小团体。但还是遭些无妄之灾,而且遭得颇可笑。它被封闭过一次,是由于山东督军张宗昌的电报,听说发动的倒是同行的文人;后来没有事,启封了。[6]出盘之后,靖华译的两种小说都积在台静农家,又和"新式炸弹"[7]一同被收没,后来虽然证明了这"新式炸弹"其实只是制造化装品的机器,书籍却仍然不发还,于是这两种书,遂成为天地之间的珍本。为了我的《呐喊》在天津图书馆被焚毁,梁实秋教授掌青岛大学图书馆时,将我的译作驱除,以及未名社的横祸,我那时颇觉得北方官长,办事较南方为森严,元朝分奴隶为四等[8],置北人于南人之上,实在并非无故。后来知道梁教授虽居北地,实是南人,以及靖华的小说想在南边出版,也曾被锢多日,就又明白我的决论其实是不确的了。这也是所谓"学问无止境"罢。

但现在居然已经得到出版的机会,闲话休题,是当然的。言归正传:则这是合两种译本短篇小说集而成的书,删去两篇,加入三篇,以篇数论,有增无减。所取题材,虽多在二十年前,因此其中不见水闸建筑,不见集体农场,但在苏联,还都是保有生命的作品,从我们中国人看来,也全是亲切有味的文章。至于译者对于原语的学力的充足和译文之可靠,是读书界中早有定论,不待我多说的了。

靖华不厌弃我,希望在出版之际,写几句序言,而我久生大病,体力衰惫,不能为文,以上云云,几同塞责。然而靖华的译文,岂真有待于序,此后亦如先前,将默默的有益于中国的读者,是无疑的。倒是我得以乘机打草,是一幸事,亦一快事也。

一九三六年十月十六日,鲁迅记于上海且介亭之东南角。

《表》。苏联作家班台莱耶夫著，中篇童话，鲁迅译，1935 年 7 月生活书店出版。

《俄罗斯的童话》。苏联作家高尔基著，鲁迅译，1935 年 8 月出版。

《坏孩子和别的小说八篇》。俄国作家契诃夫著，鲁迅译，1936 年 9 月出版。

## 注释:

[1]本篇最初印入《苏联作家七人集》,后编入《且介亭杂文末编》。

《苏联作家七人集》,上海良友图书印刷公司于 1936 年 11 月出版。

序文一记图书之灾厄,二赞译者之作风。不尚广告,默默地有益于中国的读者,这样的著译者及出版人何其少;而这,正是鲁迅所认同,并极力坚持的。

[2]“飞脚阿息普”“飞毛腿奥雪伯”,这是苏联卡萨特金作的短篇小说《飞着的奥西普》的两种中译名。

[3]《蔚蓝的城》,苏联短篇小说集,纽约国际出版社于 1929 年出版;薛绩辉等人的中译本,由上海神州国光社出版。

[4]“伊凡”“彼得”,俄国常见人名。“一洞”“八索”,中国麻将牌名。

[5]《三姊妹》,俄国契诃夫作的四幕剧。《白茶》,苏联独幕剧集。

[6]1928 年春,未名社出版的《文学与革命》(托洛茨基著,李霁野、韦素园译)一书在济南山东省立第一师范学校被扣。接山东军阀张宗昌电告,北京警察厅于 5 月 26 日查封未名社,拘捕李霁野等三人,至 10 月启封。

[7]“新式炸弹”。1932 年秋,北平警察局查抄台静农寓所,把一件制造化妆品的器具误当“新式炸弹”,将台拘捕,并没收寓内《烟袋》《第四十一》等存书。

[8]元朝分奴隶为四等。元朝实行种族歧视政策,将所统辖的人民分为四个等级,依次为蒙古人、色目人、汉人、南人(南宋遗民)。

# 《凯绥·珂勒惠支版画选集》序目[1]

凯绥·勖密特(Kaethe Schmidt)以一八六七年七月八日生于东普鲁士的区匿培克(Koenigsberg)。她的外祖父是卢柏(Julius Rupp),即那地方的自由宗教协会的创立者。父亲原是候补的法官,但因为宗教上和政治上的意见,没有补缺的希望了,这穷困的法学家便如俄国人之所说:"到民间去"[2],做了木匠,一直到卢柏死后,才来当这教区的首领和教师。他有四个孩子,都很用心的加以教育,然而先不知道凯绥的艺术的才能。凯绥先学的是刻铜的手艺,到一八八五年冬,这才赴她的兄弟在研究文学的柏林,向斯滔发·培伦(Stauffer Bern)[3]去学绘画。后回故乡,学于奈台(Neide)[4],为了"厌倦",终于向闵兴的哈台列克(Herterich)[5]那里去学习了。

一八九一年,和她兄弟的幼年之友卡尔·珂勒惠支(Karl Kollwitz)结婚,他是一个开业的医生,于是凯绥也就在柏林的"小百姓"之间住下,这才放下绘画,刻起版画来。待到孩子们长大了,又用力于雕刻。一八九八年,制成有名的《织工一揆》[6]计六幅,取材于一八四四年的史实,是与先出的霍普德曼(Gerhart

Hauptmann)[7]的剧本同名的；一八九九年刻《格莱亲》，零一年刻《断头台边的舞蹈》；零四年旅行巴黎；零四至八年成连续版画《农民战争》七幅，获盛名，受 Villa-Romana 奖金[8]，得游学于意大利。这时她和一个女友由佛罗棱萨步行而入罗马，然而这旅行，据她自己说，对于她的艺术似乎并无大影响。一九〇九年作《失业》，一〇年作《妇人被死亡所捕》和以“死”为题材的小图。

世界大战起，她几乎并无制作。一九一四年十月末，她的很年青的大儿子以义勇兵死于弗兰兑伦(Flandern)战线上。一八年十一月，被选为普鲁士艺术学院会员，这是以妇女而入选的第一个。从一九年以来，她才仿佛从大梦初醒似的，又从事于版画了，有名的是这一年的纪念里勃克内希(Liebknecht)[9]的木刻和石刻，零二至零三年[10]的木刻连续画《战争》，后来又有三幅《无产者》，也是木刻连续画。一九二七年为她的六十岁纪念，霍普德曼那时还是一个战斗的作家，给她书简道：“你的无声的描线，侵人心髓，如一种惨苦的呼声：希腊和罗马时候都没有听到过的呼声。”[11]法国罗曼·罗兰(Romain Rolland)[12]则说：“凯绥·珂勒惠支的作品是现代德国的最伟大的诗歌，它照出穷人与平民的困苦和悲痛。这有丈夫气概的妇人，用了阴郁和纤秾的同情，把这些收在她的眼中，她的慈母的腕里了。这是做了牺牲的人民的沉默的声音。”然而她在现在，却不能教授，不能作画，只能真的沉默的和她的儿子住在柏林了；她的儿子像那父亲一样，也是一个医生。

在女性艺术家之中，震动了艺术界的，现代几乎无出于凯绥·珂勒惠支之上——或者赞美，或者攻击，或者又对攻击给她以辩护。诚如亚斐那留斯(Ferdinand Avenarius)[13]之所说：“新世纪的前几年，她第一次展览作品的时候，就为报章所喧传的了。从此以来,一个说,‘她是伟大的版画家’;人就过作无聊的不成话道:‘凯绥·珂勒惠支是属于只有一个男子的新派版画家里的’。别一个说:‘她是社会民主主义的宣传家’,第三个却道:‘她是悲观的困苦的画手’。而第四个又以为‘是一个宗教的艺术家’。要之:无论人们怎样地各以自己的感觉和思想来解释这艺术,怎样地从中只看见一种的意义——然而有一件事情是普遍的:人没有忘记她。谁一听到凯绥·珂勒惠支的名姓,就仿佛看见这艺术。这艺术是阴郁的,虽然都在坚决的动弹,集中于强韧的力量,这艺术是统一而单纯的——非常之逼人。”

但在我们中国,绍介的还不多,我只记得在已经停刊的《现代》和《译文》上,各曾刊印过她的一幅木刻,原画自然更少看见;前四五年,上海曾经展览过她的几幅作品,但恐怕也不大有十分注意的人。她的本国所复制的作品,据我所见,以《凯绥·珂勒惠支画帖》(*Kaethe Kollwitz Mappe*, Herausgegeben Von Kunstwart, Kunstwart-Verlag, Muenchen, 1927)为最佳,但后一版便变了内容,忧郁的多于战斗的了。印刷未精,而幅数较多的,则有《凯绥·珂勒惠支作品集》(*Das Kaethe Kollwitz Werk*, Carl Reisner Verlag, Dresden, 1930),只要一翻这集子,就知道她以深广的慈母之爱,为一切被侮辱和损害者悲哀,抗议,愤怒,斗争;所取的题材大抵是困苦,饥饿,流离,疾病,死亡,然而也有呼号,挣扎,联合和奋起。此后又出了一本新集(*Das Neue K. Kollwitz Werk*, 1933),却更多明朗之作了。霍善斯坦因(Wilhelm Hausenstein)[14]批评她中期的作品,以为虽然间有鼓动的男性的版画,暴力的恐吓,但在根本上,是和颇深的生活相联系,形式也出于颇激的纠葛的,所以那形式,是紧握着世事的形相。永田一修并取她的后来之作,以这批评为不足,他说凯绥·珂勒惠支的作品,和里培尔曼(Max Liebermann)[15]不同,并非只觉得题材有趣,来画下层世界的;她因为被周围的悲惨生活

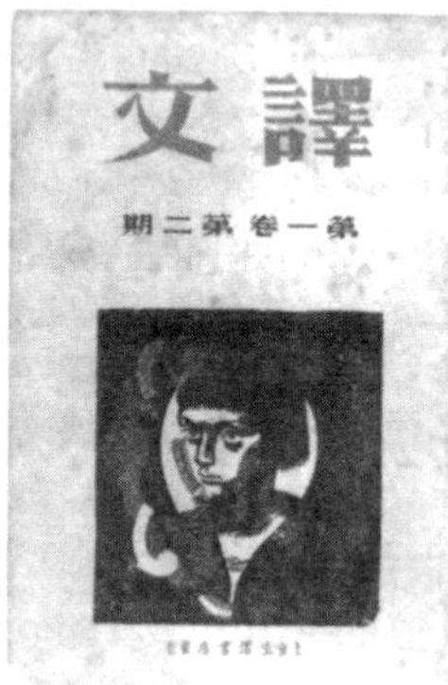

《译文》月刊。前三期由鲁迅主编，1934 年 9 月创刊。

鲁迅手绘的《凯绥·珂勒惠支版画选集》出版广告

鲁迅选取凯绥·珂勒惠支的版画《牺牲》。刊登在 1931 年 9 月创刊的“左联”刊物《北斗》上，“算是只有我一个人心里知道的柔石的记念”。

所动,所以非画不可,这是对于榨取人类者的无穷的"愤怒"。"她照目前的感觉,——永田一修说——描写着黑土的大众。她不将样式来范围现象。时而见得悲剧,时而见得英雄化,是不免的。然而无论她怎样阴郁,怎样悲哀,却决不是非革命。她没有忘却变革现社会的可能。而且愈入老境,就愈脱离了悲剧的,或者英雄的,阴暗的形式。"[16]

而且她不但为周围的悲惨生活抗争,对于中国也没有像中国对于她那样的冷淡:一九三一年一月间,六个青年作家[17]遇害之后,全世界的进步的文艺家联名提出抗议的时候,她也是署名的一个人。现在,用中国法计算作者的年龄,她已届七十岁了,这一本书的出版,虽然篇幅有限,但也可以算是为她作一个小小的记念的罢。

选集所取,计二十一幅,以原版拓本为主,并复制一九二七年的印本《画帖》以足之。以下据亚斐那留斯及第勒(Louise Diel)[18]的解说,并略参己见,为目录——

(1)《自画像》(*Selbstbild*)。石刻,制作年代未详,按《作品集》所列次序,当成于一九一〇年[19]顷;据原拓本,原大 34×30cm。这是作者从许多版画的肖像中,自己选给中国的一幅,隐然可见她的悲悯,愤怒和慈和。

(2)《穷苦》(*Not*)。石刻,原大 15×15cm。据原版拓本,后五幅同。这是有名的《织工一揆》(*Ein Weberaufstand*)的第一幅,一八九八年作。前四年,霍普德曼的剧本《织匠》始开演于柏林的德国剧场,取材是一八四四年的勖列济安(Schlesien)[20]麻布工人的蜂起,作者也许是受着一点这作品的影响的,但这可以不必深论,因为那是剧本,而这却是图画。我们借此进了一间穷苦的人家,冰冷,破烂,父亲[21]抱一个孩子,毫无方法的坐在屋角里,母亲是愁苦的,两手支头,在看垂危的儿子,纺车静静的停在她的旁边。

(3)《死亡》(*Tod*)。石刻,原大22×18cm。同上的第二幅。还是冰冷的房屋,母亲疲劳得睡去了,父亲还是毫无方法的,然而站立着在沉思他的无法。桌上的烛火尚有余光,“死”却已经近来,伸开他骨出的手,抱住了弱小的孩子。孩子的眼睛张得极大,在凝视我们,他要生存,他至死还在希望人有改革运命的力量。

(4)《商议》(*Beratung*)。石刻,原大27×17cm。同上的第三幅。接着前两幅的沉默的忍受和苦恼之后,到这里却现出生存竞争的景象来了。我们只在黑暗中看见一片桌面,一只杯子和两个人,但为的是在商议摔掉被践踏的运命。

(5)《织工队》(*Weberzug*)。铜刻,原大22×29cm。同上的第四幅。队伍进向吮取脂膏的工场,手里捏着极可怜的武器,手脸都瘦损,神情也很颓唐,因为向来总饿着肚子。队伍中有女人,也疲惫到不过走得动;这作者所写的大众里,是大抵有女人的。她还背着孩子,却伏在肩头睡去了。

(6)《突击》(*Sturm*)。铜刻,原大24×29cm。同上的第五幅。工场的铁门早经锁闭,织工们却想用无力的手和可怜的武器,来破坏这铁门,或者是飞进石子去。女人们在助战,用痉挛的手,从地上挖起石块来。孩子哭了,也许是路上睡着的那一个。这是在六幅之中,人认为最好的一幅,有时用这来证明作者的《织工》,艺术达到怎样的高度的。

(7)《收场》(*Ende*)。铜刻,原大24×30cm。同上的第六和末一幅。我们到底又和织工回到他们的家里来,织机默默的停着,旁边躺着两具尸体,伏着一个女人;而门口还在抬进尸体来。这是四十年代,在德国的织工的求生的结局。

(8)《格莱亲》(*Gretchen*)。一八九九年作,石刻;据《画帖》,原大未详。歌德(Goethe)的《浮士德》(*Faust*)[22]有浮士德爱格莱亲,诱与通情,有孕;她在井边,从女友听到邻女被情人所弃,想到自己,于是向圣母供花祷告事。这一幅所写的是这可怜的少女经过极狭的桥上,在水里幻觉的看见自己的将来。她在剧本里,后来是将她和浮士德所生的孩子投在水里淹死,下狱了。原石已破碎。

(9)《断头台边的舞蹈》(*Tanz Um Die Guillotine*)。一九〇一年作,铜刻;据《画帖》,原大未详。是法国大革命时候的一种情景:断头台造起来了,大家围着它,吼着“让我们来跳加尔玛弱儿舞罢”(Dansons La Carmagnole!)[23]的歌,在跳舞。不是一个,是为了同样的原因而同样的可怕了的一群。周围的破屋,像积叠起来的困苦的峭壁,上面只见一块天。狂暴的人堆的臂膊,恰如净罪的火焰一般,照出来的只有一个阴暗。

(10)《耕夫》(*Die Pflueger*)。原大 31×45cm。这就是有名的历史的连续画《农民战争》(*Bauernkrieg*)的第一幅。画共七幅,作于一九〇四至〇八年,都是铜刻。现在据以影印的也都是原拓本。“农民战争”是近代德国最大的社会改革运动之一,以一五二四年顷,起于南方,其时农民都在奴隶的状态,被虐于贵族的封建的特权;玛丁·路德[24]既提倡新教,同时也传播了自由主义的福音,农民就觉醒起来,要求废止领主的苛例,发表宣言,还烧教堂,攻地主,扰动及于全国。然而这时路德却反对了,以为这种破坏的行为,大背人道,应该加以镇压,诸侯们于是放手的讨伐,恣行残酷的复仇,到第二年,农民就都失败了,境遇更加悲惨,所以他们后来就称路德为“撒谎博士”。这里刻划出来的是没有太阳的天空之下,两个耕夫在耕地,大约是弟兄,他们套着绳索,拉着犁头,几乎爬着前进,像牛马一般,令人仿佛看见他们的流汗,听到他们的喘息。

后面还该有一个扶犁的妇女,那恐怕总是他们的母亲了。

(11)《凌辱》(*Vergewaltigt*)。同上的第二幅,原大 35×53cm。男人们的受苦还没有激起变乱,但农妇也遭到可耻的凌辱了;她反缚两手,躺着,下颏向天,不见脸。死了,还是昏着呢,我们不知道。只见一路的野草都被蹂躏,显着曾经格斗的样子,较远之处,却站着可爱的小小的葵花。

(12)《磨镰刀》(*Beim Dengeln*)。同上的第三幅,原大 30×30cm。这里就出现了饱尝苦楚的女人,她的壮大粗糙的手,在用一块磨石,磨快大镰刀的刀锋,她那小小的两眼里,是充满着极顶的憎恶和愤怒。

(13)《圆洞门里的武装》(*Bewaffnung In Einem Gewoelbe*)。同上的第四幅,原大 50×33cm。大家都在一个阴暗的圆洞门下武装了起来,从狭窄的戈谛克式[25]阶级蜂涌而上:是一大群拚死的农民。光线愈高愈少;奇特的半暗,阴森的人相。

(14)《反抗》(*Losbruch*)。同上的第五幅,原大 51×50cm。谁都在草地上没命的向前,最先是少年,喝令的却是一个女人,从全体上洋溢着复仇的愤怒。她浑身是力,挥手顿足,不但令人看了就生勇往直前之心,还好像天上的云,也应声裂成片片。她的姿态,是所有名画中最有力量的女性的一个。也如《织工一揆》里一样,女性总是参加着非常的事变,而且极有力,这也就是“这有丈夫气概的妇人”的精神。

(15)《战场》(*Schlachtfeld*)。同上的第六幅,原大 41×53cm。农民们打败了,他们敌不过官兵。剩在战场上的是什么呢?几乎看不清东西。只在隐约看见尸横遍野的黑夜中,有一个妇人,用风灯照出她一只劳作到满是筋节的手,在触动一个死尸的下巴。光线都集中在这一小块上。这,恐怕正是她的儿子,这处所,恐怕正是她先前扶犁的地方,但现在流着的却不是汗而是鲜血了。

(16)《俘虏》(*Die Gefangenen*)。同上的第七幅,原大 33×42cm。画里是被捕的孑遗,有赤脚的,有穿木鞋的,都是强有力的汉子,但竟也有儿童,个个反缚两手,禁在绳圈里。他们的运命,是可想而知的了,但各人的神气,有已绝望的,有还是倔强或愤怒的,也有自在沉思的,却不见有什么萎靡或屈服。

(17)《失业》(*Arbeitslosigkeit*)。一九〇九年作,铜刻;据《画帖》,原大 44×54cm。他现在闲空了,坐在她的床边,思索着——然而什么法子也想不出。那母亲和睡着的孩子们的模样,很美妙而崇高,为作者的作品中所罕见。

(18)《妇人为死亡所捕获》(*Frau Vom Tod Gepackt*),亦名《死和女人》(*Tod Und Weib*)。一九一〇年作,铜刻;据《画帖》,原大未详。"死"从她本身的阴影中出现,由背后来袭击她,将她缠住,反剪了;剩下弱小的孩子,无法叫回他自己的慈爱的母亲。一转眼间,对面就是两界。"死"是世界上最出众的拳师,死亡是现社会最动人的悲剧,而这妇人则是全作品中最伟大的一人。

(19)《母与子》(*Mutter Und Kind*)。制作年代未详[26],铜刻;据《画帖》,原大 19×13cm。在《凯绥·珂勒惠支作品集》中所见的百八十二幅中,可指为快乐的不过四五幅,这就是其一。亚斐那留斯以为从特地描写着孩子的呆气的侧脸,用光亮衬托出来之处,颇令人觉得有些忍俊不禁。

(20)《面包!》(*Brot!*)。石刻,制作年代未详[27],想当在欧洲大战之后;据原拓本,原大 30×28cm。饥饿的孩子的急切的索食,是最碎裂了做母亲的心的。这里是孩子们徒然张着悲哀,而热烈地希望着的眼,母亲却只能弯了无力的腰。她的肩膀耸了起来,是在背人饮泣。她背着人,因为肯帮助的和她一样的无力,而有力的是横竖不肯帮助的。她也不愿意给孩子们看见这是剩在她这里的仅有的慈爱。

(21)《德国的孩子们饿着!》(*Deutschlands Kinder Hungern !*)。石刻,制作年代未详[28],想当在欧洲大战之后;据原拓本,原大43×29cm。他们都擎着空碗向人,瘦削的脸上的圆睁的眼睛里,炎炎的燃着如火的热望。谁伸出手来呢?这里无从知道。这原是横幅,一面写着现在作为标题的一句,大约是当时募捐的揭帖。后来印行的,却只存了图画。作者还有一幅石刻,题为《决不再战!》(*Nie Wieder Krieg !*),是略早的石刻,可惜不能搜得;而那时的孩子,存留至今的,则已都成了二十以上的青年,可又将被驱作兵火的粮食了。

一九三六年一月二十八日,鲁迅。

《木刻纪程》(一)。鲁迅编印。1934年以铁木艺社名义自费出版。现存北京鲁迅博物馆。

鲁迅藏张望作木刻《中国之专政者》

《一个人的受难》。比利时版画家麦绥莱勒画集，鲁迅编选并作序，1933 年上海良友图书印刷公司影印出版，42 开。鲁迅藏。

## 注释:

[1]本篇最初印入《凯绥·珂勒惠支版画选集》。后编入《且介亭杂文末编》。

《凯绥·珂勒惠支版画选集》,鲁迅编选,以“三闲书屋”名义于1936年5月出版。

序目回顾了德国版画家凯绥·珂勒惠支(1867—1945)的生平及创作道路,对她的版画成就作了高度评价;在具体作品的介绍中,可以看出作者始终立足于现实抗争的艺术观,以及极其专业的批评眼光。

[2]“到民间去”,十九世纪七十年代俄国革命运动中“民粹派”的口号。五四运动时,北京教育界也曾提到这个口号。

[3]斯滔发·培伦(1857—1891),今译施陶费尔-贝尔恩,瑞士画家。曾在柏林女子绘画学校任教。

[4]奈台,今译埃米尔·奈德,德国画家。作品多以犯罪为题材,据珂勒惠支忆述,其中以《生之厌倦》轰动一时。

[5]哈台列克,今译赫特里希。珂勒惠支曾在慕尼黑的赫特里希美术学校学习。

[6]《织工一揆》,意为“织工起义”。一揆,日本语。

[7]霍普德曼(1862—1946),德国剧作家。早期创作带有社会批判意识,以剧本《织工》著称,后来还写过一些象征主义作品。第一次世界大战时,曾为德国的侵略战争辩护;希特勒执政后,又曾对纳粹表示妥协,是一个有争议的作家。《织工》以1844年西里西亚纺织工人起义为题材,1892年出版。

[8]Villa-Romana奖金。Villa-Romana,意大利文,意为“罗马别墅”。这项奖金获得者,可在意大利居住一年,以熟悉当地艺术

宝藏并进行创作。

[9]里勃克内希(1871—1919),通译卡尔·李卜克内西,德国革命家,德国社会民主党左翼领导人和德国共产党创始人之一。1919年1月,他领导反对社会民主党政府的起义,后被杀害。

[10]有误,应为1922年至1923年。

[11]引文是霍普德曼于1927年6月10日写的印在珂勒惠支画册的题词。

[12]罗曼·罗兰(1866—1944),法国作家、社会活动家,著有长篇小说《约翰·克利斯朵夫》《巨人传》等。下面的引文,是他在1927年7月8日写的印在珂勒惠支画册的题词。

[13]亚斐那留斯(1856—1923),德国艺术批评家、诗人,曾创办《艺术》杂志。下面的引文,见于1927年出版的《凯绥·珂勒惠支画帖》。

[14]霍善斯坦因(1882—1957),德国文艺批评家。著有《艺术与社会》《现代艺术中的社会要素》等。

[15]里培尔曼(1847—1935),德国画家。作品有《罐头工厂女工》《麻纺工场》等。

[16]永田一修(1903—1927),日本艺术评论家。引文见《无产阶级艺术论》。

[17]六个青年作家说法有误,应为五个青年作家,他们分别是李伟森、柔石、胡也频、冯铿、白莽,1931年2月7日被国民党当局秘密杀害于上海龙华。

[18]第勒,今译为路易斯·迪尔,德国画家。

[19]应为1919年。

[20]勖列济安,通译西里西亚。1844年6月4日,西里西亚织工反对企业主的残酷剥削,发动起义,不久遭到镇压。

[21]作者在后来致日本友人鹿地亘的信中对此作了改正，说应将“父亲”改为“祖母”。

[22]《浮士德》，长篇诗剧。歌德取材于民间传说，叙说主人公浮士德为探索人生的真谛，而与魔鬼周旋的故事。

[23]“让我们来跳加尔玛弱儿舞罢”，法国大革命时期流行的舞曲《加尔玛弱儿》中的一句歌词。

[24]玛丁·路德（Martin Luther，1483—1546），通译马丁·路德，十六世纪欧洲宗教改革运动的发起者，基督教新教路德宗的创始人。1517年发表抨击教皇出售赎罪券的《九十五条论纲》，多次发表论说，否定教皇权威，并将《圣经》译成德文。当德国农民运动爆发后，他站在诸侯一边，反对农民起义。

[25]戈谛克式，通译哥特式，十一世纪创始于法国北部的一种建筑式样，以高耸的尖屋顶及尖顶的拱门为特色。

[26]《母与子》，制作于1910年。

[27]《面包！》，制作于1924年。

[28]《德国的孩子们饿着！》，制作于1924年。

# 第三辑

# 《华盖集》题记[1]

在一年的尽头的深夜中，整理了这一年所写的杂感，竟比收在《热风》里的整四年中所写的还要多。意见大部分还是那样，而态度却没有那么质直了，措辞也时常弯弯曲曲，议论又往往执滞在几件小事情上，很足以贻笑于大方之家。然而那又有什么法子呢。我今年偏遇到这些小事情，而偏有执滞于小事情的脾气。

我知道伟大的人物[2]能洞见三世[3]，观照一切，历大苦恼，尝大欢喜，发大慈悲。但我又知道这必须深入山林，坐古树下，静观默想，得天眼通[4]，离人间愈远遥，而知人间也愈深，愈广；于是凡有言说，也愈高，愈大；于是而为天人师[5]。我幼时虽曾梦想飞空，但至今还在地上，救小创伤尚且来不及，那有余暇使心开意豁，立论都公允妥洽，平正通达，像"正人君子"[6]一般；正如沾水小蜂，只在泥土上爬来爬去，万不敢比附洋楼中的通人[7]，但也自有悲苦愤激，决非洋楼中的通人所能领会。

这病痛的根柢就在我活在人间，又是一个常人，能够交着"华盖运"。

我平生没有学过算命，不过听老年人说，人是有时要交"华盖

杂文集《华盖集》封面

《热风》。收 1918—1924 年杂文四十一篇。1925 年 11 月北新书局出版，鲁迅自题书名，32 开，毛边。鲁迅藏。

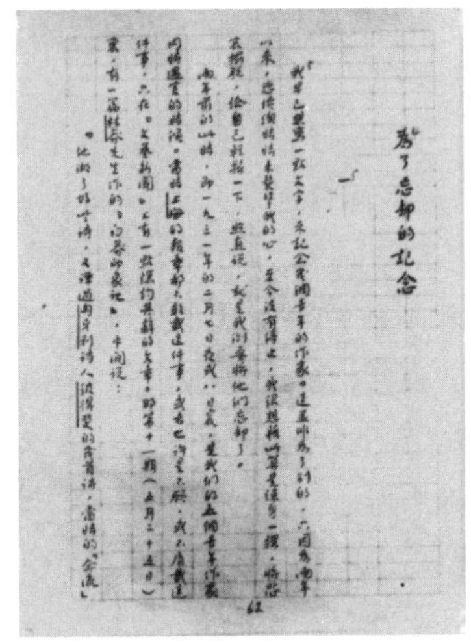

為了忘却的記念

1933 年 2 月，为纪念柔石等被害两周年，鲁迅写下《为了忘却的记念》。

运”的。这“华盖”在他们口头上大概已经讹作“镬盖”了,现在加以订正。所以,这运,在和尚是好运:顶有华盖,自然是成佛作祖之兆。但俗人可不行,华盖在上,就要给罩住了,只好碰钉子。我今年开手作杂感时,就碰了两个大钉子:一是为了《咬文嚼字》,一是为了《青年必读书》。署名和匿名的豪杰之士的骂信,收了一大捆,至今还塞在书架下。此后又突然遇见了一些所谓学者,文士,正人,君子等等,据说都是讲公话,谈公理,而且深不以“党同伐异”为然的。可惜我和他们太不同了,所以也就被他们伐了几下,——但这自然是为“公理”之故,和我的“党同伐异”不同。这样,一直到现下还没有完结,只好“以待来年”[8]。

也有人劝我不要做这样的短评。那好意,我是很感激的,而且也并非不知道创作之可贵。然而要做这样的东西的时候,恐怕也还要做这样的东西,我以为如果艺术之宫里有这么麻烦的禁令,倒不如不进去;还是站在沙漠上,看看飞沙走石,乐则大笑,悲则大叫,愤则大骂,即使被沙砾打得遍身粗糙,头破血流,而时时抚摩自己的凝血,觉得若有花纹,也未必不及跟着中国的文士们去陪莎士比亚[9]吃黄油面包之有趣。

然而只恨我的眼界小,单是中国,这一年的大事件也可以算是很多的了,我竟往往没有论及,似乎无所感触。我早就很希望中国的青年站出来,对于中国的社会,文明,都毫无忌惮地加以批评,因此曾编印《莽原周刊》,作为发言之地,可惜来说话的竟很少。在别的刊物上,倒大抵是对于反抗者的打击,这实在是使我怕敢想下去的。

现在是一年的尽头的深夜,深得这夜将尽了,我的生命,至少是一部分的生命,已经耗费在写这些无聊的东西中,而我所获得的,乃是我自己的灵魂的荒凉和粗糙。但是我并不惧惮这些,也不想遮盖这些,而且实在有些爱他们了,因为这是我转辗而生活于风沙中的瘢痕。凡有自己也觉得在风沙中转辗而生活着的,会知道这意思。

我编《热风》时,除遗漏的之外,又删去了好几篇。这一回却小有不同了,一时的杂感一类的东西,几乎都在这里面。

一九二五年十二月三十一日之夜,记于绿林书屋[10]东壁下。

## 注释:

[1]本篇印入《华盖集》之前,未曾单独发表过。

鲁迅对艺术和个人创作的态度。因为世界如同沙漠,多的是"飞沙走石",所以不惧惮,也不想遮盖"自己的灵魂的荒凉和粗糙",甚至于爱它们。他自觉这是"转辗而生活于风沙中的瘢痕",唯有一样觉得在风沙中转辗而生活着的人们,才能有所了解。这是鲁迅自外于优雅的"艺术之宫"的自白。

[2]伟大的人物,这里指佛教创始人释迦牟尼。

[3]三世,佛家语,指过去、现在、未来。

[4]天眼通,佛家语,六种"神通"(所谓"六通")之一,能透视常人目力所不能见的一切。

[5]天人师,佛的称号。

[6]"正人君子",这里指现代评论派陈西滢等。

[7]通人,学识渊博、贯通古今的人。这里是对陈西滢一类留学欧美的学者的讽刺。章士钊在《甲寅》周刊发表的《孤桐杂记》中曾称赞陈西滢:"《现代评论》有记者自署西滢。无锡陈源之别字也。陈君本字通伯,的是当今通品。"

[8]"以待来年",语见《孟子·滕文公》。

[9]陪莎士比亚。徐志摩在1925年10月26日《晨报副刊》发

表《汉姆雷德与留学生》一文，说："我们是去过大英国，莎士比亚是英国人，他写英文的，我们懂英文的，在学堂里研究过他的戏，……英国留学生难得高兴时讲他的莎士比亚，多体面多够根儿的事情，你们没到过外国看不完全原文的当然不配插嘴，你们就配扁着耳朵悉心的听。……没有我们是不行的，信不信？"陈西滢在同月21日《晨报副刊》发表《听琴》一文，也说"不爱莎士比亚你就是傻子"。这里说的"中国的文士们"，当指徐志摩、陈西滢等人。

[10]绿林书屋。北洋政府教育部专门教育司司长刘百昭及现代评论派的一些人，曾骂鲁迅及其他反对章士钊、支持女师大学潮的教员为"土匪""学匪"，作者因借"绿林"这一关于匪类的旧称，为自己的书室命名。

# 《华盖集续编》小引[1]

还不满一整年，所写的杂感的分量，已有去年一年的那么多了。秋来住在海边，目前只见云水，听到的多是风涛声，几乎和社会隔绝。如果环境没有改变，大概今年不见得再有什么废话了罢。灯下无事，便将旧稿编集起来；还豫备付印，以供给要看我的杂感的主顾们。

这里面所讲的仍然并没有宇宙的奥义和人生的真谛。不过是，将我所遇到的，所想到的，所要说的，一任它怎样浅薄，怎样偏激，有时便都用笔写了下来。说得自夸一点，就如悲喜时节的歌哭一般，那时无非借此来释愤抒情，现在更不想和谁去抢夺所谓公理或正义。你要那样，我偏要这样是有的；偏不遵命，偏不磕头是有的；偏要在庄严高尚的假面上拨它一拨也是有的，此外却毫无什么大举。名副其实，“杂感”而已。

从一月以来的，大略都在内了；只删去了一篇[2]。那是因为其中开列着许多人，未曾，也不易遍征同意，所以不好擅自发表。

书名呢？年月是改了，情形却依旧，就还叫《华盖集》。然而年月究竟是改了，因此只得添上两个字：“续编”。

一九二六年十月十四日，鲁迅记于厦门。

## 注释：

[1]本篇最初发表于1926年11月16日《语丝》周刊第一〇四期。

这是作者在离京之后，在“三一八”的血迹未干之际写于僻远的厦门的文字。这里表明：一，他的杂感是“释愤抒情”的，明显地是诗大于政论，所以是“创作”；二，对于权势者及“正人君子”的彻底的不妥协的、反抗的态度。

[2]指《大衍发微》，后改收《而已集》作附录。

# 《坟》的题记[1]

将这些体式上截然不同的东西，集合了做成一本书样子的缘由，说起来是很没有什么冠冕堂皇的。首先就因为偶尔看见了几篇将近二十年前所做的所谓文章。这是我做的么？我想。看下去，似乎也确是我做的。那是寄给《河南》[2]的稿子；因为那编辑先生有一种怪脾气，文章要长，愈长，稿费便愈多。所以如《摩罗诗力说》那样，简直是生凑。倘在这几年，大概不至于那么做了。又喜欢做怪句子和写古字，这是受了当时的《民报》[3]的影响；现在为排印的方便起见，改了一点，其余的便都由他。这样生涩的东西，倘是别人的，我恐怕不免要劝他"割爱"，但自己却总还想将这存留下来，而且也并不"行年五十而知四十九年非"[4]，愈老就愈进步。其中所说的几个诗人，至今没有人再提起，也是使我不忍抛弃旧稿的一个小原因。他们的名，先前是怎样地使我激昂呵，民国告成以后，我便将他们忘却了，而不料现在他们竟又时时在我的眼前出现。

其次，自然因为还有人要看，但尤其是因为又有人憎恶着我的文章。说话说到有人厌恶，比起毫无动静来，还是一种幸福。天下不舒服的人们多着，而有些人们却一心一意在造专给自己舒服的世界。这是不能如此便宜的，也给他们放一点可恶的东西在眼前，使他有时小不舒服，知道原来自己的世界也不容易十分美满。苍蝇的飞鸣，是不知道人们在憎恶他的；我却明知道，然而只要能飞鸣就偏要飞鸣。我的可恶有时自己也觉得，即如我的戒酒，吃鱼肝油，以望延长我的生命，倒不尽是为了我的爱人，大大半乃是为了我的敌人，——给他们说得体面一点，就是敌人罢——要在他的好世界上多留一些缺陷。君子之徒[5]曰：你何以不骂杀人不眨眼的军阀呢[6]？斯亦卑怯也已！但我是不想上这些诱杀手段的当的。木皮道人[7]说得好，“几年家软刀子割头不觉死”，我就要专指斥那些自称“无枪阶级”而其实是拿着软刀子的妖魔。即如上面所引的君子之徒的话，也就是一把软刀子。假如遭了笔祸了，你以为他就尊你为烈士了么？不，那时另有一番风凉话。倘不信，可看他们怎样评论那死于三一八惨杀[8]的青年。

此外，在我自己，还有一点小意义，就是这总算是生活的一部分的痕迹。所以虽然明知道过去已经过去，神魂是无法追蹑的，但总不能那么决绝，还想将糟粕收敛起来，造成一座小小的新坟，一面是埋藏，一面也是留恋。至于不远的踏成平地，那是不想管，也无从管了。

我十分感谢我的几个朋友，替我搜集，抄写，校印，各费去许多追不回来的光阴。我的报答，却只能希望当这书印钉成工时，或者可以博得各人的真心愉快的一笑。别的奢望，并没有什么；至多，但愿这本书能够暂时躺在书摊上的书堆里，正如博厚的大地，不至于容不下一点小土块。再进一步，可就有些不安分了，那就是中国人的思想，趣味，目下幸而还未被所谓正人君子所统一，譬如有的专爱瞻仰皇陵，有的却喜欢凭吊荒冢，无论怎样，一时大概总还有

杂文集《坟》封面

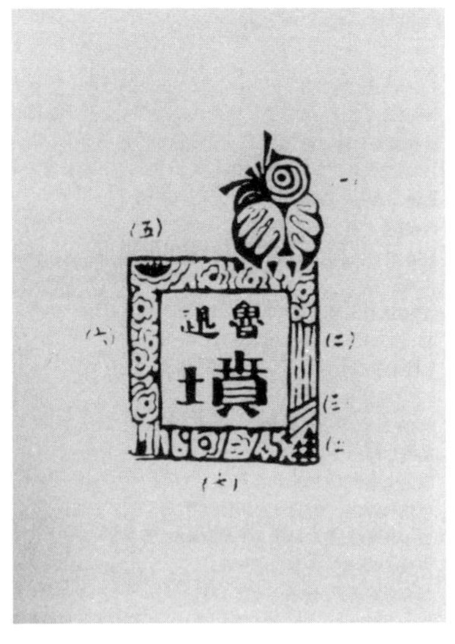


《坟》扉页，鲁迅设计

不惜一顾的人罢。只要这样，我就非常满足了；那满足，盖不下于取得富家的千金云。

一九二六年十月三十大风之夜，鲁迅记于厦门。

## 注释：

[1]本篇最初发表于1926年11月20日北京《语丝》周刊一〇六期。

以《坟》为自己的集子命名，其实是对于过往的战斗的怀恋。为了敌人而活着，这是一个自由战士的生命观。

[2]《河南》，月刊，1907年（清光绪三十三年）12月中国留日学生创办于东京，程克、孙竹丹等主编。

[3]《民报》，月刊，同盟会机关杂志。1905年（清光绪三十一年）11月在东京创刊。自1906年9月第七号起由章太炎主编。章太炎（1869—1936），名炳麟，浙江余杭人，清末革命家、学者。

[4]“行年五十而知四十九年非”，语出《淮南子·原道训》。

[5]“君子之徒”，以及下文的“正人君子”，都是指现代评论派的学者。《现代评论》周刊是当时一批留学欧美的大学教授所办的同人刊物，1924年创办于北京，1927年7月移至上海，至1928年停刊。主要刊登政论、时评，也有文艺创作及评论。主要撰稿人有王世杰、高一涵、胡适、陈源、徐志摩等。

[6]这里的“不骂军阀”及下文的“无枪阶级”，均见于《现代评论》第四卷第八十九期署名涵庐（高一涵）的《闲话》。

[7]木皮道人，应作木皮散人，明代遗民贾凫西的别号。贾凫西（约1592—1674），名应宠，山东曲阜人。这里的引文，见于他的《木皮散人鼓词》。

[8]三一八惨杀。1926年3月12日，冯玉祥所部国民军与奉

系军阀作战,日本帝国主义支持奉军,炮击国民军,并联合英美法意等国,于16日以最后通牒向北洋政府提出撤除大沽口国防设备等无理要求。3月18日,北京各界人民在天安门集会抗议,会后赴段祺瑞执政府请愿,要求拒绝八国通牒,段下令开枪射击,当场死伤二百余人。惨案发生后,《现代评论》发表陈西滢的《闲话》及其他评论,诬蔑群众“没有审判力”“自蹈死地”,受了“民众领袖”的欺骗,为当局开脱罪责。可参看《华盖集续编》中有关的系列文章。

# 写在《坟》后面[1]

在听到我的杂文已经印成一半的消息的时候，我曾经写了几行题记，寄往北京去。当时想到便写，写完便寄，到现在还不满二十天，早已记不清说了些甚么了。今夜周围是这么寂静，屋后面的山脚下腾起野烧的微光；南普陀寺还在做牵丝傀儡戏，时时传来锣鼓声，每一间隔中，就更加显得寂静。电灯自然是辉煌着，但不知怎地忽有淡淡的哀愁来袭击我的心，我似乎有些后悔印行我的杂文了。我很奇怪我的后悔；这在我是不大遇到的，到如今，我还没有深知道所谓悔者究竟是怎么一回事。但这心情也随即逝去，杂文当然仍在印行，只为想驱逐自己目下的哀愁，我还要说几句话。

记得先已说过：这不过是我的生活中的一点陈迹。如果我的过往，也可以算作生活，那么，也就可以说，我也曾工作过了。但我并无喷泉一般的思想，伟大华美的文章，既没有主义要宣传，也不想发起一种什么运动。不过我曾经尝得，失望无论大小，是一种苦味，所以几年以来，有人希望我动动笔的，只要意见不很相反，我的力量能够支撑，就总要勉力写几句东西，给来者一些极微末的欢喜。人生多苦辛，而人们有时却极容易得到安慰，又何必惜一点笔墨,给多尝些孤独的悲哀呢？于是除小说杂感之外,逐渐又有了长长短短的杂文十多篇。其间自然也有为卖钱而作的,这回就都混在一处。我的生命的一部分,就这样地用去了,也就是做了这样的工作。然而我至今终于不明白我一向是在做什么。比方做土工的罢,做着做着,而不明白是在筑台呢还在掘坑。所知道的是即使是筑台,也无非要将自己从那上面跌下来或者显示老死;倘是掘坑,那就当然不过是埋掉自己。总之:逝去,逝去,一切一切,和光阴一同早逝去,在逝去,要逝去了。——不过如此,但也为我所十分甘愿的。

然而这大约也不过是一句话。当呼吸还在时,只要是自己的,我有时却也喜欢将陈迹收存起来,明知不值一文,总不能绝无眷恋,集杂文而名之曰《坟》,究竟还是一种取巧的掩饰。刘伶[2]喝得酒气熏天,使人荷锸跟在后面,道:死便埋我。虽然自以为放达,其实是只能骗骗极端老实人的。

所以这书的印行,在自己就是这么一回事。至于对别人,记得在先也已说过,还有愿使偏爱我的文字的主顾得到一点喜欢;憎恶我的文字的东西得到一点呕吐,——我自己知道,我并不大度,那些东西因我的文字而呕吐,我也很高兴的。别的就什么意思也没有了。倘若硬要说出好处来,那么,其中所介绍的几个诗人的事,或者还不妨一看;最末的论“费厄泼赖”这一篇,也许可供参考罢,因为这虽然不是我的血所写,却是见了我的同辈和比我年幼的青年们的血而写的。

偏爱我的作品的读者,有时批评说,我的文字是说真话的。这其实是过誉,那原因就因为他偏爱。我自然不想太欺骗人,但也未尝将心里的话照样说尽,大约只要看得可以交卷就算完。我的确时时解剖别人,然而更多的是更无情面地解剖我自己,发表一点,酷爱温暖的人物已经觉得冷酷了，如果全露出我的血肉来，末路正不知要到怎样。我有时也想就此驱除旁人，到那时还不唾弃我的，即使是枭蛇鬼怪，也是我的朋友，这才真是我的朋友。倘使并这个也没有，则就是我一个人也行。但现在我并不。因为，我还没有这样勇敢，那原因就是我还想生活，在这社会里。还有一种小缘故，先前也曾屡次声明，就是偏要使所谓正人君子也者之流多不舒服几天，所以自己便特地留几片铁甲在身上，站着，给他们的世界上多有一点缺陷，到我自己厌倦了，要脱掉了的时候为止。

倘说为别人引路，那就更不容易了，因为连我自己还不明白应当怎么走。中国大概很有些青年的“前辈”和“导师”罢，但那不是我，我也不相信他们。我只很确切地知道一个终点，就是：坟。然而这是大家都知道的，无须谁指引。问题是在从此到那的道路。那当然不只一条，我可正不知那一条好，虽然至今有时也还在寻求。在寻求中，我就怕我未熟的果实偏偏毒死了偏爱我的果实的人，而憎恨我的东西如所谓正人君子也者偏偏都矍铄，所以我说话常不免含胡，中止，心里想：对于偏爱我的读者的赠献，或者最好倒不如是一个“无所有”。我的译著的印本，最初，印一次是一千，后来加五百，近时是二千至四千，每一增加，我自然是愿意的，因为能赚钱，但也伴着哀愁，怕于读者有害，因此作文就时常更谨慎，更踌躇。有人以为我信笔写来，直抒胸臆，其实是不尽然的，我的顾忌并不少。我自己早知道毕竟不是什么战士了，而且也不能算前驱，就有这么多的顾忌和回忆。还记得三四年前，有一个学生来买我的书，从衣袋里掏出钱来放在我手里，那钱上还带着体温。这体温便烙印了我的心，至今要写文字时，还常使我怕毒害了这类的青年，迟疑不敢下笔。我毫无顾忌地说话的日子，恐怕要未必有了罢。但也偶尔想，其实倒还是毫无顾忌地说话，对得起这样的青年。但至今也还没有决心这样做。

今天所要说的话也不过是这些,然而比较的却可以算得真实。此外,还有一点余文。

记得初提倡白话的时候,是得到各方面剧烈的攻击的。后来白话渐渐通行了,势不可遏,有些人便一转而引为自己之功,美其名曰"新文化运动"。又有些人便主张白话不妨作通俗之用;又有些人却道白话要做得好,仍须看古书。前一类早已二次转舵,又反过来嘲骂"新文化"了;后二类是不得已的调和派,只希图多留几天僵尸,到现在还不少。我曾在杂感上掊击过的。

新近看见一种上海出版的期刊[3],也说起要做好白话须读好古文,而举例为证的人名中,其一却是我。这实在使我打了一个寒噤。别人我不论,若是自己,则曾经看过许多旧书,是的确的,为了教书,至今也还在看。因此耳濡目染,影响到所做的白话上,常不免流露出它的字句,体格来。但自己却正苦于背了这些古老的鬼魂,摆脱不开,时常感到一种使人气闷的沉重。就是思想上,也何尝不中些庄周韩非[4]的毒,时而很随便,时而很峻急。孔孟的书我读得最早,最熟,然而倒似乎和我不相干。大半也因为懒惰罢,往往自己宽解,以为一切事物,在转变中,是总有多少中间物的。动植之间,无脊椎和脊椎动物之间,都有中间物;或者简直可以说,在进化的链子上,一切都是中间物。当开首改革文章的时候,有几个不三不四的作者,是当然的,只能这样,也需要这样。他的任务,是在有些警觉之后,喊出一种新声;又因为从旧垒中来,情形看得较为分明,反戈一击,易制强敌的死命。但仍应该和光阴偕逝,逐渐消亡,至多不过是桥梁中的一木一石,并非什么前途的目标,范本。跟着起来便该不同了,倘非天纵之圣,积习当然也不能顿然荡除,但总得更有新气象。以文字论,就不必更在旧书里讨生活,却将活人的唇舌作为源泉，使文章更加接近语言，更加有生气。至于对于现在人民的语言的穷乏欠缺，如何救济，使他丰富起来，那也是一个很大的问题，或者也须在旧文中取得若干资料，以供使役，但这并不在我现在所要说的范围以内，姑且不论。

我以为我倘十分努力，大概也还能够博采口语，来改革我的文章。但因为懒而且忙，至今没有做。我常疑心这和读了古书很有些关系，因为我觉得古人写在书上的可恶思想，我的心里也常有，能否忽而奋勉，是毫无把握的。我常常诅咒我的这思想，也希望不再见于后来的青年。去年我主张青年少读，或者简直不读中国书，乃是用许多苦痛换来的真话，决不是聊且快意，或什么玩笑，愤激之辞。古人说，不读书便成愚人，那自然也不错的。然而世界却正由愚人造成，聪明人决不能支持世界，尤其是中国的聪明人。现在呢，思想上且不说，便是文辞，许多青年作者又在古文，诗词中摘些好看而难懂的字面，作为变戏法的手巾，来装潢自己的作品了。我不知这和劝读古文说可有相关，但正在复古，也就是新文艺的试行自杀，是显而易见的。

不幸我的古文和白话合成的杂集，又恰在此时出版了，也许又要给读者若干毒害。只是在自己，却还不能毅然决然将他毁灭，还想借此暂时看看逝去的生活的余痕。惟愿偏爱我的作品的读者也不过将这当作一种纪念，知道这小小的丘陇中，无非埋着曾经活过的躯壳。待再经若干岁月，又当化为烟埃，并纪念也从人间消去，而我的事也就完毕了。上午也正在看古文，记起了几句陆士衡的吊曹孟德文[5]，便拉来给我的这一篇作结——

既晞古以遗累，信简礼而薄葬。
彼裘绂于何有，贻尘谤于后王。

嗟大恋之所存，故虽哲而不忘。

览遗籍以慷慨，献兹文而凄伤！

一九二六，一一，一一，夜。鲁迅。

## 注释：

[1]本文收入《坟》以前，未曾单独发表过。

文章体现了鲁迅决心与“正人君子”为敌的反抗状态，同时显示了一种严于解剖自己的精神，其中，就坦白了思想上中毒，无法摆脱传统文化影响的焦虑。关于“中间物”的思想，是鲁迅的一个重要思想，是他有如上述的反抗旧物、喊出新声、牺牲自我、不惮消亡的一个哲学依据。

[2]刘伶，晋代名士，有名的“竹林七贤”之一，字伯伦，沛国（今安徽宿县）人。

[3]指上海开明书店出版的《一般》月刊。关于论及“做好白话须读好古文”的文章，见该刊 1926 年 11 月第一卷第三号署名明石（朱光潜）的《雨天的书》，其中说：“想做好白话文，读若干上品的文言文或且十分必要。现在白话文的作者当推胡适之、吴稚晖、周作人、鲁迅诸先生，而这几位先生的白话文都有得力于古文的处所（他们自己也许不承认）。”

[4]韩非（约公元前 280—前 233），战国末期哲学家，先秦法家思想的集大成者，出身韩国贵族，与李斯同为荀卿的学生。他综合了前期法家的多种观点，建立以法治为主的法、术、势相结合的政治思想体系，为中央集权制度提供了有力的理论工具。他的学说受到秦王政的重视，被邀出使秦国，不久自杀于狱中。著有《韩非子》。

[5]陆士衡的吊曹孟德文，即晋陆机的《吊魏武帝文》，见《文选》卷六十。此文是他在晋王室的藏书阁中看到曹操的《遗令》而作的。曹操在《遗令》中说，死后的葬礼应该从简，而遗物中的裘（皮衣）绂（印绶）不要分，妓乐可留铜雀台按时上祭作乐。陆机在吊文中，对曹操这位哲人临终的“大恋”表示了自己的感慨。

# 《三闲集》序言[1]

我的第四本杂感《而已集》的出版，算起来已在四年之前了。去年春天，就有朋友催促我编集此后的杂感。看看近几年的出版界，创作和翻译，或大题目的长论文，是还不能说它寥落的，但短短的批评，纵意而谈，就是所谓“杂感”者，却确乎很少见。我一时也说不出这所以然的原因。

但粗粗一想，恐怕这“杂感”两个字，就使志趣高超的作者厌恶，避之惟恐不远了。有些人们，每当意在奚落我的时候，就往往称我为“杂感家”，以显出在高等文人的眼中的鄙视，便是一个证据。还有，我想，有名的作家虽然未必不改换姓名，写过这一类文字，但或者不过图报私怨，再提恐或玷其令名，或者别有深心，揭穿反有妨于战斗，因此就大抵任其消灭了。

“杂感”之于我，有些人固然看作“死症”，我自己确也因此很吃过一点苦，但编集是还想编集的。只因为翻阅刊物，剪帖成书，也是一件颇觉麻烦的事，因此拖延了大半年，终于没有动过手。一月二十八日之夜，上海打起仗来了，越打越凶，终于使我们只好单身出走，[2]书报留在火线下，一任它烧得精光，我也可以靠这“火的洗

杂文集《而已集》(1928 年 10 月北新书局出版)，收鲁迅 1927 年所作杂文二十九篇，附录 1926 年所作杂文一篇。

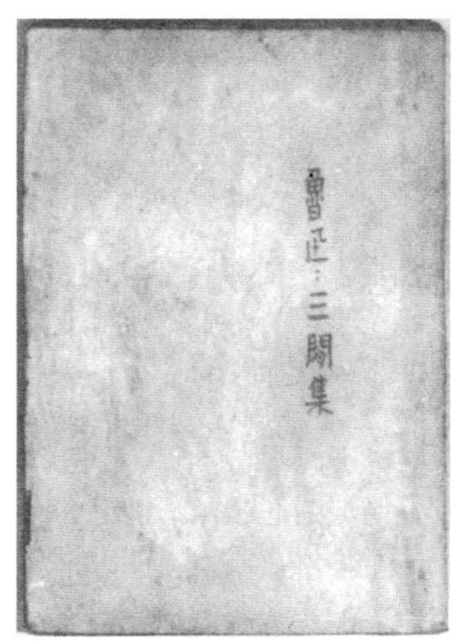


杂文集《三闲集》(1932 年 9 月北新书局出版)，收入鲁迅 1927 年至 1929 年所作杂文三十四篇。鲁迅与创造社、太阳社进行“革命文学”论争的文章，大都收在这本文集中。

礼”之灵,洗掉了“不满于现状”的“杂感家”[3]这一个恶谥。殊不料三月底重回旧寓,书报却丝毫也没有损,于是就东翻西觅,开手编辑起来了,好像大病新愈的人,偏比平时更要照照自己的瘦削的脸,摩摩枯皱的皮肤似的。

我先编集一九二八至二九年的文字,篇数少得很,但除了五六回在北平上海的讲演,原就没有记录外,别的也仿佛并无散失。我记得起来了,这两年正是我极少写稿,没处投稿的时期。我是在二七年被血吓得目瞪口呆,离开广东[4]的,那些吞吞吐吐,没有胆子直说的话,都载在《而已集》里。但我到了上海,却遇见文豪们的笔尖的围剿了,创造社,太阳社,“正人君子”们的新月社[5]中人,都说我不好,连并不标榜文派的现在多升为作家或教授的先生们,那时的文字里,也得时常暗暗地奚落我几句,以表示他们的高明。我当初还不过是“有闲即是有钱”,“封建余孽”或“没落者”,后来竟被判为主张杀青年的棒喝主义者了。[6]这时候,有一个从广东自云避祸逃来,而寄住在我的寓里的廖君[7],也终于忿忿的对我说道:“我的朋友都看不起我,不和我来往了,说我和这样的人住在一处。”

那时候,我是成了“这样的人”的。自己编着的《语丝》,实乃无权,不单是有所顾忌(详见卷末《我和〈语丝〉的始终》),至于别处,则我的文章一向是被“挤”才有的,而目下正在“剿”,我投进去干什么呢。所以只写了很少的一点东西。

现在我将那时所做的文字的错的和至今还有可取之处的,都收纳在这一本里。至于对手的文字呢,《鲁迅论》和《中国文艺论战》[8]中虽然也有一些,但那都是峨冠博带的礼堂上的阳面的大文,并不足以窥见全体,我想另外搜集也是“杂感”一流的作品,编成一本,谓之《围剿集》。如果和我的这一本对比起来,不但可以增加读者的趣味,也更能明白别一面的,即阴面的战法的五花八门。

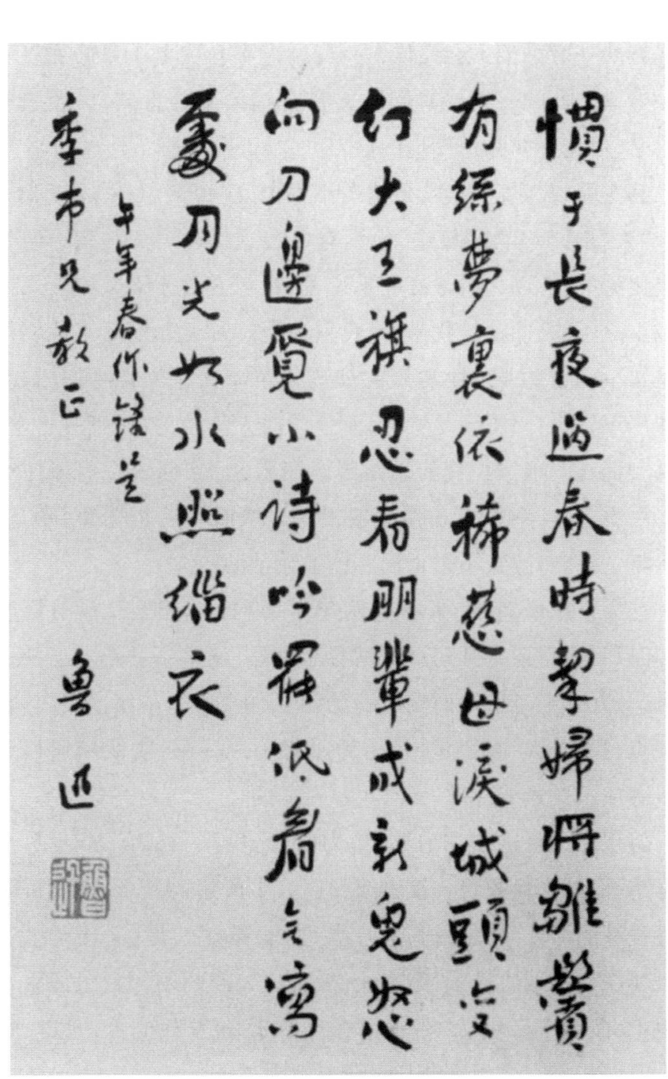


五位青年作家被秘密杀害后，鲁迅于避难中(1931)作此诗。诗云："惯于长夜过春时，挈妇将雏鬓有丝。梦里依稀慈母泪，城头变幻大王旗。忍看朋辈成新鬼，怒向刀边觅小诗。吟罢低眉无写处，月光如水照缁衣。"

这些方法一时恐怕不会失传,去年的“左翼作家都为了卢布”[9]说,就是老谱里面的一着。自问和文艺有些关系的青年,仿照固然可以不必,但也不妨知道知道的。

其实呢,我自己省察,无论在小说中,在短评中,并无主张将青年来“杀,杀,杀”[10]的痕迹,也没有怀着这样的心思。我一向是相信进化论的,总以为将来必胜于过去,青年必胜于老人,对于青年,我敬重之不暇,往往给我十刀,我只还他一箭。然而后来我明白我倒是错了。这并非唯物史观的理论或革命文艺的作品蛊惑我的,我在广东,就目睹了同是青年,而分成两大阵营,或则投书告密,或则助官捕人的事实!我的思路因此轰毁,后来便时常用了怀疑的眼光去看青年,不再无条件的敬畏了。然而此后也还为初初上阵的青年们呐喊几声,不过也没有什么大帮助。

这集子里所有的,大概是两年中所作的全部,只有书籍的序引,却只将觉得还有几句话可供参考之作,选录了几篇。当翻检书报时,一九二七年所写而没有编在《而已集》里的东西,也忽然发见了一点,我想,大约《夜记》是因为原想另成一书,讲演和通信是因为浅薄或不关紧要,所以那时不收在内的。

但现在又将这编在前面,作为《而已集》的补遗了。我另有了一样想头,以为只要看一篇讲演和通信中所引的文章,便足可明白那时香港的面目。我去讲演,一共两回,第一天是《老调子已经唱完》,现在寻不到底稿了,第二天便是这《无声的中国》,粗浅平庸到这地步,而竟至于惊为“邪说”,禁止在报上登载的。是这样的香港。但现在是这样的香港几乎要遍中国了。

我有一件事要感谢创造社的,是他们“挤”我看了几种科学底文艺论,明白了先前的文学史家们说了一大堆,还是纠缠不清的疑问。并且因此译了一本蒲力汗诺夫的《艺术论》,[11]以救正我——

鲁迅据日文本转译的苏联卢那卡尔斯基《艺术论》(1929 年 4 月大江书铺出版，列为“艺术理论丛书”之一)

《文艺政策》，关于苏联文艺政策的文件汇集，鲁迅译。

还因我而及于别人——的只信进化论的偏颇。但是，我将编《中国小说史略》时所集的材料，印为《小说旧闻钞》，以省青年的检查之力，而成仿吾以无产阶级之名，指为“有闲”，而且“有闲”还至于有三个，[12]却是至今还不能完全忘却的。我以为无产阶级是不会有这样锻炼周纳[13]法的，他们没有学过“刀笔”[14]。编成而名之曰《三闲集》，尚以射仿吾也。

一九三二年四月二十四日之夜，编讫并记。

## 注释：

[1]本文在收入《三闲集》之前，未曾单独发表。

作者自述1927年“清党”事件，以及“革命文学”论争带给他的思想变迁，主要是纠正了只信进化论——将来必胜于过去，青年必胜于老人——的偏颇，加强了阶级意识。

[2]指“一·二八战争”时到英租界的内山书店支店避居一事。

[3]“不满于现状”的“杂感家”。梁实秋在1929年10月《新月》月刊第二卷第八期发表《“不满于现状”，便怎样呢？》一文，其中说：“有一种人，只是一味的‘不满于现状’，今天说这里有毛病，明天说那里有毛病，有数不清的毛病，于是也有无穷尽的杂感，等到有些个人开了药方，他格外的不满……好像惟恐一旦现状令他满意起来，他就没有杂感可作的样子。”

[4]离开广东。广州“四一五”事变发生时，作者在中山大学担任文学系主任兼教务主任，在营救被捕学生无效后，辞职离开广州，前去上海。

[5]新月社，文学社团，约1923年在北京成立，主要成员有胡适、徐志摩、梁实秋、陈源、罗隆基等。出版综合性的《新月》月刊等。

[6]“有闲即是有钱”，见《文化批判》第二号李初梨的《怎样地建设革命文学》。该文引用成仿吾说鲁迅等是“有闲阶级”的话之后说：“有闲阶级，就是有钱阶级。”“没落者”，见《创造月刊》第一卷第十一期石厚生（成仿吾）的《毕竟是“醉眼陶然”罢了》：“他（按，指鲁迅）是真要做一个社会科学的忠实的学徒吗？还是只涂抹彩色，粉饰自己的没落呢？这后一条路是掩耳盗铃式的行为，是更深更不可救药的没落。”“封建余孽”和“棒喝主义者”，见《创造月刊》第二卷第一期杜荃（郭沫若）的《文艺战线上的封建余孽》：“他（按，指鲁迅）是资本主义以前的一个封建余孽。资本主义对于社会主义是反革命，封建余孽对于社会主义是二重的反革命。鲁迅是二重性的反革命的人物。以前说鲁迅是新旧过渡期的游移分子，说他是人道主义者，这是完全错了。他是一位不得志的Fascist（法西斯谛）！”按，法西斯谛，当时或译为棒喝主义。

[7]廖君，即廖立峨，广东兴宁人。原为厦门大学学生，1927年1月随鲁迅转学中山大学。

[8]《鲁迅论》和《中国文艺论战》，均为李何林编辑，上海北新书局分别于1930年3月和1929年10月出版。

[9]“左翼作家都为了卢布”，见1930年5月14日上海《民国日报》刊载的《解放中国文坛》，说进步作家“受了赤色帝国主义的收买，受了苏俄的卢布的津贴”，1931年2月6日上海小报《金钢钻报》刊载的《鲁迅加盟左联之动机》也说，“共产党最初以每月八十万卢布，在沪充文艺宣传费，造成所谓普罗文艺”等等。

[10]“杀、杀、杀”，这是杜荃在《文艺战线上的封建余孽》一文中的话：“杀哟！杀哟！杀哟！杀尽一切可怕的青年！而且赶快！这是这位‘老头子’（按，指鲁迅）的哲学，于是乎而‘老头子’不死了。”

[11]蒲力汗诺夫(Г. В. Плеханов, 1856—1918),通译普列汉诺夫,俄国早期的马克思主义理论家,后来成为孟什维克首领,反对十月革命。关于《艺术论》,可参见作者《二心集》中的《〈艺术论〉译本序》一文。

[12]成仿吾(1897—1984),文学评论家,教育家,笔名石厚生,湖南新化人。早年留学日本,为创造社主要成员。他在《洪水》第三卷第二十五期中发表《完成我们的文学革命》一文,说"鲁迅先生坐在华盖之下正在抄他的小说旧闻",是一种"以趣味为中心的文艺",又说:"这种以趣味为中心的生活基调,它所暗示着的是一种在小天地中自己骗自己的自足,它所矜持着的是闲暇,闲暇,第三个闲暇。"

[13]锻炼周纳,指罗织人罪,语出《汉书·路温舒传》:"上奏畏却,则锻炼而周内之。"

[14]"刀笔",这里指讼师(刀笔吏)罗织罪名的手法。见《创造月刊》第二卷第二期的克兴的《评驳甘人的"拉杂一篇"——革命文学底根本问题底考察》,其中说鲁迅"拿出他本来的刀笔,尖酸刻薄的冷诮热骂"。

# 《二心集》序言[1]

这里是一九三〇年与三一年两年间的杂文的结集。

当三〇年的时候，期刊已渐渐的少见，有些是不能按期出版了，大约是受了逐日加紧的压迫。《语丝》和《奔流》[2]，则常遭邮局的扣留，地方的禁止，到底也还是敷延不下去。那时我能投稿的，就只剩了一个《萌芽》，而出到五期，也被禁止了，接着是出了一本《新地》。[3]所以在这一年内，我只做了收在集内的不到十篇的短评。

此外还曾经在学校里演讲过两三回，那时无人记录，讲了些什么，此刻连自己也记不清楚了。只记得在有一个大学里演讲的题目，是《象牙塔和蜗牛庐》。大意是说，象牙塔[4]里的文艺，将来决不会出现于中国，因为环境并不相同，这里是连摆这"象牙之塔"的处所也已经没有了；不久可以出现的，恐怕至多只有几个"蜗牛庐"[5]。蜗牛庐者，是三国时所谓"隐逸"的焦先曾经居住的那样的草窠，大约和现在江北穷人手搭的草棚相仿，不过还要小，光光的伏在那里面，少出，少动，无衣，无食，无言。因为那时是军阀混战，任意杀掠的时候，心里不以为然的人，只有这样才可以苟延他的残

《奔流》月刊。鲁迅与郁达夫合编；鲁迅设计封面，书写刊名。1928 年 6 月创刊于上海，鲁迅基本上每期都写了编校后记。

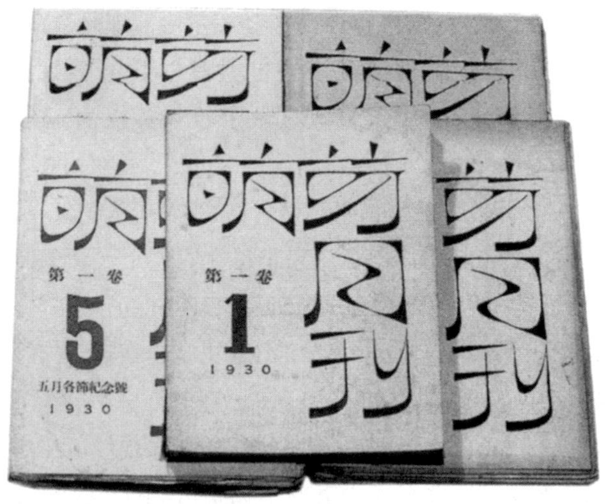


《萌芽月刊》。鲁迅与冯雪峰等合编，鲁迅绘制封面。1930 年 1 月创刊于上海，从第三期起，成为中国左翼作家联盟机关刊物之一，出至第五期被查禁。鲁迅藏。

喘。但蜗牛界里那里会有文艺呢，所以这样下去，中国的没有文艺，是一定的。这样的话，真可谓已经大有蜗牛气味的了，不料不久就有一位勇敢的青年在政府机关的上海《民国日报》上给我批评，说我的那些话使他非常看不起，因为我没有敢讲共产党的话的勇气。[6]谨案在“清党”以后的党国里，讲共产主义是算犯大罪的，捕杀的网罗，张遍了全中国，而不讲，却又为党国的忠勇青年所鄙视。这实在只好变了真的蜗牛，才有“庶几得免于罪戾”[7]的幸福了。

而这时左翼作家拿着苏联的卢布之说，在所谓“大报”和小报上，一面又纷纷的宣传起来，新月社的批评家也从旁很卖了些力气。有些报纸，还拾了先前的创造社派的几个人的投稿于小报上的话，讥笑我为“投降”，有一种报则载起《文坛贰臣传》[8]来，第一个就是我，——但后来好像并不再做下去了。

卢布之谣，我是听惯了的。大约六七年前，《语丝》在北京说了几句涉及陈源教授和别的“正人君子”们的话的时候，上海的《晶报》上就发表过“现代评论社主角”唐有壬先生的信札[9]，说是我们的言动，都由于墨斯科的命令。这又正是祖传的老谱，宋末有所谓“通虏”，清初又有所谓“通海”，[10]向来就用了这类的口实，害过许多人们的。所以含血喷人，已成了中国士君子的常经，实在不单是他们的识见，只能够见到世上一切都靠金钱的势力。至于“贰臣”之说，却是很有些意思的，我试一反省，觉得对于时事，即使未尝动笔，有时也不免于腹诽，“臣罪当诛兮天皇圣明”[11]，腹诽就决不是忠臣的行径。但御用文学家的给了我这个徽号，也可见他们的“文坛”上是有皇帝的了。

去年偶然看见了几篇梅林格(Franz Mehring)[12]的论文，大意说，在坏了下去的旧社会里，倘有人怀一点不同的意见，有一点携贰的心思,是一定要大吃其苦的。而攻击陷害得最凶的,则是这人的同阶级的人物。他们以为这是最可恶的叛逆,比异阶级的奴隶造反还可恶,所以一定要除掉他。我才知道中外古今,无不如此,真是读书可以养气,竟没有先前那样"不满于现状"[13]了,并且仿《三闲集》之例而变其意,拾来做了这一本书的名目。然而这并非在证明我是无产者。一阶级里,临末也常常会自己互相闹起来的,就是《诗经》里说过的那"兄弟阋于墙",——但后来却未必"外御其侮"。[14]例如同是军阀,就总在整年的大家相打,难道有一面是无产阶级么?而且我时时说些自己的事情,怎样地在"碰壁",怎样地在做蜗牛,好像全世界的苦恼,萃于一身,在替大众受罪似的:也正是中产的智识阶级分子的坏脾气。只是原先是憎恶这熟识的本阶级,毫不可惜它的溃灭,后来又由于事实的教训,以为惟新兴的无产者才有将来,却是的确的。

自从一九三一年二月起,我写了较上年更多的文章,但因为揭载的刊物有些不同,文字必得和它们相称,就很少做《热风》那样简短的东西了;而且看看对于我的批评文字,得了一种经验,好像评论做得太简括,是极容易招得无意的误解,或有意的曲解似的。又,此后也不想再编《坟》那样的论文集,和《壁下译丛》那样的译文集,这回就连较长的东西也收在这里面,译文则选了一篇《现代电影与有产阶级》附在末尾,因为电影之在中国,虽然早已风行,但这样扼要的论文却还少见,留心世事的人们,实在很有一读的必要的。还有通信,如果只有一面,读者也往往很不容易了然,所以将紧要一点的几封来信,也擅自一并编进去了。

一九三二年四月三十日之夜,编讫并记。

为纪念五位青年作家，鲁迅与冯雪峰合编了《前哨》。鲁迅为刊物题名，并写了《中国无产阶级革命文学和前驱的血》一文，控诉国民党政府杀害青年作家的罪行。

《海燕》，1936 年 1 月创刊于上海，鲁迅主持的最后一个刊物，与胡风、黎烈文、聂绀弩等合办。鲁迅题写刊名。鲁迅一生共主编刊物十三种，列名编委七种。

鲁迅在 1924 年至 1928 年间翻译的文艺论文结集《壁下译丛》（1929 年 4 月北新书局出版），内收论文二十五篇，其中有八篇是首次发表。

## 注释:

[1]本篇收入《二心集》之前,未曾单独发表。

序文概说中国文化在专制统治下的困境,左翼文艺所受的压迫,以及个人到处"碰壁"的经历;在此,作者表示了同"本阶级"决裂的决心,和对"新兴的无产者"的期望。

[2]《奔流》,文艺月刊,鲁迅、郁达夫编辑。1928 年 6 月在上海创刊,1929 年 12 月停刊。

[3]《萌芽》,文艺月刊,鲁迅、冯雪峰编辑,1930 年 1 月在上海创刊,从第一卷第三期起,成为"左联"的机关刊物之一;至第一卷第五期被国民党政府禁止,第六期改名为《新地月刊》,仅出一期即停刊。

[4]象牙塔,原是十九世纪法国文艺批评家圣伯夫(1804—1869)批评同时代诗人维尼的用语,后来用作比喻文艺家脱离现实生活的艺术天地。

[5]蜗牛庐,据《三国志·魏书十一·管宁传》裴松之注引《魏略》,谓东汉末年,隐士焦先"自作一瓜(蜗)牛庐,净扫其中。营木为床,布草蓐其上。至天寒时,篝火以自炙,呻吟独语"。

[6]指 1930 年 3 月 18 日上海《民国日报·觉悟》在"呜呼,'自由运动'竟是一群骗人的勾当"的栏题下署名敌天的文章,攻击鲁迅的讲演是"公然作反动的宣传,在事实上既无此勇气,竟借了文艺演讲的美名而来提倡所谓'中国自由运动大同盟'的组织,态度不光明,行动不磊落"云云。《民国日报》,1916 年 1 月在上海创刊,自 1924 年国民党第一次全国代表大会后成为该党机关报。

[7]"庶几得免于罪戾",语出《左传》文公十八年:"庶几免于戾乎"。

[8]《文坛贰臣传》。1930年5月7日《民国日报》刊载署名男儿的《文坛上的贰臣传——一、鲁迅》的文章，说鲁迅“被共产党屈服”，“所谓自由运动大同盟鲁迅首先列名，所谓左翼作家联盟，鲁迅大作演讲，昔为百炼钢，今为绕指柔，老气横秋之精神，竟为二九小子玩弄于掌上，作无条件之屈服”，等等。

[9]唐有壬(1893—1935)，湖南浏阳人，《现代评论》撰稿人之一，曾任国民党政府外交次长。1926年5月12日上海小报《晶报》刊载消息，引用《语丝》第七十六期有关《现代评论》接受段祺瑞津贴的文字，唐有壬便于同月18日致函《晶报》反辩说：“《现代评论》被收买的消息，起源于俄国莫斯科。”

[10]“通虏”“通海”，通敌之意。宋代的“虏”，指辽、金、西夏等；清初的“海”，指当时在台海坚持反清的郑成功。

[11]“臣罪当诛兮天皇圣明”，语出唐代韩愈诗《拘幽操·文王羑里作》。皇，原作王。

[12]梅林格(1846—1919)，通译梅林，德国马克思主义者，历史学家，文艺批评家，著有《德国社会民主党史》《马克思传》《莱辛传说》等。

[13]“不满于现状”，所引为梁实秋的话，见《三闲集》序言注。

[14]“兄弟阋于墙”“外御其侮”，语出《诗经·小雅·常棣》。

# 《伪自由书》前记[1]

这一本小书里的，是从本年一月底起至五月中旬为止的寄给《申报》[2]上的《自由谈》的杂感。

我到上海以后，日报是看的，却从来没有投过稿，也没有想到过，并且也没有注意过日报的文艺栏，所以也不知道《申报》在什么时候开始有了《自由谈》，《自由谈》里是怎样的文字。大约是去年的年底罢，偶然遇见郁达夫[3]先生，他告诉我说，《自由谈》的编辑新换了黎烈文[4]先生了，但他才从法国回来，人地生疏，怕一时集不起稿子，要我去投几回稿。我就漫应之曰：那是可以的。

对于达夫先生的嘱咐，我是常常“漫应之曰：那是可以的”的。直白的说罢，我一向很回避创造社里的人物。这也不只因为历来特别的攻击我，甚而至于施行人身攻击的缘故，大半倒在他们的一副“创造”脸。虽然他们之中，后来有的化为隐士，有的化为富翁，有的化为实践的革命者，有的也化为奸细，而在“创造”这一面大纛之下的时候，却总是神气十足，好像连出汗打嚏，也全是“创造”似的。我和达夫先生见面得最早，脸上也看不出那么一种创造气，所以相遇之际，就随便谈谈；对于文学的意见，我们恐怕是不能一致的

杂文集《伪自由书》封面

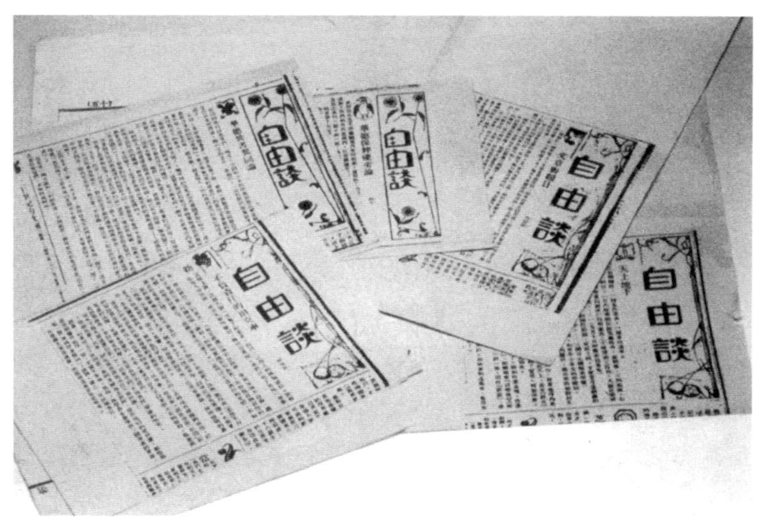


鲁迅在《申报·自由谈》上发表的部分文章。鲁迅藏。

罢，然而所谈的大抵是空话。但这样的就熟识了，我有时要求他写一篇文章，他一定如约寄来，则他希望我做一点东西，我当然应该漫应曰可以。但应而至于“漫”，我已经懒散得多了。

但从此我就看看《自由谈》，不过仍然没有投稿。不久，听到了一个传闻，说《自由谈》的编辑者为了忙于事务，连他夫人的临蓐也不暇照管，送在医院里，她独自死掉了。几天之后，我偶然在《自由谈》里看见一篇文章[5]，其中说的是每日使婴儿看看遗照，给他知道曾有这样一个孕育了他的母亲。我立刻省悟了这就是黎烈文先生的作品，拿起笔，想做一篇反对的文章，因为我向来的意见，是以为倘有慈母，或是幸福，然若生而失母，却也并非完全的不幸，他也许倒成为更加勇猛，更无挂碍的男儿的。但是也没有竟做，改为给《自由谈》的投稿了，这就是这本书里的第一篇《崇实》；又因为我旧日的笔名有时不能通用，便改题了“何家干”，有时也用“干”或“丁萌”。

这些短评，有的由于个人的感触，有的则出于时事的刺戟，但意思都极平常，说话也往往很晦涩，我知道《自由谈》并非同人杂志，“自由”更当然不过是一句反话，我决不想在这上面去驰骋的。我之所以投稿，一是为了朋友的交情，一则在给寂寞者以呐喊，也还是由于自己的老脾气。然而我的坏处，是在论时事不留面子，砭锢弊常取类型，而后者尤与时宜不合。盖写类型者，于坏处，恰如病理学上的图，假如是疮疽，则这图便是一切某疮某疽的标本，或和某甲的疮有些相像，或和某乙的疽有点相同。而见者不察，以为所画的只是他某甲的疮，无端侮辱，于是就必欲制你画者的死命了。例如我先前的论叭儿狗，原也泛无实指，都是自觉其有叭儿性的人们自来承认的。这要制死命的方法，是不论文章的是非，而先问作者是那一个；也就是别的不管，只要向作者施行人身攻击了。

自然,其中也并不全是含愤的病人,有的倒是代打不平的侠客。总之,这种战术,是陈源教授的"鲁迅即教育部佥事周树人"开其端,事隔十年,大家早经忘却了,这回是王平陵先生告发于前,[6]周木斋先生揭露于后,[7]都是做着关于作者本身的文章,或则牵连而至于左翼文学者。此外为我所看见的还有好几篇,也都附在我的本文之后,以见上海有些所谓文学家的笔战,是怎样的东西,和我的短评本身,有什么关系。但另有几篇,是因为我的感想由此而起,特地并存以便读者的参考的。

我的投稿,平均每月八九篇,但到五月初,竟接连的不能发表了,我想,这是因为其时讳言时事而我的文字却常不免涉及时事的缘故。这禁止的是官方检查员,还是报馆总编辑呢,我不知道,也无须知道。现在便将那些都归在这一本里,其实是我所指摘,现在都已由事实来证明的了,我那时不过说得略早几天而已。是为序。

一九三三年七月十九夜,于上海寓庐,鲁迅记。

## 注释:

[1]本篇收入《伪自由书》之前,未曾单独发表。

自述国民党当局实行书报审查制度下的恶劣环境,以及对此一以贯之的态度。

[2]《申报》,中国最早的日报,1872 年 4 月 30 日(清同治十一年三月二十三日)由英商在上海创办,1949 年 5 月 26 日停刊。《自由谈》为该报副刊之一,始办于 1911 年 8 月 24 日,原载鸳鸯蝴蝶派作品为主,1932 年 12 月起常刊载时评、杂文等。

[3]郁达夫(1896—1945),作家,浙江富阳人。创造社主要成员之一。著有小说《沉沦》《迷羊》,散文集《屐痕处处》等。有《郁达夫文集》行世。

[4]黎烈文(1904—1972),翻译家,湖南湘潭人。1932 年 10 月起任《申报·自由谈》编辑。

[5]指黎烈文的《写给一个在另一世界的人》,后收入散文集《崇高的母性》。

[6]王平陵(1898—1964),作家,江苏溧阳人。主编过多种报刊,1949 年后到台湾。这里说的“告发”,可详见《伪自由书》中《不通两种》附录《“最通的”文艺》。

[7]周木斋(1910—1941),江苏武进人,当时在上海从事编辑工作。这里说的“揭露”,可详见《伪自由书》中《文人无文》附录《第四种人》。

# 《准风月谈》前记[1]

自从中华民国建国二十有二年五月二十五日《自由谈》的编者刊出了“吁请海内文豪，从兹多谈风月”的启事[2]以来，很使老牌风月文豪摇头晃脑的高兴了一大阵，讲冷话的也有，说俏皮话的也有，连只会做“文探”的叭儿们也翘起了它尊贵的尾巴。但有趣的是谈风云的人，风月也谈得，谈风月就谈风月罢，虽然仍旧不能正如尊意。

想从一个题目限制了作家，其实是不能够的。假如出一个“学而时习之”[3]的试题，叫遗少和车夫来做八股，那做法就决定不一样。自然，车夫做的文章可以说是不通，是胡说，但这不通或胡说，就打破了遗少们的一统天下。古话里也有过：柳下惠看见糖水，说“可以养老”，盗跖见了，却道可以粘门闩。[4]他们是弟兄，所见的又是同一的东西，想到的用法却有这么天差地远。“月白风清，如此良夜何？”[5]好的，风雅之至，举手赞成。但同是涉及风月的“月黑杀人夜，风高放火天”[6]呢，这不明明是一联古诗么？

我的谈风月也终于谈出了乱子来，不过也并非为了主张“杀人放火”。其实，以为“多谈风月”，就是“莫谈国事”的意思，是误解的。

杂文集《准风月谈》封面

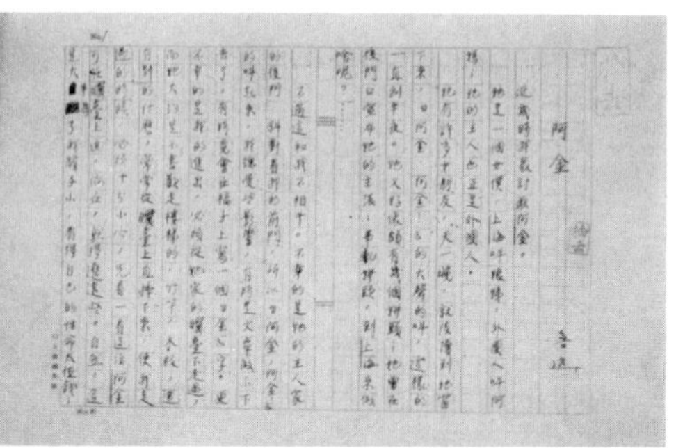


被国民党政府检查部门盖上“抽去”印章，禁止发表的鲁迅的文章。

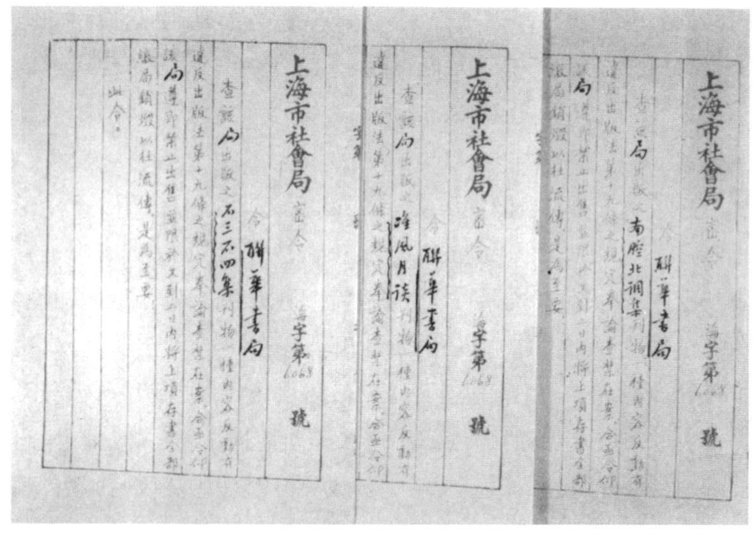


国民党政府禁查《南腔北调集》《准风月谈》《不三不四集》令

“漫谈国事”倒并不要紧，只是要“漫”，发出去的箭石，不要正中了有些人物的鼻梁，因为这是他的武器，也是他的幌子。

从六月起的投稿，我就用种种的笔名了，一面固然为了省事，一面也省得有人骂读者们不管文字，只看作者的署名。然而这么一来，却又使一些看文字不用视觉，专靠嗅觉的“文学家”疑神疑鬼，而他们的嗅觉又没有和全体一同进化，至于看见一个新的作家的名字，就疑心是我的化名，对我呜呜不已，有时简直连读者都被他们闹得莫名其妙了。现在就将当时所用的笔名，仍旧留在每篇之下，算是负着应负的责任。

还有一点和先前的编法不同的，是将刊登时被删改的文字大概补上去了，而且旁加黑点，以清眉目。这删改，是出于编辑或总编辑，还是出于官派的检查员的呢，现在已经无从辨别，但推想起来，改点句子，去些讳忌，文章却还能连接的处所，大约是出于编辑的，而胡乱删削，不管文气的接不接，语意的完不完的，便是钦定的文章。

日本的刊物，也有禁忌，但被删之处，是留着空白，或加虚线，使读者能够知道的。中国的检查官却不许留空白，必须接起来，于是读者就看不见检查删削的痕迹，一切含胡和恍忽之点，都归在作者身上了。这一种办法，是比日本大有进步的，我现在提出来，以存中国文网史上极有价值的故实。

去年的整半年中，随时写一点，居然在不知不觉中又成一本了。当然，这不过是一些拉杂的文章，为“文学家”所不屑道。然而这样的文字，现在却也并不多，而且“拾荒”的人们，也还能从中检出东西来，我因此相信这书的暂时的生存，并且作为集印的缘故。

一九三四年三月十日，于上海记。

## 注释:

[1]本篇收入《准风月谈》之前,未曾单独发表。

描述书报审查制度下的限制与反限制的“博弈”。

[2]自1932年12月由黎烈文主编时起,《申报》副刊《自由谈》实行改革,开始出现较为激进的倾向,引起文化界的广泛注意。但因此,也就不断遭到来自官方和文人势力的压迫。为此,编者于1933年5月25日发表启事,说:“吁请海内文豪,从兹多谈风月,少发牢骚,庶作者编者,两蒙其休。”启事刊出后,鲁迅仍用多种笔名撰文,借谈“风月”,而谈“风云”。鲁迅为革新后的《自由谈》撰稿,时间达一年零八个月,共使用五十多个笔名,发表杂感一百五十余篇。这些杂文先后收入《伪自由书》《准风月谈》和《花边文学》中。《准风月谈》内收1933年6月到11月间所作杂文六十四篇,1934年3月编定,12月由上海联华书局以“兴中书局”名义出版。

[3]“学而时习之”,语见《论语·学而》。

[4]柳下惠和盗跖看见糖水之事,见《淮南子·说林训》:“柳下惠见饴(糖水),曰:‘可以养老。’盗跖见饴,曰:‘可以黏牡。’见物同,而用之异。”后汉高诱注:“牡,门户籥牡也。”按,柳下惠,春秋时鲁国人,《孟子》称他为“圣之和者”;盗跖,相信是柳下惠之弟,《史记》说他是大盗。

[5]“月白风清,如此良夜何?”语见苏轼《后赤壁赋》。

[6]“月黑杀人夜,风高放火天”,语见元代辗然子《拊掌录》:“欧阳公(修)与人行令,各作诗两句,须犯徒(徒刑)以上罪者。一云:‘持刀哄寡妇,下海劫人船。’一云:‘月黑杀人夜,风高放火天。’欧云:‘酒粘衫袖重,花压帽檐偏。’或问之,答云:‘当此时,徒以上罪亦做了。’”

# 《花边文学》序言[1]

我的常常写些短评，确是从投稿于《申报》的《自由谈》上开头的；集一九三三年之所作，就有了《伪自由书》和《准风月谈》两本。后来编辑者黎烈文先生真被挤轧得苦，到第二年，终于被挤出了，我本也可以就此搁笔，但为了赌气，却还是改些作法，换些笔名，托人抄写了去投稿，新任者不能细辨，依然常常登了出来。一面又扩大了范围，给《中华日报》的副刊《动向》，小品文半月刊《太白》之类，也间或写几篇同样的文字。聚起一九三四年所写的这些东西来，就是这一本《花边文学》。

这一个名称，是和我在同一营垒里的青年战友[2]，换掉姓名挂在暗箭上射给我的。那立意非常巧妙：一，因为这类短评，在报上登出来的时候往往围绕一圈花边以示重要，使我的战友看得头疼；二，因为"花边"[3]也是银元的别名，以见我的这些文章是为了稿费，其实并无足取。至于我们的意见不同之处，是我以为我们无须希望外国人待我们比鸡鸭优，他却以为应该待我们比鸡鸭优，我在替西洋人辩护，所以是"买办"。那文章就附在《倒提》之下，这里不必多说。此外，倒也并无什么可记之事。只为了一篇《玩笑只当它

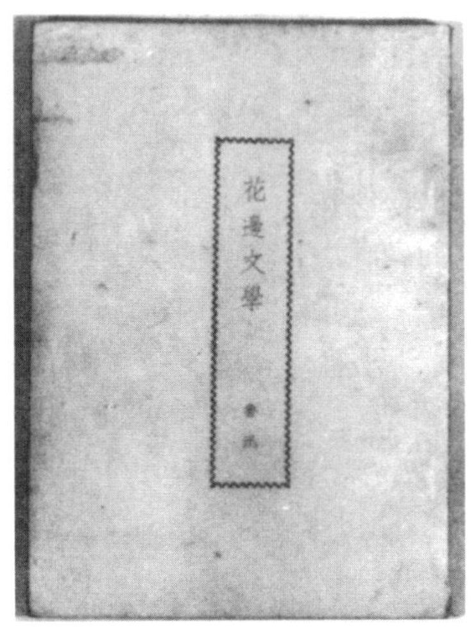


杂文集《花边文学》封面

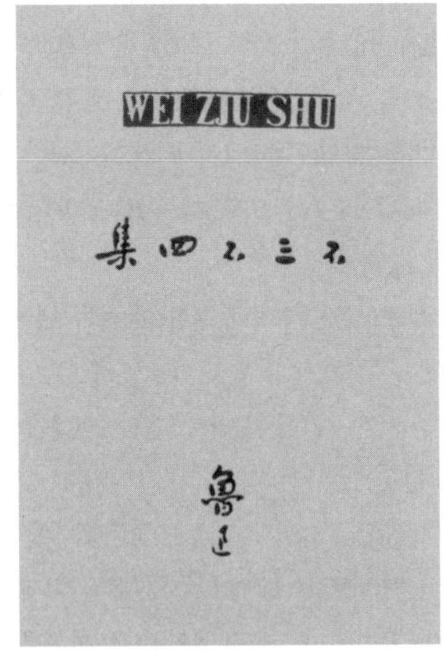


《不三不四集》封面，原拟出版的杂文集

玩笑》，又曾引出过一封文公直[4]先生的来信，笔伐的更严重了，说我是“汉奸”，现在和我的复信都附在本文的下面。其余的一些鬼鬼祟祟，躲躲闪闪的攻击，离上举的两位还差得很远，这里都不转载了。

“花边文学”可也真不行。一九三四年不同一九三五年，今年是为了《闲话皇帝》事件[5]，官家的书报检查处[6]忽然不知所往，还革掉七位检查官，日报上被删之处，也好像可以留着空白（术语谓之“开天窗”）了。但那时可真厉害，这么说不可以，那么说又不成功，而且删掉的地方，还不许留下空隙，要接起来，使作者自己来负吞吞吐吐，不知所云的责任。在这种明诛暗杀之下，能够苟延残喘，和读者相见的，那么，非奴隶文章是什么呢？

我曾经和几个朋友闲谈。一个朋友说：现在的文章，是不会有骨气的了，譬如向一种日报上的副刊去投稿罢，副刊编辑先抽去几根骨头，总编辑又抽去几根骨头，检查官又抽去几根骨头，剩下来还有什么呢？我说：我是自己先抽去了几根骨头的，否则，连“剩下来”的也不剩。所以，那时发表出来的文字，有被抽四次的可能，——现在有些人不在拚命表彰文天祥[7]方孝孺么，幸而他们是宋明人，如果活在现在，他们的言行是谁也无从知道的。

因此除了官准的有骨气的文章之外，读者也只能看看没有骨气的文章。我生于清朝，原是奴隶出身，不同二十五岁以内的青年，一生下来就是中华民国的主子，然而他们不经世故，偶尔“忘其所以”也就大碰其钉子。我的投稿，目的是在发表的，当然不给它见得有骨气，所以被“花边”所装饰者，大约也确比青年作家的作品多，而且奇怪，被删掉的地方倒很少。一年之中，只有三篇，现在补全，仍用黑点为记。我看《论秦理斋夫人事》的末尾，是申报馆的总编辑删的，别的两篇，却是检查官删的：这里都显着他们不同的心思。

今年一年中，我所投稿的《自由谈》和《动向》，都停刊了；《太白》也不出了。我曾经想过：凡是我寄文稿的，只寄开初的一两期还不妨，假使接连不断，它就总归活不久。于是从今年起，我就不大做这样的短文，因为对于同人，是回避他背后的闷棍，对于自己，是不愿做开路的呆子，对于刊物，是希望它尽可能的长生。所以有人要我投稿，我特别敷延推宕，非“摆架子”也，是带些好意——然而有时也是恶意——的“世故”：这是要请索稿者原谅的。

一直到了今年下半年，这才看见了新闻记者的“保护正当舆论”的请愿和智识阶级的言论自由的要求。[8]要过年了，我不知道结果怎么样。然而，即使从此文章都成了民众的喉舌，那代价也可谓大极了：是北五省的自治[9]。这恰如先前的不敢恳请“保护正当舆论”和要求言论自由的代价之大一样：是东三省的沦亡。不过这一次，换来的东西是光明的。然而，倘使万一不幸，后来又复换回了我做“花边文学”一样的时代，大家试来猜一猜那代价该是什么罢……

一九三五年十二月二十九之夜，鲁迅记。

## 注释：

[1]本篇收入《花边文学》之前，未曾单独发表。

记录自己背腹受敌，官民围剿，不得不“横站”着作战的境况。

[2]青年战友指廖沫沙。

[3]“花边”。旧时银圆边缘铸有花纹，故有“花边”的俗称。

[4]文公直，江西萍乡人，当时是国民党政府立法院编译处股长。

[5]《闲话皇帝》事件，又称《新生》事件。1935 年 5 月，上海《新

生》周刊发表易水(艾寒松)的《闲话皇帝》一文。在泛论君主制度时,因涉及日本天皇,当时日本驻上海总领事即以"侮辱天皇,妨害邦交"为名提出抗议。为此,国民党政府便将《新生》周刊查封,并由法院判决该刊主编杜重远一年两个月徒刑。参见《且介亭杂文二集·后记》。

[6]书报检查处,即"国民党中央宣传委员会图书杂志审查委员会",1934 年 5 月 25 日在上海设立。《新生》事件发生后,国民党以"失责"为由,将该会检查官项德言等七人撤职,委员会也随之撤销。

[7]文天祥(1236—1283),南宋大臣,文学家。字宋瑞,号文山,吉州庐陵(今江西吉安)人。公元 1275 年,元兵入侵,次年拜右丞相兼枢密使,都督各路兵马抵抗。后退至广东,遇袭被俘,慷慨就义。著有《文山先生全集》。

[8]新闻记者的"保护正当舆论"的请愿。1935 年底,北平、天津、南京、上海等地新闻界纷纷致电国民党中央,要求"开放舆论","凡不以武力或暴力为背景之言论,政府必当予以保障"。同年 12 月,国民党五届一中全会通过所谓"请政府通令全国切实保障正当舆论"的决议。智识阶级的言论自由的要求,指 1935 年底,北平、上海等地的文化教育界人士为开展抗日救国运动,纷纷举行集会,发表宣言,要求"保障集会、结社、言论、出版的绝对自由"。

[9]北五省的自治,即发生于 1935 年 11 月,由日本侵略者策动汉奸进行的"华北五省自治运动"。北五省指当时的河北、山东、山西、察哈尔和绥远。

# 《且介亭杂文》序言[1]

近几年来，所谓“杂文”的产生，比先前多，也比先前更受着攻击。例如自称“诗人”邵洵美，前“第三种人”施蛰存和杜衡即苏汶，还不到一知半解程度的大学生林希隽[2]之流，就都和杂文有切骨之仇，给了种种罪状的。然而没有效，作者多起来，读者也多起来了。

其实“杂文”也不是现在的新货色，是“古已有之”的，凡有文章，倘若分类，都有类可归，如果编年，那就只按作成的年月，不管文体，各种都夹在一处，于是成了“杂”。分类有益于揣摩文章，编年有利于明白时势，倘要知人论世，是非看编年的文集不可的，现在新作的古人年谱的流行，即证明着已经有许多人省悟了此中的消息。况且现在是多么切迫的时候，作者的任务，是在对于有害的事物，立刻给以反响或抗争，是感应的神经，是攻守的手足。潜心于他的鸿篇巨制，为未来的文化设想，固然是很好的，但为现在抗争，却也正是为现在和未来的战斗的作者，因为失掉了现在，也就没有了未来。

战斗一定有倾向。这就是邵施杜林之流的大敌，其实他们所

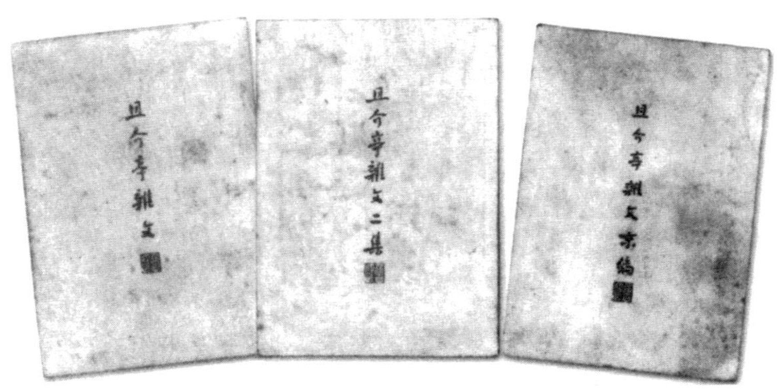


杂文集《且介亭杂文》《且介亭杂文二集》《且介亭杂文末编》(1937 年三闲书屋出版),分别为鲁迅在 1934 年、1935 年和 1936 年所作的杂文结集,其中前两集为鲁迅生前编定,后一集在鲁迅去世后由许广平编定。因鲁迅寓所所在的大陆新村,地处租界当局的“越界筑路”区域,有“半租界”之称,鲁迅就取“租界”二字各半,后期在文章中称其书房为“且介亭”,这三本杂文集亦由此得名。

憎恶的是内容,虽然披了文艺的法衣,里面却包藏着“死之说教者”[3],和生存不能两立。

这一本集子和《花边文学》,是我在去年一年中,在官民的明明暗暗,软软硬硬的围剿“杂文”的笔和刀下的结集,凡是写下来的,全在这里面。当然不敢说是诗史,其中有着时代的眉目,也决不是英雄们的八宝箱,一朝打开,便见光辉灿烂。我只在深夜的街头摆着一个地摊,所有的无非几个小钉,几个瓦碟,但也希望,并且相信有些人会从中寻出合于他的用处的东西。

一九三五年十二月三十日,记于上海之且介亭[4]。

## 注释:

[1]本篇收入《且介亭杂文》之前,未曾单独发表。

强调杂文的战斗性。

[2]林希隽,广东潮安人,当时上海大夏大学的学生。1934年9月,他在《现代》第五卷第五期发表《杂文和杂文家》一文,说杂文的兴盛,是因为“作家毁掉了自己以投机取巧的手腕来代替一个文艺作者的严肃的工作”。

[3]“死之说教者”,原为尼采著《查拉图斯特拉如是说》中的篇名,这里是借用。

[4]且介亭。当时作者住在上海北四川路,属租界“越界筑路”地区,即所谓“半租界”区域。“且介”乃取“租界”二字之各半,“且介亭”即“半租界里的亭子间”。

# 《且介亭杂文二集》序言[1]

昨天编完了去年的文字，取发表于日报的短论以外者，谓之《且介亭杂文》；今天再来编今年的，因为除做了几篇《文学论坛》[2]，没有多写短文，便都收录在这里面，算是《二集》。

过年本来没有什么深意义，随便那天都好，明年的元旦，决不会和今年的除夕就不同，不过给人事借此时时算有一个段落，结束一点事情，倒也便利的。倘不是想到了已经年终，我的两年以来的杂文，也许还不会集成这一本。

编完以后，也没有什么大感想。要感的感过了，要写的也写过了，例如"以华制华"[3]之说罢，我在前年的《自由谈》上发表时，曾大受傅公红蓼之流的攻击，今年才又有人提出来，却是风平浪静。一定要到得"不幸而吾言中"，这才大家默默无言，然而为时已晚，是彼此都大可悲哀的。我宁可如邵洵美辈的《人言》之所说："意气多于议论，捏造多于实证。"

我有时决不想在言论界求得胜利，因为我的言论有时是枭鸣，报告着大不吉利事，我的言中，是大家会有不幸的。在今年，为了内心的冷静和外力的迫压，我几乎不谈国事了，偶尔触着的几篇，如《什么是讽刺》,如《从帮忙到扯淡》,也无一不被禁止。别的作者的遭遇,大约也是如此的罢,而天下太平,直到华北自治[4],才见有新闻记者恳求保护正当的舆论[5]。我的不正当的舆论,却如国土一样,仍在日即于沦亡,但是我不想求保护,因为这代价,实在是太大了。

单将这些文字,过而存之,聊作今年笔墨的记念罢。

一九三五年十二月三十一日,鲁迅记于上海之且介亭。

《鲁迅杂感选集》。瞿秋白选编并撰写长篇序言,1933年上海北新书局以青光书局名义出版。32开,毛边。鲁迅藏。

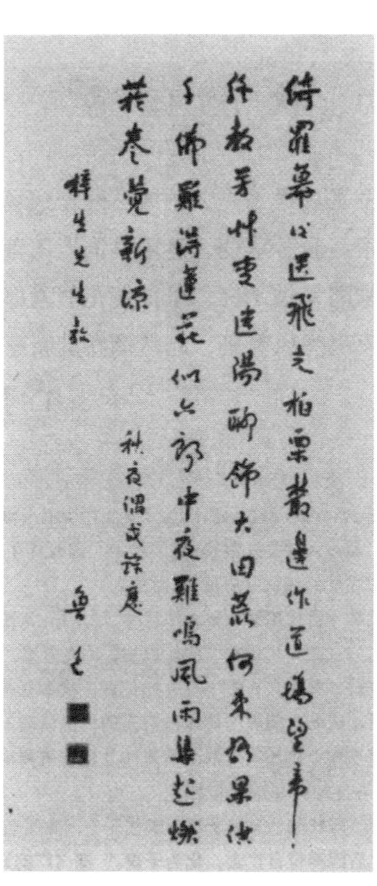

綺羅幕後送飛光，柏栗叢邊作道場。望帝終教芳草變，迷陽聊飾大田荒。何來酪果供千佛，難得蓮花似六郎。中夜雞鳴風雨集，起燃煙卷覺新涼。

秋夜偶成錄應

梓生先生教

魯迅

鲁迅诗《秋夜有感》(1934)手稿。诗云:“绮罗幕后送飞光,柏栗丛边作道场。望帝终教芳草变,迷阳聊饰大田荒。何来酪果供千佛,难得莲花似六郎。中夜鸡鸣风雨集,起燃烟卷觉新凉。”

## 注释:

[1]本篇收入《且介亭杂文二集》之前,未曾单独发表。

在人权受到肆意蹂躏,言论自由无法获得保障的情况下,作者表示了不想求得政府保护、反抗到底的决心。

[2]《文学论坛》,《文学》月刊的一个专栏。

[3]"以华制华"。作者在1933年4月21日《申报·自由谈》发表《"以夷制夷"》一文,说及"以华制华",遭到傅红蓼的攻击。可参看《伪自由书》中《"以夷制夷"》一文及其附录。

[4]华北自治。1935年11月,日本帝国主义策动"华北五省自治运动",并指使汉奸成立"冀东防共自治委员会"。

[5]新闻记者恳求保护正当的舆论,见《且介亭杂文·序言》的注释。

# 第四辑

# 读书杂谈[1]

## 七月十六日在广州知用中学[2]讲

因为知用中学的先生们希望我来演讲一回,所以今天到这里和诸君相见。不过我也没有什么东西可讲。忽而想到学校是读书的所在,就随便谈谈读书。是我个人的意见,姑且供诸君的参考,其实也算不得什么演讲。

说到读书,似乎是很明白的事,只要拿书来读就是了,但是并不这样简单。至少,就有两种:一是职业的读书,一是嗜好的读书。所谓职业的读书者,譬如学生因为升学,教员因为要讲功课,不翻翻书,就有些危险的就是。我想在坐的诸君之中一定有些这样的经验,有的不喜欢算学,有的不喜欢博物[3],然而不得不学,否则,不能毕业,不能升学,和将来的生计便有妨碍了。我自己也这样,因为做教员,有时即非看不喜欢看的书不可,要不这样,怕不久便会于饭碗有妨。我们习惯了,一说起读书,就觉得是高尚的事情,其实这样的读书,和木匠的磨斧头,裁缝的理针线并没有什么分别,并不见得高尚,有时还很苦痛,很可怜。你爱做的事,偏不给你做,你不爱做的,倒非做不可。这是由于职业和嗜好不能合一而来的。倘能够大家去做爱做的事,而仍然各有饭吃,那是多么幸福。但现在的社会上还做不到,所以读书的人们的最大部分,大概是勉勉强强的,带着苦痛的为职业的读书。

现在再讲嗜好的读书罢。那是出于自愿,全不勉强,离开了利害关系的。——我想,嗜好的读书,该如爱打牌的一样,天天打,夜夜打,连续的去打,有时被公安局捉去了,放出来之后还是打。诸君要知道真打牌的人的目的并不在赢钱,而在有趣。牌有怎样的有趣呢,我是外行,不大明白。但听得爱赌的人说,它妙在一张一张的摸起来,永远变化无穷。我想,凡嗜好的读书,能够手不释卷的原因也就是这样。他在每一叶每一叶里,都得着深厚的趣味。自然,也可以扩大精神,增加智识的,但这些倒都不计及,一计及,便等于意在赢钱的博徒了,这在博徒之中,也算是下品。

不过我的意思,并非说诸君应该都退了学,去看自己喜欢看的书去,这样的时候还没有到来;也许终于不会到,至多,将来可以设法使人们对于非做不可的事发生较多的兴味罢了。我现在是说,爱看书的青年,大可以看看本分以外的书,即课外的书,不要只将课内的书抱住。但请不要误解,我并非说,譬如在国文讲堂上,应该在抽屉里暗看《红楼梦》之类;乃是说,应做的功课已完而有余暇,大可以看看各样的书,即使和本业毫不相干的,也要泛览。譬如学理科的,偏看看文学书,学文学的,偏看看科学书,看看别个在那里研究的,究竟是怎么一回事。这样子,对于别人,别事,可以有更深的了解。现在中国有一个大毛病,就是人们大概以为自己所学的一门是最好,最妙,最要紧的学问,而别的都无用,都不足道的,弄这些不足道的东西的人,将来该当饿死。其实是,世界还没有如此简单,学问都各有用处,要定什么是头等还很难。也幸而有各式各样的人,假如世界上全是文学家,到处所讲的不是"文学的分类”便是“诗之构造”,那倒反而无聊得很了。

不过以上所说的,是附带而得的效果,嗜好的读书,本人自然并不计及那些,就如游公园似的,随随便便去,因为随随便便,所以不吃力,因为不吃力,所以会觉得有趣。如果一本书拿到手,就满心想道,“我在读书了!”“我在用功了!”那就容易疲劳,因而减掉兴味,或者变成苦事了。

我看现在的青年,为兴味的读书的是有的,我也常常遇到各样的询问。此刻就将我所想到的说一点,但是只限于文学方面,因为我不明白其他的。

第一,是往往分不清文学和文章。甚至于已经来动手做批评文章的,也免不了这毛病。其实粗粗的说,这是容易分别的。研究文章的历史或理论的,是文学家,是学者;做做诗,或戏曲小说的,是做文章的人,就是古时候所谓文人,此刻所谓创作家。创作家不妨毫不理会文学史或理论,文学家也不妨做不出一句诗。然而中国社会上还很误解,你做几篇小说,便以为你一定懂得小说概论,做几句新诗,就要你讲诗之原理。我也尝见想做小说的青年,先买小说法程和文学史来看。据我看来,是即使将这些书看烂了,和创作也没有什么关系的。

事实上,现在有几个做文章的人,有时也确去做教授。但这是因为中国创作不值钱,养不活自己的缘故。听说美国小名家的一篇中篇小说,时价是二千美金;中国呢,别人我不知道,我自己的短篇寄给大书铺,每篇卖过二十元。当然要寻别的事,例如教书,讲文学。研究是要用理智,要冷静的,而创作须情感,至少总得发点热,于是忽冷忽热,弄得头昏,——这也是职业和嗜好不能合一的苦处。苦倒也罢了,结果还是什么都弄不好。那证据,是试翻世界文学史,那里面的人,几乎没有兼做教授的。

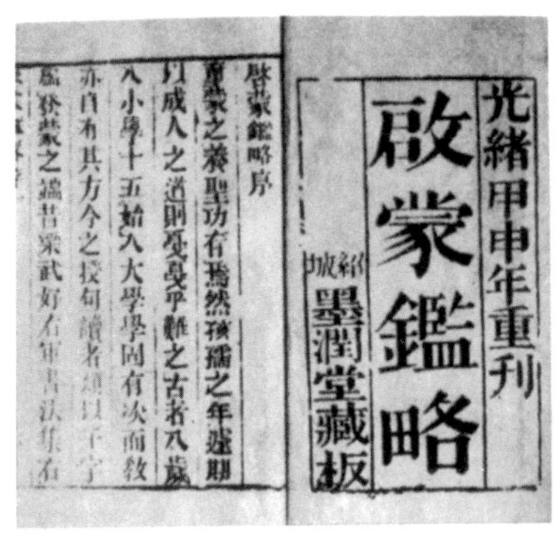
光緒甲申年重刊
啟蒙鑑略
紹城 墨潤堂藏板
啟蒙鑑略序
童蒙之養聖功有焉然孩孺之年遽期
以成人之道則戛戛乎難之古者八歲
入小學十五始入大學學固有次而教
亦自有其方今之授句讀者須以千字

鲁迅最早的课本《启蒙鉴略》

《点石斋丛画》。鲁迅少年时购买的画谱之一。1885 年上海点石斋石印缩印本。鲁迅藏。

还有一种坏处,是一做教员,未免有顾忌;教授有教授的架子,不能畅所欲言。这或者有人要反驳:那么,你畅所欲言就是了,何必如此小心。然而这是事前的风凉话,一到有事,不知不觉地他也要从众来攻击的。而教授自身,纵使自以为怎样放达,下意识里总不免有架子在。所以在外国,称为“教授小说”的东西倒并不少,但是不大有人说好,至少,是总难免有令人发烦的炫学的地方。

所以我想,研究文学是一件事,做文章又是一件事。

第二,我常被询问:要弄文学,应该看什么书?这实在是一个极难回答的问题。先前也曾有几位先生给青年开过一大篇书目[4]。但从我看来,这是没有什么用处的,因为我觉得那都是开书目的先生自己想要看或者未必想要看的书目。我以为倘要弄旧的呢,倒不如姑且靠着张之洞的《书目答问》[5]去摸门径去。倘是新的,研究文学,则自己先看看各种的小本子,如本间久雄的《新文学概论》[6],厨川白村的《苦闷的象征》,瓦浪斯基们的《苏俄的文艺论战》之类,然后自己再想想,再博览下去。因为文学的理论不像算学,二二一定得四,所以议论很纷歧。如第三种,便是俄国的两派的争论,——我附带说一句,近来听说连俄国的小说也不大有人看了,似乎一看见“俄”字就吃惊,其实苏俄的新创作何尝有人绍介,此刻译出的几本,都是革命前的作品,作者在那边都已经被看作反革命的了。倘要看看文艺作品呢,则先看几种名家的选本,从中觉得谁的作品自己最爱看,然后再看这一个作者的专集,然后再从文学史上看看他在史上的位置;倘要知道得更详细,就看一两本这人的传记,那便可以大略了解了。如果专是请教别人,则各人的嗜好不同,总是格不相入的。

第三,说几句关于批评的事。现在因为出版物太多了,——其实有什么呢,而读者因为不胜其纷纭,便渴望批评,于是批评家也便应运而起。批评这东西,对于读者,至少对于和这批评家趣旨相近的读者,是有用的。但中国现在,似乎应该暂作别论。往往有人误以为批评家对于创作是操生杀之权,占文坛的最高位的,就忽而变成批评家;他的灵魂上挂了刀。但是怕自己的立论不周密,便主张主观,有时怕自己的观察别人不看重,又主张客观;有时说自己的作文的根柢全是同情,有时将校对者骂得一文不值。凡中国的批评文字,我总是越看越胡涂,如果当真,就要无路可走。印度人是早知道的,有一个很普通的比喻。他们说:一个老翁和一个孩子用一匹驴子驮着货物去出卖,货卖去了,孩子骑驴回来,老翁跟着走。但路人责备他了,说是不晓事,叫老年人徒步。他们便换了一个地位,而旁人又说老人忍心;老人忙将孩子抱到鞍鞒上,后来看见的人却说他们残酷;于是都下来,走了不久,可又有人笑他们了,说他们是呆子,空着现成的驴子却不骑。于是老人对孩子叹息道,我们只剩了一个办法了,是我们两人抬着驴子走。无论读,无论做,倘若旁征博访,结果是往往会弄到抬驴子走的。

不过我并非要大家不看批评,不过说看了之后,仍要看看本书,自己思索,自己做主。看别的书也一样,仍要自己思索,自己观察。倘只看书,便变成书厨,即使自己觉得有趣,而那趣味其实是已在逐渐硬化,逐渐死去了。我先前反对青年躲进研究室,也就是这意思,至今有些学者,还将这话算作我的一条罪状哩。

听说英国的培那特萧(Bernard Shaw)[7],有过这样意思的话:世间最不行的是读书者。因为他只能看别人的思想艺术,不用自己。这也就是勖本华尔(Schopenhauer)[8]之所谓脑子里给别人跑马。较好的是思索者。因为能用自己的生活力了,但还不免是空想,所以更好的是观察者,他用自己的眼睛去读世间这一部活书。

这是的确的,实地经验总比看,听,空想确凿。我先前吃过干荔支，罐头荔支，陈年荔支，并且由这些推想过新鲜的好荔支。这回吃过了，和我所猜想的不同，非到广东来吃就永不会知道。但我对于萧的所说，还要加一点骑墙的议论。萧是爱尔兰人，立论也不免有些偏激的。我以为假如从广东乡下找一个没有历练的人，叫他从上海到北京或者什么地方，然后问他观察所得，我恐怕是很有限的，因为他没有练习过观察力。所以要观察，还是先要经过思索和读书。

总之，我的意思是很简单的：我们自动的读书，即嗜好的读书，请教别人是大抵无用，只好先行泛览，然后决择而入于自己所爱的较专的一门或几门；但专读书也有弊病，所以必须和实社会接触，使所读的书活起来。

## 注释：

[1]本篇记录稿经作者校阅后发表于1927年8月18日至22日广州《民国日报》副刊《现代青年》；后重刊于1927年9月16日《北新》周刊第四十七、四十八共同合刊。编入《而已集》。

这是“清党”之后所做的讲演，因此，除解答有关读书，主要是阅读文艺书籍的知识性问题之外，特别强调接触社会、独立思考，以打破合法性暴力及意识形态的操控。

[2]知用中学，1924年由广州知用学社社友创办的一所学校。

[3]博物，旧时中学的一门课程，包括动物、植物、矿物等学科内容。

[4]这里当指胡适的《一个最低限度的国学书目》、梁启超的《国学入门书要目及其读法》、吴宓的《西洋文学入门必读书目》等，均开列于1923年。

[5]张之洞的《书目答问》。张之洞(1837—1909)，字孝达，河

北南皮人,清末提倡“洋务运动”。曾任四川学政、湖广总督。《书目答问》,张之洞在四川学政任内所著,成于1875年(清光绪元年)。

[6]本间久雄,日本文艺理论家。《新文学概论》,章锡琛译,1925年8月商务印书馆出版。

[7]培那特萧,即萧伯纳。

[8]勖本华尔,即叔本华。

# 看书琐记[1]

高尔基很惊服巴尔札克[2]小说里写对话的巧妙，以为并不描写人物的模样，却能使读者看了对话，便好像目睹了说话的那些人。(八月份《文学》内《我的文学修养》)

中国还没有那样好手段的小说家，但《水浒》和《红楼梦》的有些地方，是能使读者由说话看出人来的。其实，这也并非什么奇特的事情，在上海的弄堂里，租一间小房子住着的人，就时时可以体验到。他和周围的住户，是不一定见过面的，但只隔一层薄板壁，所以有些人家的眷属和客人的谈话，尤其是高声的谈话，都大略可以听到，久而久之，就知道那里有那些人，而且仿佛觉得那些人是怎样的人了。

如果删除了不必要之点，只摘出各人的有特色的谈话来，我想，就可以使别人从谈话里推见每个说话的人物。但我并不是说，这就成了中国的巴尔札克。

作者用对话表现人物的时候，恐怕在他自己的心目中，是存在着这人物的模样的，于是传给读者，使读者的心目中也形成了这人物的模样。但读者所推见的人物，却并不一定和作者所设想的相同，巴尔札克的小胡须的清瘦老人，到了高尔基的头里，也许变了粗蛮壮大的络腮胡子。不过那性格，言动，一定有些类似，大致不差，恰如将法文翻成了俄文一样。要不然，文学这东西便没有普遍性了。

文学虽然有普遍性，但因读者的体验的不同而有变化，读者倘没有类似的体验，它也就失去了效力。譬如我们看《红楼梦》，从文字上推见了林黛玉这一个人，但须排除了梅博士的“黛玉葬花”[3]照相的先入之见，另外想一个，那么，恐怕会想到剪头发，穿印度绸衫，清瘦，寂寞的摩登女郎；或者别的什么模样，我不能断定。但试去和三四十年前出版的《红楼梦图咏》[4]之类里面的画像比一比罢，一定是截然两样的，那上面所画的，是那时的读者的心目中的林黛玉。

文学有普遍性，但有界限；也有较为永久的，但因读者的社会体验而生变化。北极的遏斯吉摩人[5]和菲洲腹地的黑人，我以为是不会懂得“林黛玉型”的；健全而合理的好社会中人，也将不能懂得，他们大约要比我们的听讲始皇焚书，黄巢杀人更其隔膜。一有变化，即非永久，说文学独有仙骨，是做梦的人们的梦话。

八月六日。

## 注释：

[1]发表于1934年8月8日《申报·自由谈》，署名焉于。后编入《花边文学》。

这是关于文学的普遍性和永久性的批评。

[2]巴尔札克（H. de Balzac，1799—1850），现写作“巴尔扎克”，法国作家，著有《人间喜剧》，包括长篇小说《欧也妮·葛朗台》《高老头》《幻灭》等九十余部。高尔基关于巴尔扎克的评论，见于

《我的文学修养》一文，鲁迅（署名许遐）译，载1934年8月《文学》月刊。

[3]"黛玉葬花"。梅兰芳早年曾根据《红楼梦》第二十三回的情节编演京剧《黛玉葬花》。旧时照相馆常挂有梅兰芳演此剧的照片。

[4]《红楼梦图咏》，清代改琦画的《红楼梦》人物像，共五十幅，图后附有王希廉、周绮等题诗，1879年（光绪五年）木刻本刊行。又有清代王墀画的《增刻红楼梦图咏》，共一百二十幅，图后附有姜祺（署名蟫生）题诗，光绪八年上海点石斋石印。

[5]遏斯吉摩人，通译爱斯基摩人，现译因纽特人，居住在北极，以渔猎为生。

# 看书琐记(二)[1]

就在同时代,同国度里,说话也会彼此说不通的。

巴比塞有一篇很有意思的短篇小说,叫作《本国话和外国话》[2],记的是法国的一个阔人家里招待了欧战中出死入生的三个兵,小姐出来招呼了,但无话可说,勉勉强强的说了几句,他们也无话可答,倒只觉坐在阔房间里,小心得骨头疼。直到溜回自己的"猪窠"里,他们这才遍身舒齐,有说有笑,并且在德国俘虏里,由手势发见了说他们的"我们的话"的人。

因了这经验,有一个兵便模模胡胡的想:"这世间有两个世界。一个是战争的世界。别一个是有着保险箱门一般的门,礼拜堂一般干净的厨房,漂亮的房子的世界。完全是另外的世界。另外的国度。那里面,住着古怪想头的外国人。"

那小姐后来就对一位绅士说的是:"和他们是连话都谈不来的。好像他们和我们之间,是有着跳不过的深渊似的。"

其实,这也无须小姐和兵们是这样。就是我们——算作"封建余孽"[3]或"买办"[4]或别的什么而论都可以——和几乎同类的人,只要什么地方有些不同,又得心口如一,就往往免不了彼此无话可说。不过我们中国人是聪明的,有些人早已发明了一种万应灵药,

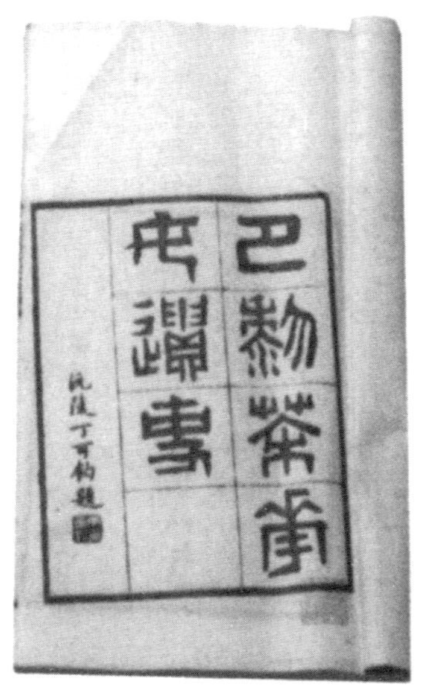

鲁迅在南京阅读的部分译作。《巴黎茶花女遗事》，法国作家小仲马(1824—1895)著，林纾译。

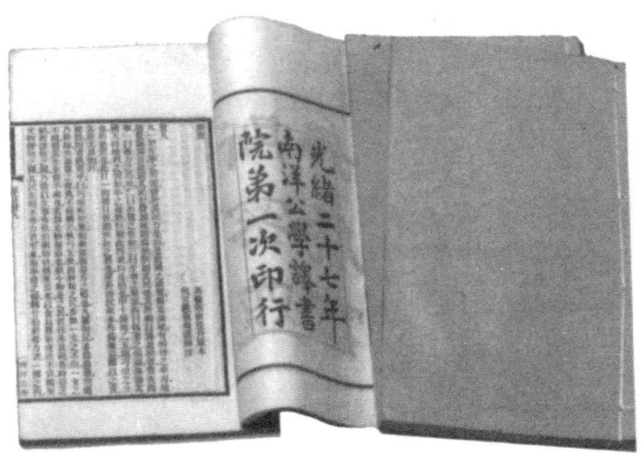


鲁迅在南京阅读的部分译作。《原富》，英国经济学家亚当·斯密著，严复译，1901年南洋公学译书院铅印本。鲁迅藏。

就是“今天天气……哈哈哈！”倘是宴会，就只猜拳，不发议论。

这样看来，文学要普遍而且永久，恐怕实在有些艰难。“今天天气……哈哈哈！”虽然有些普遍，但能否永久，却很可疑，而且也不大像文学。于是高超的文学家[5]便自己定了一条规则，将不懂他的“文学”的人们，都推出“人类”之外，以保持其普遍性。文学还有别的性，他是不肯说破的，因此也只好用这手段。然而这么一来，“文学”存在，“人”却不多了。

于是而据说文学愈高超，懂得的人就愈少，高超之极，那普遍性和永久性便只汇集于作者一个人。然而文学家却又悲哀起来，说是吐血了，这真是没有法子想。

八月六日。

## 注释：

[1]本篇发表于1934年8月9日《申报·自由谈》，署名焉于。后编入《花边文学》。“两个世界”论，鲁迅仍然执着于对有关文学的普遍性和永久性的论调的批评。

[2]巴比塞的《本国话和外国话》。沈端先译，题名《外国话和本国话》，载于1934年10月《社会日报》。

[3]“封建余孽”。在1928年关于革命文学的论争中，杜荃（郭沫若）说鲁迅是“资本主义以前的一个封建余孽”。

[4]“买办”。鲁迅于1934年6月28日发表《倒提》一文后，林默（廖沫沙）撰文评论说鲁迅“在替西洋人辩护，所以是‘买办’”。详见《花边文学》序言、《倒提》及其附录。

[5]高超的文学家，指梁实秋等人。如梁实秋在《文学是有阶级性的吗？》一文中鼓吹超阶级的文学，说“文学是属于全人类的”；但又宣扬文学是为少数人所享有的，说“好的作品永远是少数人的专利品。大多数永远是蠢的，永远是与文学无缘的”。

# 看书琐记(三)[1]

创作家大抵憎恶批评家的七嘴八舌。

记得有一位诗人说过这样的话:诗人要做诗,就如植物要开花,因为他非开不可的缘故。如果你摘去吃了,即使中了毒,也是你自己错。

这比喻很美,也仿佛很有道理的。但再一想,却也有错误。错的是诗人究竟不是一株草,还是社会里的一个人;况且诗集是卖钱的,何尝可以白摘。一卖钱,这就是商品,买主也有了说好说歹的权利了。

即使真是花罢,倘不是开在深山幽谷,人迹不到之处,如果有毒,那是园丁之流就要想法的。花的事实,也并不如诗人的空想。

现在可是换了一个说法了,连并非作者,也憎恶了批评家,他们里有的说道:你这么会说,那么,你倒来做一篇试试看!

这真要使批评家抱头鼠窜。因为批评家兼能创作的人,向来是很少的。

我想,作家和批评家的关系,颇有些像厨司和食客。厨司做出一味食品来,食客就要说话,或是好,或是歹。厨司如果觉得不公平，可以看看他是否神经病，是否厚舌苔，是否挟夙嫌，是否想赖账。或者他是否广东人，想吃蛇肉；是否四川人，还要辣椒。于是提出解说或抗议来——自然，一声不响也可以。但是，倘若他对着客人大叫道："那么，你去做一碗来给我吃吃看！"那却未免有些可笑了。

诚然，四五年前，用笔的人以为一做批评家，便可以高踞文坛，所以速成和乱评的也不少，但要矫正这风气，是须用批评的批评的，只在批评家这名目上，涂上烂泥，并不是好办法。不过我们的读书界，是爱平和的多，一见笔战，便是什么"文坛的悲观"[2]呀，"文人相轻"[3]呀，甚至于不问是非，统谓之"互骂"，指为"漆黑一团糟"。果然，现在是听不见说谁是批评家了。但文坛呢，依然如故，不过它不再露出来。

文艺必须有批评；批评如果不对了，就得用批评来抗争，这才能够使文艺和批评一同前进，如果一律掩住嘴，算是文坛已经干净，那所得的结果倒是要相反的。

八月二十二日。

## 注释：

[1]本篇发表于1934年8月23日《申报·自由谈》，署名焉于，后编入《花边文学》。论作家与批评家的关系，主张文艺必须有批评，以批评相抗争；同时指出，反对批评（批判）是阻碍文艺的前进的。

[2]"文坛的悲观"。1933年8月9日《大晚报·火炬》载有署名小仲的《中国文坛的悲观》一文，把文艺界的思想斗争说成是"内战""骂人"，使中国文坛"陷入中世纪的黑暗时代"。

[3]"文人相轻"，语出三国魏曹丕《典论·论文》："文人相轻，自古而然。"当然，有人把文艺界的思想斗争说成"文人相轻"。

# 读书忌[1]

记得中国的医书中，常常记载着“食忌”，就是说，某两种食物同食，是于人有害，或者足以杀人的，例如葱与蜜，蟹与柿子，落花生与王瓜之类。但是否真实，却无从知道，因为我从未听见有人实验过。

读书也有“忌”，不过与“食忌”稍不同。这就是某一类书决不能和某一类书同看，否则两者中之一必被克杀，或者至少使读者反而发生愤怒。例如现在正在盛行提倡的明人小品，有些篇的确是空灵的。枕边厕上，车里舟中，这真是一种极好的消遣品。然而先要读者的心里空空洞洞，混混茫茫。假如曾经看过《明季稗史》，《痛史》，或者明末遗民的著作，那结果可就不同了，这两者一定要打起仗来，非打杀其一不止。我自以为因此很了解了那些憎恶明人小品的论者的心情。

这几天偶然看见一部屈大均[2]的《翁山文外》，其中有一篇戊申(即清康熙七年)八月做的《自代北[3]入京记》。他的文笔，岂在中郎之下呢？可是很有些地方是极有重量的，抄几句在这里——

Presented to

Lu Hsün

in admiration of

his life and work

for a new

society.

Agnes Smedley

Shanghai

February 2, 1930

史沫特莱在她赠鲁迅的德文本自传小说《大地的女儿》扉页上题词：“赠给鲁迅，对他为了一个新的社会而生活和工作表示敬佩。”

……沿河行，或渡或否。往往见西夷毡帐，高低不一，所谓穹庐连属，如冈如阜者。男妇皆蒙古语；有卖干湿酪者，羊马者，牦皮者，卧两骆驼中者，坐奚车者，不鞍而骑者，三两而行，被戒衣，或红或黄，持小铁轮，念《金刚秽咒》者。其首顶一柳筐，以盛马粪及木炭者，则皆中华女子。皆盘头跣足，垢面，反被毛袄。人与牛羊相枕藉，腥臊之气，百余里不绝。……

我想，如果看过这样的文章，想像过这样的情景，又没有完全忘记，那么，虽是中郎的《广庄》或《瓶史》[4]，也断不能洗清积愤的，而且还要增加愤怒。因为这实在比中郎时代的他们互相标榜还要坏，他们还没有经历过扬州十日，嘉定三屠！

明人小品，好的；语录体也不坏，但我看《明季稗史》之类和明末遗民的作品却实在还要好，现在也正到了标点，翻印的时候了：给大家来清醒一下。

十一月二十五日。

## 注释：

[1]发表于1934年11月29日《中华日报·动向》，署名焉于。后编入《花边文学》。反对“读书忌”，主张正反的作品同时印行，以助于人们的比较，在比较中提高认识。

[2]屈大均(1630—1696)，清初文学家。字介子、翁山，广东番禺人。在清兵入广州前后，曾参加抗清活动，失败后削发为僧，法名今种；后又回俗，改名大均。北游关中、山西，与顾炎武等交往；能诗，与陈恭尹、梁佩兰并称“岭南三家”。著有《翁山文外》《翁山诗外》《广东新语》等。其著作在清朝雍正、乾隆间均遭禁毁，直至1910年才在上海重新出版。

[3]代北，古地区名，今山西省北部、河北省西北部一带。

[4]《广庄》，袁中郎模拟《庄子》文体谈道家思想的著作，共七篇。《瓶史》，袁中郎关于花瓶与插花的小品，共十二章。均收入《袁中郎全集》。

# 随便翻翻[1]

我想讲一点我的当作消闲的读书——随便翻翻。但如果弄得不好，会受害也说不定的。

我最初去读书的地方是私塾，第一本读的是《鉴略》[2]，桌上除了这一本书和习字的描红格，对字（这是做诗的准备）的课本之外，不许有别的书。但后来竟也慢慢的认识字了，一认识字，对于书就发生了兴趣，家里原有两三箱破烂书，于是翻来翻去，大目的是找图画看，后来也看看文字。这样就成了习惯，书在手头，不管它是什么，总要拿来翻一下，或者看一遍序目，或者读几叶内容，到得现在，还是如此，不用心，不费力，往往在作文或看非看不可的书籍之后，觉得疲劳的时候，也拿这玩意来作消遣了，而且它也的确能够恢复疲劳。

倘要骗人，这方法很可以冒充博雅。现在有一些老实人，和我闲谈之后，常说我书是看得很多的，略谈一下，我也的确好像书看得很多，殊不知就为了常常随手翻翻的缘故，却并没有本本细看。还有一种很容易到手的秘本，是《四库书目提要》，倘还怕繁，那么，《简明目录》也可以，[3]这可要细看，它能做成你好像看过许多书。

不过我也曾用过正经工夫,如什么“国学”之类,请过先生指教,留心过学者所开的参考书目。结果都不满意。有些书目开得太多,要十来年才能看完,我还疑心他自己就没有看;只开几部的较好,可是这须看这位开书目的先生了,如果他是一位胡涂虫,那么,开出来的几部一定也是极顶胡涂书,不看还好,一看就胡涂。

我并不是说,天下没有指导后学看书的先生,有是有的,不过很难得。

这里只说我消闲的看书——有些正经人是反对的,以为这么一来,就“杂”!“杂”,现在又算是很坏的形容词。但我以为也有好处。譬如我们看一家的陈年账簿,每天写着“豆付三文,青菜十文,鱼五十文,酱油一文”,就知先前这几个钱就可买一天的小菜,吃够一家;看一本旧历本,写着“不宜出行,不宜沐浴,不宜上梁”,就知道先前是有这么多的禁忌。看见了宋人笔记里的“食菜事魔”[4],明人笔记里的“十彪五虎”[5],就知道“哦呵,原来‘古已有之’。”但看完一部书,都是些那时的名人轶事,某将军每餐要吃三十八碗饭,某先生体重一百七十五斤半;或是奇闻怪事,某村雷劈蜈蚣精,某妇产生人面蛇,毫无益处的也有。这时可得自己有主意了,知道这是帮闲文士所做的书。凡帮闲,他能令人消闲消得最坏,他用的是最坏的方法。倘不小心,被他诱过去,那就坠入陷阱,后来满脑子是某将军的饭量,某先生的体重,蜈蚣精和人面蛇了。

讲扶乩的书,讲婊子的书,倘有机会遇见,不要皱起眉头,显示憎厌之状,也可以翻一翻;明知道和自己意见相反的书,已经过时的书,也用一样的办法。例如杨光先的《不得已》[6]是清初的著作,但看起来,他的思想是活着的,现在意见和他相近的人们正多得很。这也有一点危险,也就是怕被它诱过去。治法是多翻,翻来翻去,一多翻,就有比较,比较是医治受骗的好方子。乡下人常常误认一种硫化铜为金矿,空口是和他说不明白的,或者他还会赶紧藏起来,疑心你要白骗他的宝贝。但如果遇到一点真的金矿,只要用手掂一掂轻重,他就死心塌地:明白了。

"随便翻翻"是用各种别的矿石来比的方法,很费事,没有用真的金矿来比的明白,简单。我看现在青年的常在问人该读什么书,就是要看一看真金,免得受硫化铜的欺骗。而且一识得真金,一面也就真的识得了硫化铜,一举两得了。

但这样的好东西,在中国现有的书里,却不容易得到。我回忆自己的得到一点知识,真是苦得可怜。幼小时候,我知道中国在"盘古氏开辟天地"之后,有三皇五帝,……宋朝,元朝,明朝,"我大清"[7]。到二十岁,又听说"我们"的成吉思汗[8]征服欧洲,是"我们"最阔气的时代。到二十五岁,才知道所谓这"我们"最阔气的时代,其实是蒙古人征服了中国,我们做了奴才。直到今年八月里,因为要查一点故事,翻了三部蒙古史,这才明白蒙古人的征服"斡罗思"[9],侵入匈奥,还在征服全中国之前,那时的成吉思还不是我们的汗,倒是俄人被奴的资格比我们老,应该他们说"我们的成吉思汗征服中国,是我们最阔气的时代"的。

我久不看现行的历史教科书了,不知道里面怎么说;但在报章杂志上,却有时还看见以成吉思汗自豪的文章。事情早已过去了,原没有什么大关系,但也许正有着大关系,而且无论如何,总是说些真实的好。所以我想,无论是学文学的,学科学的,他应该先看一部关于历史的简明而可靠的书。但如果他专讲天王星,或海王星,虾蟆的神经细胞,或只咏梅花,叫妹妹,不发关于社会的议论,那么,自然,不看也可以的。

我自己,是因为懂一点日本文,在用日译本《世界史教程》和新出的《中国社会史》应应急的,[10]都比我历来所见的历史书类说得明确。前一种中国曾有译本,但只有一本,后五本不译了,译得怎样,因为没有见过,不知道。后一种中国倒先有译本,叫作《中国社会发展史》,不过据日译者说,是多错误,有删节,靠不住的。

我还在希望中国有这两部书。又希望不要一哄而来,一哄而散,要译,就译他完;也不要删节,要删节,就得声明,但最好还是译得小心,完全,替作者和读者想一想。

十一月二日。

## 注释:

[1]发表于1934年11月上海《读书生活》月刊第一卷第二期,署名公汗。后编入《且介亭杂文》。

在读书方面,作者主张"杂":多翻、比较,是医治受骗的好方子。

[2]《鉴略》,清代王仕云著,旧时学塾使用的一种初级历史读物。

[3]《四库书目提要》,即《钦定四库全书总目提要》,纪昀(1724—1805)等人编撰,共二百卷,是《四库全书》的书目解题,完成于乾隆四十七年(1782)。《简明目录》,即《四库全书简明目录》,亦由纪昀等人编撰,共二十卷。

[4]"食菜事魔",五代两宋时农民的秘密宗教组织——明教,提倡素食,供奉魔尼(今译"摩尼",源于古代波斯的摩尼教)为光明之神。因此,在有关他们的记载中,有"食菜事魔"之说。

[5]"十彪五虎",疑应作"五虎五彪"。明代计六奇《明季北略》卷四有《五虎五彪》一则,云:"五虎李夔龙、吴淳夫、倪文焕、田吉等追赃发充军,五彪田尔耕、许显纯处决,崔应元、杨寰、孙云鹤边卫充军,以为附权蠹政之戒。"按《明史·魏忠贤传》载:"当此之时,内

外大权一归忠贤。……外廷文臣则崔呈秀、田吉、吴淳夫、李夔龙、倪文焕主谋议，号‘五虎’。武臣则田尔耕、许显纯、孙云鹤、杨寰、崔应元主杀僇，号‘五彪’。”

[6]杨光先，字长公，安徽歙县人。顺治元年（1644）清政府委任德国天主教传教士汤若望为钦天监监正，变更、新编历法。杨光先上书礼部，反对“依西洋新法”，又指摘新历书推算日食有误等，致使汤若望等坐罪入狱。《不得已》，是杨光先历次指控汤若望呈文和论文的汇集。

[7]“我大清”，旧时学塾初级读物《三字经》中的句子。这里含讽刺之意。

[8]成吉思汗（1162—1227），名铁木真，古代蒙古族领袖。1206年建立蒙古汗国，被拥戴为王，称成吉思汗。他的继承人灭南宋建元朝之后，追尊他为元太祖。1219年至1223年率军西征，占领中亚和南俄。他的孙子拔都又于1235年至1244年第二次西征，征服俄罗斯并入侵匈、奥、波等欧洲国家。

[9]“斡罗思”，即俄罗斯。

[10]《世界史教程》，苏联波察洛夫（今译“鲍恰罗夫”）等人合编的一本教科书，原名《阶级斗争史课本》。中译本有两种：一为王礼锡等译，神州国光社出版；一为史嵛音等译，骆驼社出版。《中国社会史》，苏联沙发洛夫（今译“萨法罗夫”）著，原名《中国史纲》，中译本名《中国社会发展史》，李俚人译，1932年上海新生命书局出版。

# 书的还魂和赶造[1]

把大部的丛书印给读者看，是宋朝就有的，一直到现在。缺点是因为部头大，所以价钱贵。好处是把研究一种学问的书汇集在一处，能比一部一部的自去寻求更省力；或者保存单本小种的著作在里面，使它不易于灭亡。但这第二种好处，是也靠着部头大，价钱贵，人们就因此格外珍重的缺点的。

但丛书也有蠹虫。从明末到清初，就时有欺人的丛书出现。那方法之一，是删削内容，轻减刻费，而目录却有一大串，使购买者只觉其种类之多；之二，是不用原题，别立名目，甚至另题撰人，使购买者只觉其收罗之广。如《格致丛书》，《历代小史》，《五朝小说》，《唐人说荟》等，[2]就都是的。现在是大抵消灭了，只有末一种化名为《唐代丛书》，有时还在流毒。

然而时代改变，新花样也要跟着出来了。

推测起新花样来：其一，是豫先设定一种丛书的大名，罗列目录，大如宇宙，微至苍蝇身上的细菌，无所不包，这才分头觅人，托他译作，限定时日，必须完工，虽然译作者未必定是专家，但总之有许多手同时在稿纸上写字，于是不必穷年累月，一大部煌煌巨制也就出现了;其二,是原有一批零碎的旧译作,一向不甚流行,或者虽曾流行,而现在却已经过了时候,于是聚在一起,略加类别,开成一串五花八门的目录,而一大部煌煌巨制也就出现了。

出版者是明白读者们的心想的,有些读者们,苦于不知道什么是必要的书,所以往往以为被选进丛书里的,总该是必要的书籍;而且丛书里的一本,价钱也比单行本便宜,所以看起来好像很上算;加以大小一律,也很合人们爱好整齐的心情。本数又多,一下子可以填满几书架,规模不大的图书馆有这几部,馆员就省下时常留心选购新书的精神了。然而出版者是又很明白购买者们的经济状况的,他深知道现在他们手头已没有这许多钱,所以这些书一定是廉价,使他们拚命的办出来,或者是分期豫约,使他们逐渐的缴进去。

汇印新作,当然是很好的,但新作必须是精粹的本子,这才可以救读者们的智识的饥荒。就是重印旧作,也并不算坏,不过这旧作必须已是一种带着文献性的本子,这才足供读者们的研究。如果仅仅是克日速成的草稿,或是栈房角落的存书,改换新装,招摇过市,但以“大”或“多”或“廉”诱人,使读者化去不少的钱,实际上却不过得到一大堆废物,这恶影响之在读书界是很不小的。

凡留心于文化的前进的人,对于这些书应该加以检讨!

二月十五日。

## 注释:

[1]发表于1935年3月5日《太白》半月刊第一卷第十二期,署名长庚。后编入《且介亭杂文二集》。

历述专制制度与商品文化合流在出版界产生的种种恶劣现象,作者认为,对这些书是应当加以检讨的。其实,根本问题还不是书的问题,而是文化制度问题。

[2]《格致丛书》,明代胡文焕编,所收各书从周代到明代,共三四六种,现存一六八种。《历代小史》,明代李栻编,收六朝至明代的野史、杂记共一〇六种。《五朝小说》,编者不署名氏,收魏晋一一四种,唐一〇四种,宋元一四四种,明一〇九种。《唐人说荟》,旧传桃源居士编刻本,收小说杂记一四四种,后增编为一六四种,后坊刻本又改名为《唐代丛书》。